Sur ordre royal

Collection : VICTORIA

Titre original :
THE WARLORD'S BRIDE

Ce roman a déjà été publié en 2015.

HARPERCOLLINS FRANCE
83-85, boulevard Vincent-Auriol, 75646 PARIS CEDEX 13
Service Lectrices — Tél. : 01 45 82 47 47

www.harlequin.fr

ISBN 978-2-2804-2878-1 — ISSN 2493-013X

MARGARET MOORE

Sur ordre royal

Traduit de l'anglais (États-Unis) par
Marie-José Lamorlette

Victoria

HARLEQUIN

A tous ceux qui partagent mon affection
pour les hommes armés de glaives,
avec mes remerciements.

Chapitre 1

Pays de Galles, 1205

Sire Alfred de Garleboine, noble normand, arrêta son palefroi pommelé et plissa les paupières, tentant d'y voir à travers l'eau qui gouttait de son heaume. De la pluie tombait des pins sur le bord de la route, exaltant leur odeur puissante, tandis que le bas-côté du chemin n'était plus qu'un amas de boue ruisselante. Les nuages d'un gris de plomb obscurcissaient le ciel, donnant au paysage une teinte d'un brun sale et d'un vert éteint. Les quelques rochers que l'on apercevait au loin ressemblaient à de petits hommes voûtés luttant pour se tenir au sec.

— Dieu soit loué, Llanpowell ! Enfin ! marmonna sire Alfred alors que sa monture reprenait sa marche, ses sabots remuant de la boue et des cailloux.

De sous la capuche trempée de sa cape doublée de renard, la jeune dame qui chevauchait à côté de lui suivit son regard vers ce qui était bel et bien un château, et non un autre relief rocailleux du sud du pays de Galles.

— Messire !

A ce cri alarmé, sire Alfred et dame Roslynn de Werre se tournèrent brusquement pour voir un lourd chariot de bois pris dans une ornière et sur le point de se renverser. Le conducteur édenté s'était déporté de l'autre côté, pour faire contrepoids, fouettant les deux chevaux de trait tout en les exhortant à bouger. Les bêtes renâclaient et tiraient sur les harnais, mais la roue ne faisait que s'enfoncer davantage à chaque tentative.

— Ne restez pas assis là comme un tas de crottin ! ordonna sire Alfred à ses hommes. Allez faire bouger ces stupides animaux !

Il désigna six des soldats de l'escorte.

— Vous accompagnerez le chariot jusqu'au château. Le reste d'entre nous va continuer.

Il se pencha en avant, puis tourna son regard d'un gris d'acier vers dame Roslynn.

— Avez-vous des objections à laisser le chariot et à prendre les devants pour gagner le château, ma dame ?

Roslynn adressa un sourire suave à sire Alfred, un sourire en totale contradiction avec l'agitation qui l'habitait.

— C'est vous qui commandez, répondit-elle simplement.

En vérité, elle aurait préféré rester sous la pluie battante plutôt que d'atteindre Llanpowell.

— Six hommes sont-ils réellement nécessaires pour garder le chariot alors que nous sommes si près du château d'un noble, et qu'il fait un temps aussi exécrable ? demanda-t-elle posément.

— Je ne prendrai pas de risques, répondit sire

Alfred d'un ton bref avant de lever la main et de crier au reste du cortège d'avancer.

Roslynn réprima un soupir. Elle ignorait pourquoi le courtisan du roi John s'était soucié de lui demander son avis. Elle n'aurait sans doute pas dû se donner la peine de répondre.

Le cortège poursuivit sa route, le silence n'étant rompu que par le martèlement de la pluie, le cliquetis des harnais et des cottes de mailles des soldats et le bruit des sabots sur la route boueuse. Tandis qu'elle observait la bâtisse en face d'elle, Roslynn ne put réprimer un frisson de frayeur. Chaque pas les rapprochait un peu plus du château du seigneur de Llanpowell.

Comme les rochers, le château semblait être une excroissance naturelle du paysage, battue par le temps et les éléments, et non une construction édifiée par des hommes. A dire vrai, le spectacle qu'il offrait n'était guère engageant.

Tout ce pays présentait un fort contraste avec le Lincolnshire qui lui était familier, où les plaines marécageuses sans relief s'étendaient sur des milles et où le ciel paraissait sans fin. Ici, il y avait des collines et des vallées, des rivières, des fougères, des éboulis et des rochers mouillés. C'était un paysage sauvage et indompté, étrange et prenant, désolé malgré la présence de la forteresse colossale qui se dressait devant eux.

Roslynn s'efforça de réprimer sa terreur tandis qu'ils arrivaient devant les portes massives en chêne épais. Quoi qu'il se passe ici, au moins serait-elle loin de la cour du roi, et le logement devrait être plus satisfaisant que ce qu'ils avaient connu durant leur voyage.

Une voix les apostropha du haut de la barbacane, en français normand, quoique teinté d'un fort accent gallois.

— Qui êtes-vous et que voulez-vous à Llanpowell ?

— Je suis sire Alfred de Garleboine, envoyé par le roi, cria son accompagnateur en retour.

— Envoyé par le roi ? répéta l'homme sur le chemin de ronde. Lequel ?

— Cet homme est-il simplet ? marmonna sire Alfred.

Il haussa la voix.

— Le roi John, roi d'Angleterre par la grâce de Dieu, suzerain d'Irlande, duc de Normandie et d'Aquitaine et comte d'Anjou.

— Oh, l'usurpateur Plantagenêt qui a tué son neveu…

Même si la sentinelle n'avait dit que ce que beaucoup tenaient pour vrai, cette remarque n'augurait pas d'une réception agréable.

Trois autres gardes, également tête nue et portant des tuniques au lieu de cottes de mailles, rejoignirent leur camarade.

— Que veut John ? cria l'un d'eux.

— J'en discuterai avec votre seigneur, répondit sire Alfred.

— Qui nous dit que vous n'êtes pas venus nous attaquer ? lança le premier.

Sire Alfred remua impatiemment sur sa selle ornée de dorures.

— Voyons ! Avons-nous l'air d'une bande de brigands ?

— On ne peut être sûr de rien ces temps-ci, répondit le premier garde, visiblement peu ému par l'impatience croissante de sire Alfred. Nous, les Gallois, avons déjà vu des voleurs normands bien habillés.

— Ouvrez ces portes ou le roi entendra parler de cet accueil, ainsi que votre maître ! tonna sire Alfred.

Alors que les sentinelles prenaient plaisir à se gausser des visiteurs normands et de leur roi, le seigneur de Llanpowell ne semblait pas enclin à partager leur insolence, car les portes massives commencèrent lentement à s'entrouvrir devant les arrivants.

Qu'est-ce que cela indiquait au sujet du noble gallois ? se demanda Roslynn avec autant de curiosité que d'appréhension. Qu'il gouvernait par la peur et la menace de châtiments sévères ? Ou simplement qu'il ne fallait pas le traiter à la légère, et qu'il était respecté et obéi ?

Quel que soit le cas, elle ne pouvait faire demi-tour ni s'enfuir à bride abattue, maintenant.

— Il était temps, crénom ! Insolents sauvages, grommela sire Alfred en levant son gantelet pour faire signe à leur escorte d'entrer dans le château.

Derrière la muraille extérieure s'étendait un vaste espace herbeux, d'environ cinquante yards de long. Au-delà se dressait la courtine intérieure, plus haute que la première, avec une autre porte et une poterne moins élaborée.

Les portes intérieures étaient ouvertes et un grand chariot de bois tiré par deux bœufs au large poitrail venait en cahotant vers eux, suivi par un groupe de vingt hommes qui portaient tous des baudriers, un arc à la main et un carquois sur la hanche. Néanmoins, ils n'étaient vêtus que de tuniques en cuir, de chausses et de bottes, ils ne portaient ni hauberts ni heaumes.

Leurs cheveux étaient presque uniformément bruns ou noirs, et la plupart arboraient une barbe sombre et abondante.

En dépit de leur tenue, ils devaient faire partie de la garnison, se dit Roslynn, car ils formèrent rapidement deux rangs le long du chemin qui menait des portes à la cour intérieure.

La mâchoire de sire Alfred se contracta.

— Le roi entendra également parler de cette insulte, grommela-t-il.

— Je pense que c'est une garde d'honneur, sire, suggéra doucement Roslynn. Voyez-vous comment ils sont rangés et se tiennent immobiles ?

La seule réponse de sire Alfred fut un grognement qui n'engageait à rien.

Toutefois, Roslynn était sûre d'avoir raison. Les hommes restaient à leur place, regardant stoïquement devant eux tandis que le cortège s'avançait dans la cour.

Là, les bâtiments étaient de différentes tailles et constitués de matériaux divers. Certains étaient en pierre, avec des toits d'ardoise. D'autres, comme les écuries, étaient en colombage et en torchis, et les derniers avaient l'air de simples appentis de bois appuyés à tout mur disponible. Au moins la cour était-elle pavée, constata-t-elle, et même s'il y avait plusieurs grandes flaques qui s'accroissaient avec la pluie, ce n'était pas un lac de boue.

Malheureusement, il y avait aussi des soldats en armes qui se tenaient sous les avant-toits, le long du périmètre, et ces derniers les observaient avec méfiance.

Avant qu'ils ne puissent démonter ou qu'un palefrenier ou un valet d'écurie ne vienne prendre leurs chevaux, la porte du plus grand bâtiment en pierre s'ouvrit en coup de vent. Un homme corpulent et aux cheveux gris, vêtu d'une tunique vert foncé, de simples chausses et de bottes éculées, une cape de drap brun sur les épaules, descendit hâtivement les marches.

Comme les autres, il avait les cheveux longs et une barbe fournie. Contrairement à eux, il ne portait qu'un simple ceinturon, sans arme au côté, et un sourire éclairait son visage rond. Il tenait également une grande chope, malgré la pluie qui continuait à tomber.

— Bienvenue, sire, ma dame, lança-t-il dans un français teinté d'accent gallois, en pataugeant dans les flaques pour venir vers eux. Bienvenue à Llanpowell. Bienvenue chez moi. C'est un honneur que de vous avoir ici !

Roslynn eut l'impression qu'une pierre se logeait dans son estomac quand elle comprit qu'il devait s'agir de Madoc ap Gruffydd, le seigneur de Llanpowell.

Elle avait supposé, sottement, semblait-il maintenant, que l'Ours de Brecon serait un homme plus jeune. Elle avait également supposé qu'il était surnommé ainsi à cause de sa férocité à la bataille, pas à cause de ses cheveux gris qui tombaient en désordre sur ses épaules, de sa barbe broussailleuse ou de la taille de son ventre.

Peut-être ce surnom lui avait-il été donné dans sa jeunesse.

Le Gallois cria quelques ordres dans sa langue maternelle, et aussitôt des palefreniers et des valets sortirent des écuries pour prendre leurs chevaux.

Apparemment, les serviteurs du seigneur de

Llanpowell étaient aussi bien entraînés que ses soldats, malgré son apparence joviale et ses manières aimables.

— Venez vous sécher à l'intérieur ! lança-t-il en agitant la main vers le large édifice en pierre qui devait abriter la grand-salle, sans se soucier de la boisson qui se renversait de sa chope.

Roslynn observa avec inquiétude le liquide se répandre sur le sol. Dieu fasse que Madoc ap Gruffydd ne soit pas un ivrogne.

La mine sévère, sire Alfred sauta à bas de sa selle et vint l'aider à démonter. Une fois à terre, elle prit une grande inspiration et secoua la jupe ample de sa cotte rouge sang, tandis que sire Alfred lui offrait son bras avec raideur pour la conduire dans la grand-salle derrière leur hôte.

Dans la cour, les soldats restèrent immobiles, attentifs et soupçonneux.

La grand-salle du château était assez petite, confinée, ancienne, ses poutres ayant été noircies par le temps et la fumée. Contrairement aux grand-salles plus récentes, elle comportait un foyer central et le plafond était soutenu non par des piliers de pierre, mais par des piliers de bois, certains nus, d'autres sculptés de plantes grimpantes, de feuilles et de têtes d'animaux. Des jonchées recouvraient le sol et trois grands chiens de chasse, aussi hirsutes que leur maître, se mirent debout, reniflant les Normands tandis qu'ils passaient.

Plusieurs serviteurs se tenaient le long des murs, les observant comme les soldats dans la cour, pendant que leur hôte les conduisait au foyer et aux bancs disposés autour, près d'un fauteuil de bois.

Après avoir vu les fortifications du château, Roslynn

avait supposé que les pièces à vivre de Llanpowell seraient plus modernes et plus confortables. Elle était déçue de constater qu'elle s'était trompée. Au moins il y faisait sec, se dit-elle pour se consoler.

Et aussi primitifs que soient les aménagements, elle était toujours mieux ici qu'à la cour du roi John, où elle subissait les avances du roi et de tous les autres courtisans libidineux convaincus que, étant donné sa récente mésaventure, elle devrait leur être reconnaissante de leurs attentions.

— Asseyez-vous près du feu, ma dame, offrit leur hôte en enlevant sa cape, sa chope toujours à la main.

Il ne parut pas remarquer ni se soucier que le vêtement tombe sur le sol avant qu'une servante n'ait le temps de le prendre.

— Bron, à quoi pensez-vous, ma fille ? demanda-t-il à une autre servante qui se tenait près du mur et paraissait avoir environ dix-huit ans. Prenez la cape de cette dame.

La jeune fille s'élança et attendit que Roslynn ôte son manteau trempé. Puis, tout aussi prestement, elle alla le suspendre à un crochet avant de retourner à son poste.

Il faisait plus chaud près du feu, et Roslynn était vêtue d'une épaisse cotte de drap et de lourdes bottes. Néanmoins, elle se mit à frissonner et dut s'entourer de ses bras tandis qu'elle s'asseyait sur le banc.

Avec un grand sourire, le gallois installa son corps massif dans le fauteuil et observa sire Alfred, qui se tenait si raide qu'il semblait incapable de se plier à la taille.

— Vous vous demandez sans doute ce qui nous

a amenés ici, commença le Normand avec la même raideur.

— Oui, je me le demande, mais asseyez-vous, mon ami ! répondit le gallois en riant. A boire et à manger avant de passer aux affaires. Je ne peux réfléchir à des questions importantes quand mon ventre grogne. Bron, du vin aux épices pour nos hôtes, du pain de seigle et le fromage tendre, pas le dur. Pas de *braggot*. Pas tout de suite, en tout cas.

Tandis que la jeune fille disparaissait dans le corridor qui menait probablement aux cuisines, le Gallois se tourna vers Roslynn avec un clin d'œil.

— Le *braggot* est l'hydromel gallois, ma dame, et il est fort, alors mieux vaut s'en tenir au vin pour l'instant.

Roslynn parvint à lui rendre son sourire. Madoc ap Gruffydd n'était ni jeune ni beau et finalement, c'était peut-être aussi bien. N'avait-elle pas appris à ses dépens combien la jeunesse et un physique avenant pouvaient être trompeurs ?

En outre, il y avait des chances qu'un homme de l'âge de Madoc ait renoncé à la cupidité et à l'ambition, se contentant de couler des jours tranquilles dans son domaine. Cela pouvait d'ailleurs expliquer pourquoi il se montrait si enjoué et accueillant : il n'avait aucune raison de ne pas l'être.

— Alors, sire, comment se porte le roi ces temps-ci ? demanda-t-il en tendant négligemment sa chope vide à une autre servante, qui la remplit si vite que Roslynn pensa que cela devait se produire souvent. Toujours content de sa petite épouse française ?

— Le roi John va bien et oui, il est heureux en

ménage. Nous avons bon espoir d'avoir bientôt un héritier au trône, répondit froidement sire Alfred. Maintenant, si vous voulez bien me permettre de me présenter, sire. Je suis sire Alfred de Garleboine et voici…

— Messire Alfred de Garleboine ? Je ne peux pas dire que j'aie entendu parler de vous, mais après tout je n'accorde guère d'attention à la cour d'Angleterre et à ses sottises.

Le Gallois tapota la main de Roslynn.

— Il est bien plus plaisant de raconter des histoires autour du feu et de chanter des chansons de geste, pas vrai, ma dame ?

— Un noble doit prêter attention à ce qui se passe à la Cour s'il doit assister le roi et protéger sa famille, répondit-elle sans se laisser impressionner par l'attitude apparemment nonchalante du seigneur gallois, surtout en une telle période et avec un tel roi sur le trône.

— Oh, j'en sais assez, j'en sais assez. Nous ne sommes pas tout à fait au bout du monde, ici, rétorqua leur hôte, avant de hausser la voix pour appeler Bron.

La jeune fille reparut immédiatement sur le seuil, donnant l'impression de se sentir harcelée.

— Où est la nourriture, ma fille ? Et la boisson ? Nos hôtes sont affamés ! C'est du joli s'ils n'ont rien à manger après avoir chevauché sous la pluie !

La servante répondit rapidement en gallois, puis s'éclipsa de nouveau.

— Ce n'est pas que nos celliers ne soient pas pleins, ma dame, expliqua le seigneur de Llanpowell comme s'il s'agissait d'une question capitale. C'est juste que vous nous avez surpris entre deux repas, alors que nous attendons le retour des patrouilles. On a eu quelques soucis avec ceux qui se trouvent de l'autre côté de la montagne.

Tandis que Roslynn souriait pour lui montrer que le retard ne la dérangeait pas, elle se demanda ce qu'il voulait dire par « quelques soucis » et « ceux qui se trouvent de l'autre côté de la montagne ». Des ennemis, visiblement, mais combien et de quelle force ?

On ne lui avait presque rien dit au sujet du seigneur de Llanpowell, et encore moins à propos de ses ennemis potentiels.

— Messire, reprit sire Alfred avec une exaspération visible, nous sommes venus…

— Ah ! Voilà enfin la nourriture ! l'interrompit le Gallois tandis que la servante arrivait avec un grand plateau chargé de trois gobelets en argent étonnamment beaux, d'un pichet de vin fumant dont l'odeur épicée emplissait l'air et d'une écuelle de bois couverte d'un linge.

L'un des serviteurs s'empressa de s'avancer avec un petit banc qu'il installa devant Madoc ap Gruffydd. Lorsque Bron eut posé le plateau dessus, le Gallois ôta le linge pour révéler deux miches de pain bis tout frais, plusieurs tranches de fromage et des gâteaux au miel.

Tandis que l'arôme du pain chaud et du vin aux épices emplissait ses narines, l'estomac de Roslynn se mit à gargouiller bruyamment.

Elle rougit d'embarras, mais le seigneur de Llanpowell rit et lui tendit un gobelet avant de lui verser du vin.

— Qu'est-ce que je vous disais ? Vous avez faim, on ne peut s'y tromper. Je l'ai vu à votre apparence, et un peu plus de chair sur vos os ne serait pas de trop.

— Peut-être que nous pourrions discuter *maintenant* de l'objet de notre visite, s'irrita sire Alfred, les dents serrées.

L'expression enjouée du Gallois disparut en un instant, remplacée par une froide réprobation.

— Vous venez peut-être de la part du roi Plantagenêt, sire, et sans invitation dont j'aie connaissance, ma foi, mais dans cette maison l'hospitalité passe d'abord, les affaires ensuite.

Le visage étroit de sire Alfred s'empourpra avant que finalement, avec lenteur, il ne s'assoie en face de Roslynn et n'accepte un gobelet de vin aux épices.

— Là, mangeons et parlons après, dit le Gallois, son irritation se dissipant visiblement aussi vite que la vapeur du pichet.

Le vin était étonnamment bon et réchauffa bel et bien Roslynn. Toutefois, en dépit de son goût délicieux et de son effet réconfortant, elle prit soin de ne pas trop boire du liquide sucré. Elle ne voulait pas que son cerveau soit embrumé quand tant de choses étaient en jeu pour elle.

— N'est-ce pas mieux ? demanda le Gallois lorsque l'écuelle fut presque vide et que Roslynn ne put plus avaler une bouchée. Et maintenant, les affaires. Eh bien, sire Alfred de Garleboine, qu'est-ce qui vous amène à Llanpowell avec votre charmante fille ?

Même si c'était une innocente méprise, Roslynn faillit recracher son vin d'indignation. Sire Alfred était effectivement assez âgé pour être son père mais grâce à Dieu, ce n'était pas le cas.

— Dame Roslynn n'est pas ma fille, corrigea le noble normand d'un ton grave. Elle est…

— Votre ravissante épouse, alors ? s'exclama le Gallois avec un large sourire. Quel homme fortuné vous faites !

Sire Alfred n'aurait pu avoir l'air plus offusqué. Subitement, Roslynn eut envie de rire aux éclats, en dépit de sa situation.

— Non, elle n'est certainement pas mon épouse. Elle est…

— Les saints nous protègent ! s'écria sire Madoc comme s'il était mi-scandalisé, mi-admiratif. Vous ne voulez pas dire qu'elle est votre bonne amie ?

— Non ! protesta Roslynn en intervenant. Je ne suis *pas* sa maîtresse !

— Eh bien, le ciel en soit loué, dit le Gallois avec soulagement, tandis que le visage de sire Alfred virait au cramoisi. J'en étais presque à penser que vous manquez cruellement de goût, ma dame.

— Messire, dit sire Alfred en grinçant des dents, dame Roslynn est ici à la requête du roi John.

— Il a donc des ambassadrices, maintenant ? demanda le Gallois, étonné.

Il ne se montrait pas affecté le moins du monde par la colère de sire Alfred et s'adressait à Roslynn, au lieu du Normand.

— Intéressant, je dois dire, et intelligent aussi, reprit-il d'un ton approbateur. J'écouterai volontiers tout ce qu'une belle femme a à dire.

— Si vous voulez me laisser m'expliquer, sire, dit sire Alfred, serrant la tige de son gobelet comme s'il tordait le cou à un poulet. Dame Roslynn de Werre s'est récemment retrouvée veuve…

— Oh, c'est regrettable, s'exclama sire Madoc

en la regardant avec sympathie et en lui tapotant de nouveau la main. Si jeune…

— Elle s'est retrouvée veuve, reprit sire Alfred d'un ton ferme, et le roi a…

La porte s'ouvrit alors et un homme jeune, à la stature imposante, au visage rasé et aux cheveux noirs tombant sur ses larges épaules, entra d'un pas vif dans la salle.

Il était vêtu comme les autres d'une simple tunique en cuir portée sur une chemise lacée au cou, avec des chausses de drap enfilées dans des bottes en cuir éraflées. Contrairement à sire Madoc, il portait un baudrier en vieux cuir souple, et la poignée de l'arme glissée dans le fourreau était retenue par des lanières de cuir noircies par l'âge et l'usage.

Contrairement à Madoc, aussi, il était étonnamment beau. Ses cheveux noirs ondulés encadraient un visage aux fermes aplats et aux angles accusés. Un grand front et des sourcils bruns dominaient des yeux également sombres qui semblaient briller d'une lumière intérieure. Son nez était droit et fin au-dessus de lèvres pleines et bien dessinées. Un trouble immédiat s'empara de Roslynn à sa vue, et elle ne put soudain plus détacher les yeux de lui.

Tandis qu'il lui retournait son regard scrutateur, elle se mit à trembler. Ce n'était pas de peur, se dit-elle, mais parce qu'elle était brusquement convaincue qu'il pouvait voir son cœur battre d'appréhension devant ce qu'il lui faisait éprouver.

Elle fut tout aussi surprise de se rendre compte, au pli qui se forma sur le front de l'inconnu, qu'il était mécontent d'éveiller un tel sentiment en elle.

Le seigneur de Llanpowell se leva et alla à la rencontre de l'arrivant, détournant heureusement d'elle son attention déconcertante. Ils s'entretinrent en un gallois rapide, l'homme plus âgé semblant essayer tant bien que mal d'apaiser le plus jeune.

Leur posture se ressemblait, ils pouvaient être parents, pensa Roslynn. Père et fils, peut-être ?

On ne l'avait pas informée que le seigneur de Llanpowell avait été marié, ni qu'il avait un fils ou d'autres enfants, mais après tout, on ne lui avait presque rien dit sur Madoc ap Gruffydd. Tout ce que le roi John lui avait dévoilé, c'était que l'Ours de Brecon devait se voir offrir une épouse ayant une dot conséquente en récompense de sa contribution à l'échec des plans félons de son défunt époux. Et il était donc logique qu'elle, Roslynn, soit l'épouse ainsi offerte.

Si ce bel homme était son fils ? se demanda-t-elle. Un fils adulte rendait la position d'une seconde épouse beaucoup plus précaire, elle le savait, et ce serait son cas si elle acceptait d'épouser le seigneur de Llanpowell.

— Nous nous montrons grossiers, dit soudain leur hôte en français, en se tournant vers eux.

Il fit un signe à son compagnon.

— Venez faire la connaissance de nos visiteurs.

Sire Alfred était déjà debout et Roslynn l'imita avec lenteur, glissant les mains dans ses longues manches et serrant ses avant-bras pour les empêcher de trembler tandis qu'ils approchaient.

— Voici sire Alfred de Garleboine venu de la part du roi John, déclara le seigneur, et voici dame Roslynn de Werre. Ni sa fille, ni son épouse, ni quoi que ce soit pour sire Alfred, apparemment, et veuve depuis peu, la pauvre petite.

Le jeune homme se planta devant elle, les pieds écartés, et la considéra avec méfiance, les bras croisés sur son large torse.

Il ne dissimulait pas ses sentiments, ses pensées ni ses réactions, comme beaucoup, constata Roslynn. Parce qu'il n'avait pas besoin de le faire ? Parce qu'il avait le pouvoir et l'assurance de révéler exactement à tout le monde ce qu'il pensait et éprouvait ?

Le pouvoir et l'assurance, oui, il dégageait certainement ces qualités. Avec une bonne dose d'arrogance. Ses manières faisaient paraître sire Alfred comme un modèle de courtoisie, et leur hôte semblait à côté de lui l'hospitalité personnifiée.

Aussi rapidement que la chaleur intense du désir avait submergé Roslynn au premier regard, elle se dissipa. L'arrivant n'était pas quelque prince guerrier indompté à admirer et à convoiter, mais de toute évidence un homme puissant et arrogant qui pouvait lui faire du mal si elle décidait de rester à Llanpowell.

Or elle s'était juré de ne plus jamais laisser un homme la blesser, quels que soient les ordres du roi John.

Sa détermination et sa fierté exacerbées par l'attitude du jeune homme, elle haussa le menton et répondit fermement à son examen soupçonneux.

— Je suis dame Roslynn de Werre.

— De Werre ? répéta-t-il, plissant les paupières. Comme le traître ?

— Oui. J'étais l'épouse de Wimarc de Werre,

hélas, et comme le roi est reconnaissant de l'aide récente que votre père…

— Mon père ? l'interrompit le jeune Gallois. Il est mort voilà trois ans.

Le regard surpris de Roslynn alla de lui à l'homme plus âgé qui se tenait derrière lui.

— Le gentilhomme qui nous a accueillis n'est donc pas sire Madoc ap Gruffydd ?

— Non, répondit-il. *Je* suis Madoc ap Gruffydd, seigneur de Llanpowell.

Chapitre 2

Madoc ap Gruffydd, c'était *lui* ? Cet homme jeune, fort et insolent, était celui que le roi John s'attendait qu'elle épouse ?

Roslynn chercha le banc derrière elle et se laissa choir lourdement. Elle pouvait se faire à l'idée d'un mariage avec un homme d'un certain âge, en particulier s'il était aimable et généreux. Mais épouser un guerrier viril et arrogant, qui pouvait se révéler aussi violent et cruel que son premier époux ?

Elle ne pourrait jamais l'accepter.

— Mon oncle, qu'avez-vous fait ? demanda le jeune Gallois d'un air sévère à l'homme qu'ils avaient pris pour le seigneur de Llanpowell.

— J'ai accueilli nos hôtes, puisque vous n'étiez pas là vous-même, répondit son oncle sans une trace de remords. Les présentations convenables ont dû me sortir de la tête, sous l'effet de la surprise et de la beauté de la dame.

Il sourit à Roslynn.

— Je suis Lloyd ap Iolo, l'oncle de Madoc. Je m'occupe de Llanpowell quand mon neveu est en patrouille.

Sire Alfred le fusilla du regard, furieux d'avoir été induit en erreur.

— Quelle sorte de duperie galloise est-ce là ?

Le vrai sire Madoc le considéra avec un mépris non dissimulé.

— Il n'y a eu ni duperie ni mauvais tour. Mon oncle commande Llanpowell quand je suis absent, et je compte sur lui pour agir en hôte à ma place. S'il dit qu'il a oublié de se présenter, c'est la vérité. Il n'a pas voulu vous insulter.

— Oui, une omission, c'est tout, causée par votre arrivée inattendue, assura le vieux Gallois.

— Mon oncle, voulez-vous avoir la bonté de servir à boire à la dame ? demanda le jeune seigneur de Llanpowell. Elle paraît un peu faible.

Roslynn ne se sentait ni faible ni sujette au tournis. De fait, elle ne s'était jamais sentie plus vivante, vibrant d'une indignation furieuse.

Une fois de plus, un homme l'avait trompée, et même si l'explication paraissait anodine et plausible, c'était néanmoins une marque d'irrespect.

Hélas, parce qu'elle était une femme et une invitée, et considérant la raison pour laquelle elle était ici, elle n'était pas en position d'exprimer ses véritables sentiments. Elle accepta donc en silence le gobelet de vin que Lloyd ap Iolo lui tendit.

Le jeune homme alla au fauteuil et y prit place comme s'il était un roi sur son trône.

— Je vous fais mes excuses pour le désarroi que cette méprise a pu vous causer, dit-il sans paraître désolé le moins du monde. Peut-être aurez-vous l'amabilité de m'expliquer pourquoi vous êtes venu à Llanpowell, sire Alfred, et avec cette dame.

— C'est ce que j'essaie en vain de faire depuis mon arrivée, gronda le noble normand.

— Je suis à votre disposition, sire, répondit Madoc ap Gruffydd avec une politesse exagérée.

De nouveau, Roslynn eut l'impression qu'ils étaient traités avec un profond dédain, et son indignation s'accrut.

Sire Alfred partageait visiblement son sentiment, mais il répondit avec la civilité d'un homme habitué à l'hypocrisie de la Cour.

— Le roi John est reconnaissant de l'aide que vous lui avez apportée pour étouffer la rébellion fomentée par Wimarc de Werre, dit-il.

Il marqua une pause, comme pour donner à sire Madoc le temps d'apprécier la magnanimité du souverain anglais.

— Je peux me passer de sa gratitude, déclara à la place le jeune Gallois. Ce n'est pas ce qui m'importe. Qu'en est-il du paiement qui m'a été promis ?

Il jeta un coup d'œil à Roslynn et ses lèvres s'incurvèrent en un sourire dédaigneux.

— Allez-vous me dire que dame Roslynn est ma récompense ?

Elle s'empourpra, mais soutint son regard méprisant avec fermeté.

— Il se trouve que je le suis, sire.

Durant un bref instant, elle eut la satisfaction de voir l'arrogant seigneur de Llanpowell paraître aussi stupéfait qu'elle l'avait été quand elle avait découvert qui il était.

— Dame Roslynn et sa dot sont effectivement votre récompense, confirma sire Alfred.

— Sa dot ? Il a dit une dot ? répéta Lloyd ap Iolo tandis que son neveu fixait Roslynn comme un homme qui avait reçu un coup sur la tête.

— Sa dot consiste en huit cents marcs en argent et en bijoux, ainsi que nombre de beaux articles pour la maison, précisa sire Alfred.

Madoc ap Gruffydd bondit de son fauteuil comme s'il avait soudain pris feu.

— On m'avait promis de l'argent pour mon aide, pas une femme ! Je ne veux pas d'épouse, surtout pas si elle a été choisie par un autre homme.

L'espoir envahit Roslynn. Il allait refuser ! Un autre terrible mariage lui serait épargné et le roi ne pourrait l'en blâmer.

Sire Alfred se leva à son tour, sa colère le mettant au bord de l'apoplexie.

— Comment osez-vous refuser…

Il s'interrompit pour prendre une profonde inspiration, s'efforçant de contrôler sa fureur.

— Réfléchissez bien, Gallois, avant de rejeter ce que le roi John offre si généreusement. C'est dame Roslynn et sa dot, ou rien.

— Soyez raisonnable, Madoc, le pressa son oncle. C'est beaucoup d'argent, cette dot, et il est temps que vous vous remariiez.

Qu'il se remarie ?

— Et même si vous avez déjà un fils, il serait préférable d'en avoir d'autres.

Il avait un fils ?

— Je ne me marie sur l'ordre de personne, pas

même pour élever des enfants, rétorqua sire Madoc. Et je ne veux pas non plus qu'une femme soit contrainte à m'épouser, quelle qu'elle soit.

Comme si les souhaits d'une femme comptaient pour un homme tel que lui, pensa Roslynn avec aigreur.

— Dame Roslynn n'est nullement contrainte, déclara sire Alfred en se tournant vers elle. Dites-lui, ma dame. Dites-lui que vous êtes venue ici de votre plein gré et que vous l'épouserez de votre plein gré également.

Roslynn, de beaucoup, aurait préféré rester silencieuse et les laisser discuter, mais puisqu'elle avait été interpellée, elle répondit franchement.

— Je n'ai pas été menacée, affamée ou torturée jusqu'à ce que j'accepte cette proposition, précisa-t-elle. Simplement, c'était faire ce que le roi demandait ou rester à la Cour, et je souhaitais vivement la quitter.

— Ma dame! s'exclama sire Alfred d'un air offusqué, comme si personne auparavant n'avait jamais osé souhaiter s'éloigner de John et de sa cour.

Elle ignora le Normand qui l'avait amenée ici, la traitant guère mieux qu'un coffre ou qu'une barrique, et s'adressa au seigneur gallois et à son oncle.

— J'aurais accepté n'importe quoi si cela signifiait que je pouvais quitter la Cour, où j'étais en butte à des avances déplacées. En outre, je suis encore une jeune femme et je désire avoir un foyer et des enfants. J'ai bien conscience qu'en étant la veuve d'un traître, je ne serai le premier choix d'aucun homme, alors j'ai acquiescé à la demande du roi en espérant que le meilleur en découlerait.

Elle marqua une pause.

— Mais vous devriez savoir, sire, que cette offre ne coûte rien à John. La dot ne représente même pas ce que j'ai apporté lors de mon premier mariage. Tout cet argent et ces biens sont devenus la possession de mon époux, et par conséquent sont passés à la couronne quand il a été arrêté et exécuté pour trahison. John n'y ajoute rien de sa poche. Le roi m'envoie à vous comme il donnerait une tunique usée à un mendiant.

Sire Alfred semblait sur le point d'exploser.

— Ma dame ! Ce n'est pas…

— C'est la vérité, sire, et nous le savons tous les deux, le coupa-t-elle fermement.

Elle croisa les mains sur ses genoux, feignant une sérénité qu'elle ne ressentait certainement pas.

— Je voulais que sire Madoc le sache aussi.

Elle sentit son visage s'échauffer sous le regard brûlant du Gallois. Il était un bel homme séduisant et elle était sensible à son charme, même s'il avait un caractère emporté, portait les cheveux longs comme un sauvage et était à peine mieux habillé que l'un de ses hommes d'armes.

En cela, il était le contraire de Wimarc, qui portait les plus belles soieries et les plus riches étoffes et se coiffait à la mode normande. Wimarc n'avait jamais l'air de rentrer d'une chevauchée à bride abattue à travers la lande.

— J'apprécie votre honnêteté, ma dame, finit-il par dire, ses lèvres se relevant un peu, son ton devenant relativement conciliant. Mais vous vous sous-estimez. Vous n'évoquez en rien un vêtement usé. Loin de là.

Pas question de se laisser émouvoir par cette esquisse de sourire et ce compliment, se dit fermement

Roslynn. Pas question de laisser cette voix grave la troubler. Elle ne serait pas tentée par cet homme, quelles que soient son apparence ou sa manière de s'exprimer. Elle combattrait de toutes ses forces le désir qui s'épanouissait en elle, cette même faiblesse qui l'avait poussée avec impatience dans les bras d'un homme mauvais lors de son premier mariage. Et elle ne répondrait pas non plus à sa flatterie.

— Qu'arrivera-t-il à la dame si nous ne nous marions pas ? demanda Madoc à sire Alfred.

— Nous retournerons tous les deux à la Cour pour informer John de votre refus, répondit le Normand d'une voix tendue.

— Non, nous ne le ferons pas, sire.

Roslynn avait prévu cette éventualité et déjà décidé de ce qu'elle devrait faire si le Gallois la repoussait, que sire Alfred l'approuve ou non.

— Vous pourrez rentrer avec ma dot, sire Alfred, mais je préférerais me donner à l'Eglise plutôt que de retourner à la Cour.

Il la regarda comme si c'était la proposition la plus outrageuse au monde.

— Mais le roi…

— Il ne devrait pas avoir de raison de se plaindre, déclara Roslynn avec fermeté. J'ai fait ce qu'il a commandé. Si sire Madoc me refuse, le roi ne pourra dire que j'ai désobéi. Et si vous craignez de rentrer sans moi, dites à John que j'ai sombré dans la mélancolie et que seule la promesse d'une vie comme épouse du Christ a pu ranimer mes esprits. Nul doute que la restitution de ma dot aidera à dissiper toute déception qu'il pourrait ressentir.

Le seigneur de Llanpowell reprit son siège.

— Il apparaît que la dame et moi sommes d'accord, au moins sur ce point. Ni l'un ni l'autre ne nous marierons simplement parce que le roi John le souhaite.

Sire Alfred serra les poings sur ses côtés.

— Puis-je vous rappeler à tous les deux qu'il n'est jamais sage de s'opposer à un roi ?

— Peut-être n'est-il pas sage de la part de John de s'opposer à *moi*, rétorqua sire Madoc. Je doute qu'il puisse se permettre de perdre l'amitié de tout seigneur gallois ayant des alliances dans les Marches.

Il s'interrompit un instant et reprit en ayant l'air de peser ses mots.

— Par chance pour vous, je n'ai pas encore refusé le présent du roi. Dame Roslynn est une très belle femme, après tout. Hardie, aussi, et alors que certains hommes aiment les femmes placides, ce n'est pas mon cas. Je préfère une femme qui dit ce qu'elle pense, comme cette dame le fait manifestement. Alors, il se peut que je l'accepte.

Il ne le pensait sûrement pas ! se dit Roslynn, affolée. Comment pouvait-il être si fermement opposé à la requête du roi un moment, puis parler d'acquiescer le moment suivant ? A moins que la perspective de la dot ne soit trop alléchante pour la refuser, bien sûr.

— Toutefois, comme je l'ai dit, la dame doit être consentante.

Ce qu'elle n'était pas et ne serait jamais, aussi beau qu'il soit, se promit Roslynn. Elle flairait une ruse. Il devait essayer de rejeter sur elle la responsabilité et le blâme de contrecarrer les plans de John.

— C'est ridicule ! protesta sire Alfred. Elle n'est qu'une femme ! Elle n'a aucun droit à une opinion.

— Chez moi, si, déclara Madoc. Eh bien, ma dame ? Que dites-vous ?

Elle ne se laisserait pas prendre à son piège. S'il attendait qu'elle réponde par oui ou par non, il se trompait.

— Nous venons juste d'arriver, déclara-t-elle. Dois-je donner ma réponse maintenant ?

— Non, répondit aussitôt Madoc. Nous devrions tous les deux prendre le temps de décider si nous nous conviendrons ou pas.

Elle connaissait déjà la réponse, et à moins qu'elle ne se trompe, il la connaissait aussi.

— Je dois retourner auprès du roi sans délai, les avisa sire Alfred. Il est très impatient de voir cette affaire réglée.

— Il a eu des mois pour remplir sa part du marché, aussi je pense qu'il peut attendre quelques jours de plus, déclara placidement le seigneur de Llanpowell en se levant. Vous pouvez blâmer le mauvais temps du pays de Galles si vous avez besoin d'une excuse, sire. Maintenant, si vous voulez bien m'excuser, je vais aller trouver mon intendant pour lui dire que des hôtes importants sont arrivés. Mon oncle, veuillez veiller au logement de sire Alfred et de ses hommes, je vous prie.

— Oui, mon neveu, volontiers ! dit Lloyd ap Iolo avec un large sourire.

— Bron, continua sire Madoc, conduisez dame Roslynn à la chambre de la tour sud. Elle voudra certainement se reposer avant le repas du soir.

***

Même si elle était mécontente d'avoir été renvoyée avec tant de mépris par Madoc ap Gruffydd qui s'était empressé de disparaître sitôt apparu, Roslynn fut heureuse de se retrouver seule. Elle avait besoin de calme pour considérer tout ce qui s'était passé depuis qu'ils étaient arrivés à Llanpowell.

Située en hauteur, la chambre à laquelle la servante l'avait conduite était étonnamment confortable, bien qu'un peu poussiéreuse. Les meubles — un lit ceint de rideaux, une petite table de bois, un tabouret et une table de toilette — étaient anciens, mais bien cirés. Les tentures du lit, teintes dans un bleu vibrant, étaient accrochées à des anneaux de bronze. L'absence de pichet et de linge sur la table de toilette suggérait que la pièce n'avait pas été utilisée récemment.

Peut-être la gardait-on pour des invités, et que le seigneur avait une chambre plus belle dans une autre partie du château.

Elle alla à l'étroite croisée et regarda dehors. D'ici, on n'apercevait que la courtine intérieure, une vue qui n'était guère réjouissante. D'un autre côté, elle n'avait nullement besoin de voir plus qu'elle n'avait déjà vu de ce domaine. Après tout, n'était-elle pas destinée à quitter Llanpowell très bientôt ?

Même si elle ne souhaitait pas courroucer le roi par un refus direct, elle était prête à le faire si cela s'avérait nécessaire. Elle préférerait essuyer le courroux de John plutôt que d'épouser un homme au caractère emporté, peut-être violent, qui la rendrait malheureuse. Elle avait vécu cette existence une fois ; elle ne recommencerait pas.

Elle entendit de lourdes bottes qui montaient rapidement l'escalier et se tourna vers la porte juste comme sire Alfred la franchissait en trombe.

— Par tous les saints, ma dame ! déclara-t-il en entrant dans la chambre sans y avoir été invité. Dire que je me suis senti désolé pour vous !

Il s'arrêta, les poings sur les hanches, la fusillant du regard.

— Qui pensez-vous être ?

— Je suis dame Roslynn de Werre, fille de dame Eloïse et de sire James de Briston, répondit-elle, n'ayant peur ni de sire Alfred ni de sa colère.

Il avait très peu de pouvoir sur elle ici, si loin du roi.

Sa réponse calme n'atténua pas l'exaspération du noble normand.

— A quelle sorte de jeu jouez-vous, ma dame ? Vous n'avez pas émis une seule protestation durant tout le voyage jusqu'ici !

— Je ne joue à aucun jeu. Comme je l'ai dit, je ne suis pas opposée au mariage en lui-même, seulement au fait de retourner à la Cour si sire Madoc ne veut pas de moi. Vous savez le genre d'hommes que John a autour de lui. Est-il surprenant que je ne veuille pas les retrouver ?

Sire Alfred ne répondit pas directement, sans doute parce qu'il connaissait l'entourage du roi.

— Vous auriez dû parler au roi de vos sentiments.

Comme si John s'en souciait ! Mais elle se contenta de remarquer :

— Et lui aurait dû m'en dire plus sur Madoc ap Gruffydd.

— Afin que vous puissiez trouver des excuses pour ne pas lui obéir ?

— Pour savoir quel genre d'homme j'étais censée épouser. Il semble être un sauvage au tempérament bouillant qui trouve amusant de nous faire passer pour des sots. On aurait dû me dire en particulier qu'il a déjà un fils, étant donné que les fils qu'il pourrait me donner n'hériteraient pas de son domaine, mais seulement d'une partie.

— Tous les enfants que j'aurai hériteront à part égale, à l'exception du titre, déclara le « sauvage » en personne depuis la porte.

Roslynn et sire Alfred sursautèrent avant de pivoter vers la porte où se tenait sire Madoc, les bras croisés.

Dieu lui vienne en aide, pensa-t-elle, qu'avait-il entendu au juste ?

— C'est une décision que j'ai prise avant la naissance de mon premier enfant et je m'y tiendrai, si j'ai la bénédiction d'en avoir d'autres, continua-t-il en entrant dans la chambre.

Il haussa un sourcil d'un air interrogateur.

— Puis-je demander ce que vous faites dans la chambre de la dame, sire ?

Sire Alfred se redressa de toute sa taille.

— En tant que représentant du roi, j'ai tous les droits de lui parler en privé.

— Pas dans mon château.

Le Normand n'aurait pas paru plus offensé s'il avait reçu un soufflet.

— Je suis un homme honorable !

— C'est ce que vous dites, mais les mots n'ont que peu de valeur.

— Alors écoutez-moi, déclara Roslynn, sa propre colère flambant en elle. Quoi qu'ait été mon défunt époux, je suis une femme honorable et il n'y a rien d'inconvenant entre sire Alfred et moi !

— Je l'espère.

— Messire Madoc, dit-elle d'un ton sec, si vous n'êtes venu ici que pour nous insulter...

— Je suis venu vous parler, ma dame, de préférence sans la présence du laquais du roi.

— Messire ! se récria le Normand en portant la main au pommeau de son épée. Je suis le *représentant* du roi et en tant que tel, responsable de dame Roslynn. A moins que vous ne soyez mariés, vous ne pouvez pas être seul avec elle.

Le Gallois fronça les sourcils d'un air menaçant.

— Pensez-vous que je vais m'imposer à elle de force ?

Combattant la peur que ces mots engendraient, les visions et les souvenirs qu'ils réveillaient en elle, Roslynn se mit à reculer, saisissant la dague glissée dans sa ceinture. L'arme avait beau être petite, elle était aussi mortellement aiguisée, et Roslynn n'hésiterait pas à s'en servir si elle le devait. Plus jamais, elle ne laisserait un homme l'utiliser à sa guise. Jamais.

— Elle est sous la protection du roi ! s'exclama sire Alfred, saisissant aussi son arme.

— Qui, à ce que je crois savoir, a la fâcheuse habitude de s'imposer aux femmes, y compris aux épouses et aux filles de ses courtisans, répliqua le Gallois. Et pourquoi ne le risquerais-je pas, si vous voulez que nous nous mariions ? La dame ne me refuserait sûrement pas si je le faisais.

Dieu la protège ! pensa Roslynn, atterrée. Il était peut-être encore pire que Wimarc.

Sire Alfred tira son épée et se plaça devant elle.

— Touchez-la à votre propre péril, Gallois. Elle est sous ma surveillance, et je protégerai son honneur de ma vie !

Pendant un moment où elle retint son souffle, Roslynn craignit qu'ils n'en viennent aux mains, jusqu'à ce que le seigneur de Llanpowell relâche lentement sa respiration et s'ébroue, évoquant un grand ours, tandis que sa colère semblait se dissiper.

— Votre défense de la dame est à porter à votre crédit, sire Alfred. Vous pouvez rengainer votre épée, car sa vertu ne craint rien avec moi. Je n'ai jamais forcé une femme et ne le ferai jamais.

Il marqua une pause.

— Hélas, en règle générale, je trouve presque impossible de dire si un Normand est honorable ou pas. Maintenant, je suis certain que vous l'êtes.

Roslynn poussa sire Alfred de côté.

— Etait-ce une sorte d'épreuve, espèce de mufle gallois, pour mesurer l'honneur de sire Alfred ou le mien ? demanda-t-elle, le corps vibrant de fureur. Peut-être espériez-vous me trouver dans les bras de sire Alfred, ce qui aurait été pour vous la meilleure solution pour me rejeter et quémander une autre récompense au roi ? Hélas, votre plan était destiné à échouer, car j'accorde autant de valeur à mon honneur que n'importe quel homme.

Elle désigna la porte.

— Sortez !

Il haussa un sourcil, mais ne bougea pas.

— Sortez ! répéta-t-elle avec force, et comme il ne bougeait toujours pas, elle tira la dague de sa ceinture.

En deux enjambées, le seigneur de Llanpowell traversa la pièce et empoigna son avant-bras. Il avait l'air d'un dieu enragé, plus courroucé qu'elle n'avait jamais vu aucun homme, même Wimarc lorsqu'il avait été arrêté. Terrifiée, elle cria et se jeta sur le côté, se protégeant la tête de son autre bras dans l'attente des insultes et des coups qui allaient venir.

A la place, elle entendit sa voix, calme mais ferme et tendue, lorsqu'il la relâcha.

— Je ne vais pas vous frapper, ma dame, bien que vous ayez tiré une dague contre moi et que j'aie tous les droits de me défendre, y compris contre une femme.

Même si elle connaissait à peine Madoc, elle pouvait dire avec certitude qu'il était sincère. Peu à peu, sa peur reflua.

— J'ai tiré ma dague parce que je ne laisserai plus jamais un homme me prendre contre ma volonté, déclara-t-elle d'une voix altérée.

Les yeux de sire Madoc étincelèrent de surprise, puis de ce qui ressemblait à de la pitié, comme si elle était une pauvre chose pathétique.

— Je n'ai pas été violée par un étranger, se hâta-t-elle d'expliquer, blessée dans sa fierté. Ce n'est pas un voleur ou un hors-la-loi qui m'a outragée. C'est mon époux en personne. Notre lit n'était destiné qu'à son plaisir, jamais au mien.

Sire Alfred s'empourpra.

— S'il était votre époux, c'était son droit de…

— Laissez-nous, sire, ordonna le Gallois. Je parlerai seul à seule avec cette dame et je ne la toucherai pas. Je vous en donne ma parole.

Roslynn vit la véracité de sa promesse dans ses profonds yeux bruns qui semblaient révéler chacune de ses émotions. En outre, lui parler pouvait être sa seule et unique chance d'assurer sa liberté. Elle allait donc la saisir, et si elle avait tort de faire confiance à ce regard, elle aurait toujours sa dague.

Mais sire Alfred n'était pas enclin à accepter.

— Ceci est des plus…

— Messire, je vous en prie, insista Roslynn.

Il rengaina son épée.

— Fort bien, je m'en vais, mais sachez ceci, sire : vous ne me ferez pas attendre comme un chien en laisse. Dans deux jours, je rentrerai à la Cour, avec dame Roslynn ou sans elle. Toutefois, si ce mariage *n'a pas* lieu, soyez assuré que je n'en serai pas tenu pour responsable !

Chapitre 3

Lorsque sire Alfred eut quitté la chambre, le seigneur de Llanpowell se tourna vers Roslynn et l'examina comme s'il n'avait jamais vu une femme auparavant.

— Vous m'auriez tué si j'avais essayé de m'imposer à vous par la force, n'est-ce pas ?

Elle ne vit pas de raison de mentir.

— Oui. Je pensais ce que j'ai dit.

— Moi aussi. Je n'ai jamais pris une femme contre sa volonté, et je ne le ferai jamais. Je n'ai jamais frappé une femme, non plus, ni battu mes servantes. De tels agissements sont dignes d'une brute et d'un lâche.

Les mots pouvaient être aussi insignifiants et immatériels que de l'air. Comment un homme de son tempérament pouvait-il ne pas frapper sous l'effet de la colère ? se demanda Roslynn, sceptique.

Il passa devant elle pour aller à la croisée, où il regarda fixement le mur de la courtine et parla sans lui faire face.

— Votre mariage avec Wimarc… Vous y avez été contrainte ?

— Non, sire, répondit-elle franchement, même si cela lui faisait honte et la blessait profondément de l'admettre. Je croyais qu'il m'aimait, mais j'ai découvert ensuite que je n'étais rien de plus pour lui qu'une dot et une femme dont il pouvait abuser quand il en éprouvait le besoin. Pire, c'était un traître et malgré mon innocence, j'aurais pu subir la mort d'une traîtresse, moi aussi, sans l'intervention d'amis. Les rois sont des hommes soupçonneux, et mon sort aurait pu aisément être différent.

— Ainsi, le roi vous a laissée vivre pour vous utiliser comme son instrument, son bien.

Que pouvait-elle répondre à cela ? C'était la vérité.

Le Gallois se tourna enfin, s'appuyant contre le rebord de la croisée.

— J'ai entendu parler de votre époux. Aussi lisse qu'une loutre, beau et intelligent. Il a tourné des têtes plus âgées et plus sages que la vôtre. Et l'amour peut rendre sot n'importe qui.

— A présent, je ne suis plus sûre que je l'aie réellement aimé, dit Roslynn. J'étais flattée par son attention et charmée par son apparence, voilà tout.

Dieu ait pitié d'elle, qu'est-ce qui l'avait poussée à faire cet aveu ? se demanda-t-elle, atterrée. Et à un étranger, en outre, tout spécialement un étranger qu'elle était censée épouser ?

— Ainsi, vous avez été trompée et mariée à un traître, et maintenant le roi pense se servir de vous, réfléchit Madoc à voix haute. Néanmoins, vous avez de la famille et des amis. Le couvent n'est sûrement pas votre seule solution si nous ne nous marions pas.

— J'ai causé la disgrâce de mes parents et j'ai pesé assez longtemps sur mes amis, alors si je ne vous épouse pas, ce sera l'Eglise pour moi.

— Dans ce cas, vous ne pourrez jamais avoir d'enfants, observa-t-il.

— Comme je ne suis pas simplette, j'en ai bien conscience.

Il la contourna et elle sentit son regard sur elle, mais elle ne bougea pas. Qu'il la regarde autant qu'il voulait. Elle avait déjà été l'objet des regards insistants des hommes, en particulier à la Cour.

— Je pense que vous n'êtes pas plus avide d'entrer dans les ordres que je ne le suis de me faire des ennemis, déclara-t-il enfin. Malgré ce que j'ai dit à sire Alfred, j'aimerais mieux ne pas avoir John pour ennemi. Mais même ainsi, comme je l'ai dit plus tôt, je n'épouserai pas une femme qui n'est pas consentante.

Il s'arrêta derrière elle et, quand il reprit la parole, sa voix était basse et douce, comme celle d'un amant, ou comme Roslynn avait toujours imaginé que la voix d'un amant devait être.

— Mais vous n'avez pas besoin pour autant de vous enfermer dans un couvent, ma dame. Nous pouvons trouver des excuses pour expliquer pourquoi nous ne nous marierons pas. Une maladie, peut-être, ou bien je pourrais prétendre que je me suis fiancé depuis que j'ai passé mon marché avec John. Ou encore que nos grands-parents avaient des liens de parenté trop étroits. Pendant ce temps, vous serez la bienvenue chez moi aussi longtemps que vous le voudrez, et cela que nous nous mariions ou non.

Qu'ils se marient ou non ? Il envisageait réellement d'accepter la proposition du roi ?

Elle se tourna pour lui faire face et essaya de jauger ses véritables sentiments. La voulait-elle, *elle*, ou seulement sa dot ? Espérait-il se servir d'elle, comme Wimarc l'avait fait ? Comme compagne de lit, ou pion politique, ou les deux ? Que voulait-il vraiment ?

Ce qu'elle vit dans ses yeux n'était pas de la cupidité, de la concupiscence ou de l'ambition, mais une expression spéculative qui correspondait à la sienne, comme s'il était juste curieux de savoir ce qu'*elle* voulait.

Tandis que leurs regards se rencontraient et se soutenaient, cependant, elle vit et sentit autre chose dans les yeux de Madoc.

De l'attirance et du désir.

Ce qu'elle ressentait aussi.

Oui, il était un homme capable de la tenter, mais… et après ? Madoc ap Gruffydd n'était pas un jeune garçon, un vert jouvenceau jouant à l'amour. Il n'était pas non plus un courtisan, habitué au badinage et aux jeux légers de la séduction.

Le seigneur de Llanpowell était différent de tous les hommes qu'elle avait rencontrés jusque-là, totalement. Il était plus élémentaire, plus primitif. Plus viril et plus excitant aussi.

Tandis que cette idée la frappait, une autre suivit : Madoc était encore plus dangereux pour elle que Wimarc. En le désirant, elle lui présentait une faiblesse qui pourrait la pousser à commettre une autre terrible erreur.

Elle humecta ses lèvres, soudain sèches.

— Je pensais que vous étiez offensé par cette proposition, dit-elle.

A sa grande surprise, la bouche de Madoc s'incurva en un vrai sourire qui le fit ressembler à une version juvénile de son oncle, tout aussi inoffensif que le vieillard.

— J'étais en colère parce que John n'a pas envoyé ce qu'il avait promis, oui. Et aussi choqué par ce qu'il a envoyé à la place, mais je commence à penser que j'ai été trop hâtif dans mon emportement.

Ce n'était pas ce qu'elle souhaitait entendre. Ni maintenant, ni jamais.

Pas de lui.

S'il remarqua son désarroi, Madoc ne s'en montra pas affecté.

— Il n'est pas nécessaire de se décider aujourd'hui au sujet de ce mariage, dit-il d'un ton cordial, en tendant son bras. Pour ma part, je ne vois pas d'inconvénient à faire attendre sire Alfred. Et vous ?

Elle faillit dire à cet homme que sa décision était déjà prise et qu'elle ne serait jamais sa femme, mais la prudence l'enjoignit à se taire. De quelque façon que sire Madoc se conduise maintenant, il était un étranger pour elle et il pouvait encore projeter de lui faire porter le blâme de la désobéissance s'ils ne se mariaient pas. Il vaudrait beaucoup mieux pour elle, ses amis et sa famille, que ce soit Madoc ap Gruffydd qui contrecarre la volonté du roi.

Alors, elle plaça légèrement sa main sur son bras musclé et ignora le petit frisson qui sembla se faufiler de ce point de contact jusqu'à son cœur.

— Pas le moindre, sire, répondit-elle. Quoi que vous décidiez, la perspective d'un séjour au pays de Galles me ravit.

Il plissa les paupières avec un air soupçonneux et

elle lui décocha ce sourire factice dont elle s'était servie si efficacement à la Cour, pour tromper ses ennemis.

Vivement conscient de la belle femme assise à sa droite dans la grand-salle éclairée par des torches, Madoc s'efforça de manger comme s'il n'avait pas un seul tracas au monde. Hélas, il en avait, et le moindre d'entre eux n'était pas d'espérer que son désir pour dame Roslynn ne soit pas complètement évident.

Il l'avait désirée dès qu'il avait posé les yeux sur elle, et même après avoir appris pourquoi elle et le noble normand étaient venus à Llanpowell, alors que cela aurait dû étouffer sa passion sur-le-champ et de façon définitive. A son grand dam, cela n'avait semblé qu'accroître sa concupiscence. Comment expliquer autrement sa requête de rester seul avec elle, et l'envie presque toute-puissante de la prendre dans ses bras quand elle avait parlé de sa brute d'époux ?

Pourtant, il avait déjà fréquenté de très belles femmes. Il avait fait l'amour à plus d'une. Qu'avait donc dame Roslynn pour l'envoûter ainsi ?

Sa beauté, bien sûr. Son tempérament hardi, comme il l'avait dit. Mais il y avait autre chose, un défi dans ses yeux brillants qui le faisait penser qu'être choisi par elle ne serait pas un petit succès.

Malheureusement, s'il acceptait de l'épouser, cela signifierait aussi accepter un lien permanent avec une femme qu'il ne connaissait pas et une alliance plus solide avec le roi Plantagenêt.

Il reposa son gobelet en argent, prenant soin de ne pas effleurer le bras de sa voisine. Il ne voulait pas trop boire de crainte d'en dire plus qu'il ne le devrait — au sujet d'elle, au sujet de lui-même ou de ce qu'il pensait réellement du roi John.

Son oncle Lloyd n'avait visiblement pas de tels soucis, tandis qu'il vidait une autre coupe de *braggot*. D'une manière intéressante, et même s'il le regretterait probablement le lendemain, sire Alfred l'imitait, gobelet après gobelet.

Si cette salle n'était pas des plus grande ni des plus luxueuse, au moins n'avait-il pas à avoir honte de la nourriture et de la boisson contenues dans ses celliers et ses caves, pensa Madoc.

Son cuisinier, Hywel, avait appris son métier dans les cuisines du comte de Pembroke en personne. Il n'était pas seulement versé dans les plats ordinaires, mais aussi dans les potages à la crème, les tourtes au fromage, les pommes cuites, les pâtisseries, le saumon, la truite et même les cygnes, les courlis et les merles, bien que ces derniers soient trop chers pour être servis à Llanpowell. Des fermiers et des pêcheurs venaient au château avec leurs meilleurs produits et les plus frais, et ce qui n'était pas rôti, Hywel le transformait en ragoûts, consommés et soupes savoureux. Son pain était le meilleur du pays de Galles, ses douceurs et ses crèmes sucrées étaient aussi bonnes que tout ce que l'on trouvait en Angleterre.

Ce soir, bien que ces visiteurs soient arrivés à l'improviste, le cuisinier s'était haussé à la hauteur de l'occasion et d'une façon admirable, avec six plats comprenant un ragoût de bœuf, du mouton rôti, du brochet avec une sauce verte au vinaigre et au persil, du poulet fourré aux œufs et aux oignons, pour finir par des poires au vin et sa spécialité, les pommes cuites, épicées selon sa recette secrète.

Lloyd accrocha le regard de Madoc et leva son gobelet pour le saluer.

— C'est une beauté que John vous a envoyée, mon neveu, roucoula-t-il en gallois. Aussi fraîche que les premières fleurs du printemps !

Madoc n'avait pas besoin qu'on lui rappelle que dame Roslynn était une beauté, avec sa peau lisse et pâle, ses brillants yeux noisette, ses cheveux châtains et ses lèvres aussi rouges que des baies de houx, ni qu'elle était jeune. Ses manières étaient impeccables ; elle mangeait et buvait avec la délicatesse que l'on pouvait attendre d'une dame de haute naissance.

Sa cotte, comme son attitude, était simple et modeste. Elle était en drap bleu foncé avec un corselet au décolleté carré, sans galons ni autre fioriture. Même ainsi, elle ne pouvait dissimuler sa silhouette aux courbes voluptueuses.

La ceinture en cuir clouté posée sur ses hanches minces accentuait la gracieuse sensualité de ses mouvements, comme Madoc n'avait pas manqué de le remarquer lorsqu'elle était entrée. La majeure partie de sa chevelure était couverte d'un voile blanc qui dissimulait à peine ses brillants cheveux châtains. On aurait dit qu'elle le portait pour le taquiner, lui laissant entrevoir les mèches dorées qu'il rêvait de caresser.

Quel homme dans cette grand-salle ne lui envierait pas la chance d'avoir une telle promise ? Quel homme ici ne la voudrait pas pour lui ?

Ivor, son ami et intendant, sans doute.

Il jeta un coup d'œil à son homme de confiance,

assis non loin. Simplement vêtu d'une longue tunique de drap ceinturée, il était aussi attentif que toujours. Rien n'échappait à son perçant regard noisette, et alors que sa jambe infirme lui interdisait d'espérer la gloire au combat, son intelligence et sa loyauté le rendaient indispensable à Llanpowell.

Toutefois, Ivor avait été le premier à s'opposer à l'idée d'aider le roi Plantagenêt à arrêter des traîtres qui complotaient une rébellion, jusqu'à ce que Madoc, voyant peu de risques à courir pour un gain important, passe au-dessus de ses conseils.

Il avait eu raison, car il n'avait pas perdu un seul homme dans l'entreprise et s'était attiré la reconnaissance du roi John. Sauf qu'à présent, John ne lui envoyait pas de l'argent comme promis, mais une fiancée dont la dot était considérable.

Quel genre de femme était dame Roslynn de Werre ? Comment dirigerait-elle sa maison et élèverait-elle leurs enfants ? Comment serait-elle dans son lit ? Sa première épouse pleurait toutes les nuits, et Madoc ne souhaitait pas renouveler l'expérience.

— J'ai ouï dire que vous avez rendu une visite privée à dame Roslynn avant le souper, observa Lloyd en gallois, une lueur malicieuse dans les yeux. Vous avez eu une petite conversation ?

Madoc s'obligea à sourire et s'efforça de ne pas remarquer que Roslynn écoutait, même si elle ne comprenait pas leur langue.

— En effet, répondit-il. Ne pensez-vous pas que je devrais apprendre à la connaître, si nous devons nous marier ? Et qu'elle devrait mieux me connaître aussi ?

Lloyd fronça les sourcils.

— Quoi, vous avez juste parlé ?

— C'est une femme honorable et je suis un homme d'honneur, alors quoi d'autre ?

— De quoi y a-t-il à discuter ? rétorqua l'oncle de Madoc. C'est une femme charmante et vous êtes le meilleur parti du pays. Et il est temps que vous vous remariiez, mon neveu. Vous ne pouvez vivre éternellement comme un moine. Ce n'est pas naturel.

Madoc prit un quignon de pain de seigle dans le panier devant lui.

— Je ne suis pas chaste et vous le savez.

— C'est tout comme, insista Lloyd. Depuis combien de temps n'avez-vous pas couché avec une femme ? Et vous êtes dans la prime jeunesse ! Ah, si j'avais votre âge et votre apparence...

— Oui, mon oncle, dit Madoc, espérant couper court à la conversation.

Même si la dame ne comprenait pas leur langue, plusieurs personnes non loin de là la comprenaient, y compris Ivor, assis à la gauche du Normand. Et la plupart gloussaient, ou essayaient de s'en empêcher.

Sauf le mince Ivor à l'air pensif. Il était aussi sérieux qu'un pape, sans doute parce qu'il considérait déjà les conséquences politiques d'une telle union, ainsi que financières.

— Votre oncle semble être un gai luron, nota dame Roslynn dans le moment de silence qui suivit. Dommage que je ne puisse comprendre ce qu'il dit.

Les yeux de Lloyd pétillèrent de jubilation.

— Allez-vous lui dire, Madoc, ou dois-je le faire ?

— Il dit que vous êtes très belle et que je suis un homme fortuné, répondit Madoc.

Son oncle rit et tapota le bras de Roslynn.

— C'est bien vrai ! J'espère que vous n'êtes pas contrariée par le tempérament de mon neveu. Il est passionné, notre Madoc.

Les yeux de Roslynn étaient aussi énigmatiques que possible.

— Oui, je l'ai remarqué.

Les broussailleux sourcils gris de Lloyd se froncèrent.

— Il n'y a pas là de quoi s'inquiéter, ma dame. Madoc s'enflamme aussi vite que l'éclair et refroidit tout aussi rapidement. Il n'est pas homme à garder des rancœurs, non plus — en tout cas pas souvent, et pas sans bonnes raisons.

Madoc jeta à son oncle un regard d'avertissement. Lloyd s'aventurait en terrain dangereux.

— C'est un archer habile, également, ajouta ce dernier, changeant sagement de sujet. Il peut toucher le cœur de sa cible à cent pieds, avec une facilité incroyable.

— Vous, un noble, utiliser un arc ? s'étonna sire Alfred avec dédain.

Madoc ne se souciait pas de ce que le Normand pensait de lui, aussi répondit-il sans animosité.

— Oui, je tire à l'arc. Quoi qu'en pensent les Normands, c'est une arme de valeur. Elle met l'ennemi à son désavantage quand il est encore loin. Une bonne volée de flèches, et il détale avant que l'on ait porté un seul coup.

— Ce n'est guère chevaleresque, commenta sire Alfred en soufflant d'un air méprisant.

— C'est ce que dit un homme qui porte soixante livres d'armure, fit remarquer Lloyd. Parlez-en à vos fantassins.

Madoc se rendit compte qu'il avait complètement émietté le quignon de pain.

— Les Gallois ont leurs façons de faire et les Normands les leurs, dit-il en chassant les miettes de la table.

Les chiens, toujours affamés, s'empressèrent de les lécher.

— Seul le temps dira lesquelles sont efficaces. Nous devrions peut-être parler d'autre chose que de guerre.

— Vous avez raison, acquiesça son oncle d'un air magnanime. Je parie à trois contre un que John sera renversé avant d'avoir un héritier.

— Je ne pense pas que la politique soit un sujet convenable non plus, dit vivement Madoc, en s'efforçant de ne pas montrer son exaspération devant les Normands.

Il aimait son oncle comme un second père, mais certaines fois Lloyd pouvait mettre à l'épreuve la patience d'un saint, et il n'en était pas un.

— A propos d'héritiers, j'espérais rencontrer votre fils ce soir, déclara Roslynn.

Dieu lui vienne en aide, pensa Madoc, il aurait mieux valu continuer à parler de John, ou de n'importe quoi d'autre. Mais il était piégé.

— Owain est élevé ailleurs, ma dame, répondit-il succinctement.

Grâce au ciel, les serviteurs arrivèrent pour ôter les fruits, les nappes et les tables avant qu'il n'ait à en dire plus. Néanmoins, Madoc choisit de prendre ses précautions pour éviter d'avoir à reparler d'Owain ou de sa mère.

— Nul ne connaît mieux l'histoire du pays de Galles et ne la raconte de façon plus intéressante que mon oncle, ma dame. Peut-être aimeriez-vous entendre quelques-uns de ses récits ?

Lloyd sourit fièrement en se déplaçant pour permettre aux serviteurs d'enlever la table sur tréteaux.

— Oui, ma dame, il y a nombre d'histoires palpitantes : des récits de bataille en abondance, des tours malins et des histoires d'amour… Oh, doux Jésus, les seigneurs de Llanpowell ont toujours été connus pour leur propension à l'amour.

— Vraiment ?

Roslynn décocha à Madoc un coup d'œil légèrement narquois.

— J'aimerais tout savoir de la famille de sire Madoc, déclara-t-elle.

Le souhaitait-elle vraiment, ou ne le disait-elle que parce qu'on l'attendait d'elle ? se demanda Madoc, agacé. Et pourquoi diable rougissait-il ?

Troublé, il décida de ne pas s'attarder. Après tout, il avait déjà entendu ces histoires un millier de fois auparavant. Aussi, dès que les tables furent enlevées, les bancs installés en rond autour du feu et que les convives se furent rassis, il quitta ses hôtes pour aller parler à Ivor. Pendant ce temps, Lloyd se lança dans le récit des combats des ancêtres de Madoc contre les Romains, et ensuite contre tous les Vikings qui osaient s'aventurer si loin à l'intérieur des terres. Les seigneurs de Llanpowell avaient toujours repoussé les envahisseurs.

Tandis qu'il rejoignait son intendant, qui était presque caché derrière un pilier, Madoc nota que dame Roslynn paraissait sincèrement intéressée et que même sire Alfred semblait se détendre. Mais ce n'était peut-être que l'effet du *braggot*.

Après quelques mots de salutation, Madoc fit passer son ami derrière le pilier.

— Vous avez vérifié la dot ? demanda-t-il à voix basse.

— Oui, elle est aussi importante que vous le disiez, répondit Ivor. Huit cents marcs en argent et en biens divers, y compris quelques-uns des plus beaux bijoux que j'aie jamais vus.

Il pencha la tête de côté pour observer son maître et ami à la lumière vacillante des flambeaux.

— Vous ne songez pas à accepter ce mariage, n'est-ce pas, Madoc ?

Madoc avait un « non » sur le bout de la langue. Il ne voulait pas épouser une femme qu'il n'avait jamais vue auparavant, et spécialement une femme envoyée par John. Mais alors, il se remémora le feu qui brûlait dans les yeux de dame Roslynn, sa silhouette aux belles courbes, ses lèvres pleines et rouges et sa vibrante hardiesse lorsqu'elle se confrontait à lui et au Normand qui l'avait amenée.

Il pensa aussi à la vie qu'elle avait dû endurer à la cour de John. Il avait suffisamment entendu parler du roi et de ses courtisans pour deviner qu'elle n'avait pas dû être facile pour une femme aussi fière et belle qu'elle.

Aussi, à la place, répondit-il avec précaution :

— Tout bien considéré, il se peut que je n'aie guère

le choix. John et ses favoris comme William de Braose sont des hommes puissants qui peuvent nous écraser à tout moment s'ils le décident.

— Mais elle est la veuve d'un traître ! protesta Ivor.

— Elle n'était pas le traître, répondit Madoc. Et vous êtes toujours en train de me dire que nous avons besoin d'argent pour réparer le château et acheter des provisions pour l'hiver. En outre, il y a ce malotru au sud avec ces bons arcs, et davantage d'armures ne seraient pas de trop, non plus. Avec un homme faible et égoïste comme John sur le trône, la guerre est plus probable que la paix.

— Sans oublier qu'elle est très belle, nota platement Ivor, comme s'il faisait un décompte de toisons.

Madoc ne vit pas l'utilité de confirmer ce qui était évident.

— Avez-vous découvert autre chose sur elle en parlant aux soldats de sire Alfred ? s'enquit-il.

— Apparemment, c'est une dame tranquille et gracieuse, qui n'a pas posé de problèmes durant le trajet. Mais elle a aidé à faire capturer son époux, Madoc. Elle a concocté une sorte de piège contre lui.

— D'après ce que nous savons de Wimarc de Werre, répondit Madoc, et ce qu'elle m'a dit elle-même à son sujet, je ne peux l'en blâmer. Cet homme était un monstre, Ivor, et un traître à son roi.

— A vous entendre, vous semblez à mi-chemin d'accepter de l'épouser.

— Je ne suis simplement pas prêt à dire non d'emblée. Il y a la dot et le sort de la dame à considérer, aussi.

Les fins sourcils bruns d'Ivor se froncèrent.

— Pourquoi son avenir devrait-il nous concerner ?

— Parce qu'elle est une femme et que nous sommes des hommes honorables. Si je ne l'accepte pas, elle dit qu'elle ne retournera pas à la Cour. Elle préférerait rentrer au couvent.

— Alors qu'elle y aille, si c'est ce qu'elle veut.

— Je ne le pense pas, déclara Madoc, sinon elle l'aurait fait au lieu de venir ici avec sire Alfred.

— Eh bien, si c'est le mariage qu'elle souhaite, qu'elle se marie, mais pourquoi cela devrait-il être avec vous ?

— Parce que, d'après sire Alfred, c'est la seule façon pour moi d'obtenir l'argent qui m'a été promis, répondit Madoc en s'efforçant de se concentrer sur ce qu'il pourrait faire de la dot, et non d'imaginer dame Roslynn dans son lit et dans ses bras.

Ivor regarda son ami avec sympathie et une trace de remords.

— Ecoutez, Madoc, nous savons tous que vous avez eu le cœur brisé quand Gwendolyn est morte, mais il y a quantité de Galloises honorables qui seraient heureuses de vous épouser. Et je sais que je vous répète souvent que nous ne sommes pas très riches, mais nous pouvons nous passer de cette dot.

Par ces paroles, Ivor prouvait une fois de plus qu'il croyait, comme tout le monde à Llanpowell, que le mariage de Madoc avec Gwendolyn avait été une union d'amour et de bonheur, malgré la façon dont il s'était produit. Nul ne savait ce qui s'était passé entre les jeunes mariés lors de leur nuit de noces et des nuits qui avaient suivi, pendant neuf mois de chagrin. Et Madoc ne comptait pas le lui dire.

— Toutefois, notre vie serait plus facile et plus sûre avec l'argent, s'obstina-t-il. C'est la raison pour laquelle je me suis porté au secours de John, pour commencer.

Il marqua une pause, pensif.

— Vous aviez raison de me mettre en garde, Ivor. Vous disiez qu'il y aurait un traquenard quelque part. Mais il est trop tard, maintenant. C'est soit épouser la femme que John a envoyée et toucher la dot, soit la laisser partir et perdre l'argent avec elle.

— Et dans ce cas, il n'y aura plus d'alliance avec John, non plus, dit Ivor.

Il était clair qu'il considérait cela comme une bonne chose.

— Oui, mais que va-t-il arriver à Llanpowell ? demanda Madoc.

L'intendant soupira et secoua la tête.

— Ce n'est pas à moi de prendre ce genre de décision et j'en suis heureux, admit-il. Quand devez-vous donner votre réponse à sire Alfred ?

— Il va rester deux jours, puis il retournera à la Cour, répondit Madoc.

— Cela ne vous laisse pas beaucoup de temps.

— Non. Mais soyez assuré, Ivor, que je réfléchirai soigneusement à la question avant de me décider.

Madoc décocha à son ami un sourire en coin, bien qu'il se sente tout sauf amusé.

— Maintenant, dit-il, je ferais mieux de retourner avec les autres avant qu'oncle Lloyd ne roule sous son banc, et sire Alfred avec lui.

*
* *

Après une nuit agitée et une messe dite par un vieux prêtre gallois, Roslynn était assise dans la grand-salle de Llanpowell pour rompre son jeûne. Sire Madoc, vêtu aussi simplement que la veille d'une tunique en cuir, d'une chemise de toile, de chausses de drap et de bottes, son baudrier bouclé autour de sa taille mince, avait déjà mangé et était parti.

Il avait très peu parlé tandis qu'il avalait du pain, du fromage et de la cervoise. Roslynn en avait dit encore moins et n'avait pas posé de questions, déterminée à ne pas l'encourager le moins du monde. Ce qui signifiait qu'elle n'avait aucune idée de l'endroit où il était allé, ni des raisons de son départ.

Sire Alfred avait été assis à la droite du seigneur. Il n'avait pas touché à la nourriture et pouvait à peine tenir la tête droite, sans doute parce qu'il avait trop bu de cet hydromel gallois au souper.

Assis à côté de Roslynn, l'oncle de sire Madoc semblait toujours aussi gai et en faveur du mariage que la veille.

— Je vous avais averti à propos du *braggot*, non ? dit-il en posant la main sur l'épaule de sire Alfred, qui avait le teint légèrement vert à présent. Les Normands n'ont pas l'estomac pour le supporter. Il faut être élevé avec, vous voyez. Quant à moi, je peux en boire un seau et être…

Le Normand bondit de la table, les mains serrées sur son estomac.

— Par saint Daffyd, il ne supporte pas du tout le

braggot, dit Lloyd avec un soupir, en secouant la tête d'un air chagriné.

— Tout homme qui boit un seau de n'importe quoi a des chances d'être malade le lendemain, observa Roslynn, se sentant le devoir de défendre son compatriote même si elle ne l'aimait pas et s'il avait traité ce voyage comme une corvée extrêmement pénible.

— C'est bien vrai, ma dame, c'est bien vrai, répondit Lloyd. Vous paraissez un peu défaite vous-même. J'espère que vous ne couvez pas quelque chose.

— Je suis rarement malade.

— Eh bien, c'est une bénédiction.

La réponse convaincue du Gallois poussa Roslynn à se demander si la première épouse de sire Madoc avait été de santé délicate. Ou peut-être ne voulait-il simplement pas que son neveu perde une autre femme.

— Madoc est aussi sain qu'un jeune cerf, continua Lloyd. Et fort, aussi. Et viril. Son fils est né juste neuf mois après son mariage avec Gwendolyn. Une vraie pitié qu'elle soit morte si jeune et si vite.

Pas sûre de ce qu'elle devait répondre à cela, si elle devait y répondre, Roslynn se concentra sur la fin de son repas, composé de pain et de soupe de pois, et se demanda comment elle pourrait éviter le seigneur de Llanpowell le reste de la journée. Peut-être devrait-elle se tenir terrée dans la grand-salle, même si le soleil brillait et si le ciel était sans nuages.

Ou alors, rester dans sa chambre, en haut. Elle pourrait toujours faire un peu de couture, peut-être terminer le galon brodé qu'elle confectionnait pour sa cotte bleue…

Un cri éclata soudain en provenance des remparts.

Roslynn sursauta. Sire Madoc était-il déjà revenu ? Les battements de son cœur se mirent à s'accélérer lorsque plusieurs soldats jaillirent dans la salle pour empoigner des armes et se ruer à l'extérieur en hurlant.

Chapitre 4

— Que se passe-t-il ? demanda Roslynn à l'oncle de Madoc en commençant à se lever. Le château est-il attaqué ?

— Non, non, s'empressa de la rassurer Lloyd, en lui tapotant le bras. Ceux de l'autre côté de la montagne ont encore essayé de voler des moutons sur la pente nord, c'est tout.

Roslynn se rassit lentement, le visage soucieux.

— Vous n'avez pas à vous inquiéter, ma dame, poursuivit le vieux Gallois. Ils seront retournés sur leurs terres, à présent. Madoc et ses hommes s'en assureront, compteront combien de moutons ont été volés, et feront en sorte que le berger et le reste du troupeau soient en sécurité. Et d'ici demain, vous pouvez me croire, il manquera aux voleurs un nombre égal de bêtes.

— Messire Madoc ne va pas essayer de les attraper et de récupérer ses propres moutons ? demanda Roslynn, étonnée.

— Non.

— Mais pourquoi ? Surtout s'il sait qui le vole…

— C'est une sorte de querelle, ma dame, expliqua Lloyd avec un air embarrassé.

Une *sorte* de querelle ?

— Est-ce une quelconque tradition galloise ?

Il rougit et passa une main sur sa barbe.

— Je ferais mieux de laisser Madoc vous en parler, dit-il avant de reprendre son habituelle expression joviale. Il n'y a pas de quoi se faire du souci, ma dame. Acceptez simplement le fait que de temps à autre quelques moutons disparaissent, et que Madoc ou ses hommes reprennent le même nombre dans le troupeau de Trefor.

— Il me semble que toute querelle est une question sérieuse, déclara Roslynn, dont l'intérêt était piqué. Qui est ce Trefor ?

L'oncle de Madoc eut soudain l'air de souhaiter être ailleurs.

— C'est le frère de Madoc qui vole ses moutons, grommela-t-il. Néanmoins, Trefor a moins d'hommes et un domaine moins important, vous comprenez donc pourquoi Madoc le ménage et refuse de faire appliquer la loi. Sinon, Trefor serait pendu.

En cela, sire Madoc était très différent du roi, pensa Roslynn. John ne reculerait devant rien pour mettre la main sur les terres et les titres de ses frères.

— Mais ne nous occupons pas de Trefor maintenant, dit Lloyd. Venez avec moi aux cuisines, ma dame, et régalez-vous d'une pâtisserie. Hywel a le tour de main pour les réussir.

Comme elle n'avait rien d'autre à faire, Roslynn se leva docilement pour aller avec lui, même si les pâtisseries étaient la dernière chose qu'elle avait à l'esprit.

*
* *

Madoc jura tandis qu'il galopait le long de la route accidentée qui gravissait la pente nord de la plus haute colline de son domaine.

Evidemment, Trefor choisissait ce moment pour le harceler ! Nul doute qu'il voulait embarrasser son frère devant ses hôtes normands. Peut-être Trefor avait-il appris le but de leur visite et considérait-il cela comme une raison de plus pour l'embêter.

Il aperçut alors un homme qui courait le long de la crête. Trefor en personne ! constata-t-il avec une bouffée de colère.

Il fit aussitôt volter son cheval pour le poursuivre, mais une fois au sommet de la colline, il découvrit que de la brume recouvrait la pente au-dessous comme un rideau blanc.

Furieux, Madoc se laissa glisser de sa selle. Son hongre noir renâcla et piétina le sol de ses sabots, aussi impatient que son maître de se lancer dans la poursuite. Hélas, il serait trop dangereux de chevaucher au galop à partir d'ici, ou même au trot. Il pouvait y avoir des trous et des éboulis cachés susceptibles de faire trébucher et tomber une monture.

— Du calme, Cigfran, du calme, murmura Madoc en passant la main sur la robuste encolure du cheval tandis que ses hommes les rattrapaient.

— Est-ce qu'on le poursuit, Madoc ? demanda Ioan quand les autres et lui arrivèrent au sommet et démontèrent.

— Non.

Essayer de poursuivre Trefor à pied serait aussi

risqué qu'à dos de cheval, se dit Madoc. En outre, même si lui et la plupart de ses hommes avaient passé toute leur vie dans ces collines et pouvaient courir comme des chevreuils, son frère connaissait tout aussi bien les lieux et était aussi agile.

La brève réponse du seigneur provoqua au moins un grognement mécontent parmi ses hommes. Ioan, sans doute. Il était jeune et avide de se battre, parce qu'il était doué au combat. Ou peut-être Hugh-au-grand-bec, qui avait le plus grand nez de Llanpowell et était expert à l'épée et à l'arc.

— J'ai dit non, répéta Madoc. Il est allé se terrer comme un renard. On ne l'attrapera jamais.

— Madoc! entendit-il alors.

Prenant la bride de Cigfran, il se dirigea vers la voix, laissant ses hommes frustrés derrière lui. Il trouva bientôt Emlyn, le plus ancien et le meilleur de ses bergers. L'homme à la barbe grise tenait un agneau dans ses bras comme si c'était un enfant, et à ses pieds gisait une forme blanche, plus grande, éclaboussée d'un rouge violent.

Une brebis morte et un agneau qui allait mourir de faim ou être la proie d'un renard, d'un loup, d'un aigle ou d'un faucon.

C'était un acte cruel, un acte qui ne ressemblait pas à Trefor.

— Un renard? demanda-t-il au berger, même s'il connaissait déjà la réponse.

Un renard aurait tué l'agneau, aussi.

— Des hommes, à coup sûr, répondit Emlyn.

— C'est la seule brebis morte?

— Non. Il y en a cinq autres — et le grand bélier noir a disparu.

Madoc laissa échapper une insulte galloise bien sentie tandis qu'il regardait au-delà de la crête les terres sur lesquelles s'étendait Pontymwr, le petit domaine de Trefor. Il avait compté sur ce bélier pour augmenter son troupeau. Et Trefor avait su reconnaître sa valeur, lui aussi. Pas étonnant qu'il l'ait pris, en butor vindicatif et éhonté qu'il était.

La raison de cette agressivité résidait peut-être dans le fait que Trefor avait eu vent de la dot de dame Roslynn et qu'il pensait que Madoc avait l'intention de la prendre. Bien sûr, ce n'était pas une excuse mais la jalousie de Trefor se nourrissait de tout prétexte.

— Pas une branche cassée, pas une empreinte de sabot ou de pied, observa Emlyn d'un air sombre. C'est comme de la magie, la façon qu'ils ont d'aller et de venir, aussi invisibles que des démons.

— Oui, des démons, mais ce n'est pas de la magie, dit Madoc. Trefor connaît ces collines aussi bien que nous.

Emlyn soupira tandis que l'agneau dans ses bras continuait à bêler plaintivement.

— Oui, c'est sûr. Mais je n'aurais jamais pensé qu'il se servirait de ce savoir contre nous, un jour.

— Il n'est plus l'homme qu'il était, marmonna Madoc.

En vérité, il considérait autrefois son frère aîné comme l'exemple du noble guerrier, beau, courageux, habile aux armes, irrésistible pour les femmes mais trop honorable pour en tirer avantage. Dans leur enfance, Madoc trottait derrière Trefor comme un chiot plein d'admiration et essayait de l'imiter en tout.

Jusqu'au jour du mariage de Trefor, lors duquel ce dernier avait jeté la disgrâce pas seulement sur lui-même, mais aussi sur sa famille, et avait failli détruire une alliance qui durait depuis trois générations.

Madoc se tourna vers l'homme qui était venu trouver sa patrouille, la veille, pour lui dire que les Normands étaient arrivés.

— Daffyd, prenez dix hommes, attrapez-moi six moutons du troupeau de Trefor et essayez de retrouver le bélier noir. Mais ne tuez aucune bête. Ma querelle est avec mon frère, pas avec son bétail ni avec les gens qui dépendent de lui.

Daffyd hocha la tête, puis toucha la poignée de son épée.

— Et si ceux qui ont le bélier provoquent un combat ?

— Ne tuez personne, même pas pour le bélier.

Le déplaisir de ses hommes était évident mais Madoc l'ignora, comme toujours. Son frère restait son frère et il ne pourrait jamais le dénoncer, sachant qu'au pays de Galles, le châtiment pour le vol était la pendaison. Il n'attaquerait pas non plus Pontymwr à moins que Trefor n'attaque Llanpowell. Il ne sacrifierait pas des vies à cause de sa querelle avec un homme plein d'amertume et de ressentiment.

— Vous trois, dit-il aux hommes qui se trouvaient le plus près de lui, aidez Emlyn avec les carcasses. Vous vous occuperez de l'agneau, Emlyn ?

— Oui, Madoc. J'ai une brebis qui en a perdu un.

Le berger dépècerait l'agneau mort et poserait sa

toison sur l'agneau vivant, avant de le mettre à la mamelle de la brebis. Si tout allait bien, elle le prendrait pour le sien.

Satisfait d'avoir fait tout ce qu'il fallait pour ce jour-là, Madoc fit signe au reste de ses hommes de le suivre jusqu'à leurs chevaux. Il n'y avait pas de raison de s'attarder ici, et il avait des hôtes chez lui.

Non qu'il soit particulièrement pressé de les retrouver, pensa-t-il sombrement.

Lloyd se rua sur Madoc dès qu'il démonta dans la cour.

— C'étaient Trefor et ses hommes ?

— Oui.

Son oncle devint cramoisi et ses yeux bruns flambèrent.

— J'ai tellement honte de ce garçon que je pourrais en cracher par terre !

— Nous nous dédommagerons, comme d'habitude, lui assura Madoc en renvoyant le palefrenier et en conduisant lui-même Cigfran à l'écurie. Néanmoins, cette fois, il a pris le bélier noir.

Lloyd jura tandis qu'il suivait son neveu dans le bâtiment plongé dans la pénombre, qui sentait le foin.

— Il a toujours eu l'œil pour les belles bêtes.

En effet, pensa Madoc, que ce soit pour les chevaux, les chiens, les moutons ou… les femmes.

Que ferait son frère de dame Roslynn ? se demanda-t-il. La prendrait-il pour épouse si elle lui était offerte, même par John ? Ou bien dirait-il qu'aucune femme, même très belle et avec une dot importante, ne valait une telle alliance ?

Quant au tempérament bien trempé de la dame, Trefor avait toujours préféré les femmes plus placides, comme Gwendolyn.

Lloyd retourna un seau et s'assit dessus. Madoc posa sa selle et sa couverture sur la cloison de la stalle et se mit à bouchonner Cigfran avec une poignée de paille.

Ces gestes automatiques l'aidèrent à se calmer, et les odeurs familières de cheval et de cuir lui rappelèrent que s'il avait beaucoup à regretter, il avait aussi de quoi être reconnaissant, abondamment. Quoi que Trefor fasse ou dise, c'était *lui* qui avait Llanpowell, et à juste titre. Son frère pouvait penser ce qu'il voulait, Madoc ne lui avait pas volé le domaine. C'était Trefor lui-même qui avait perdu Llanpowell et son titre par sa conduite égoïste et déshonorante.

— J'espère que vous vous êtes occupé de nos hôtes en mon absence, dit-il à son oncle étrangement silencieux, qui entortillait un brin de paille autour de ses doigts épais.

— Oui.

Lloyd s'éclaircit la gorge et jeta la paille.

— J'ai dû parler un peu des problèmes que vous rencontrez avec Trefor à dame Roslynn.

C'était regrettable, pensa Madoc. Même s'il aurait dû s'attendre qu'une explication de l'alarme du matin soit nécessaire, il aurait préféré que les Normands ne soient pas au courant de son conflit avec son frère. John se plaisait à monter les nobles gallois les uns contre les autres, afin qu'ils restent concentrés sur leurs luttes intestines et se détournent de ce qu'il concoctait.

— Que lui avez-vous dit ?

— Juste que vous avez une querelle avec votre frère et qu'il n'y a pas de quoi s'inquiéter.

— En effet.

Il n'y avait aucune raison de s'inquiéter, surtout si Roslynn partait, se dit Madoc. Grâce au ciel, son oncle n'en avait pas dit plus.

— Où sont les Normands, en ce moment ? Dans la grand-salle ?

— La dernière fois que j'ai vu sire Alfred, il gisait sur sa couchette en gémissant, le pauvre homme.

Lloyd soupira avec une sympathie complètement factice.

— Comme tous les Normands, il ne peut même pas supporter une coupe de *braggot*.

Sa fausse gravité céda la place à un large sourire tandis que ses yeux se mettaient à briller.

— Mais il devrait aller mieux, maintenant. Moi, en tout cas, j'irais mieux si une jolie femme me soignait. Dame Roslynn a pris soin de lui avec une grande amabilité, bien qu'il soit le seul à blâmer de son état.

— Vous n'auriez pas dû lui offrir de *braggot*, dit Madoc en remplissant la mangeoire de foin.

— Je ne suis pas sa mère ! Et je l'ai prévenu le jour de leur arrivée, avant que vous ne chargiez dans la grand-salle comme le courroux de Dieu.

— Si j'avais l'air du courroux de Dieu, c'était parce que Daffyd m'avait dit que des Normands en armes étaient arrivés. Je pensais que Llanpowell était attaqué.

Madoc arrangea sa tunique et ajusta son baudrier

avant de décocher à son oncle son sourire de pure convenance.

— Eh bien ? Je parais assez aimable maintenant, non ?

Lloyd plissa le nez.

— Votre apparence est satisfaisante, mais vous empestez les écuries. Il fait une belle journée ensoleillée et la rivière est toute proche. Pourquoi ne pas prendre un bain ?

Madoc renifla discrètement. Son oncle n'avait pas entièrement tort, et même s'il n'était pas honteux pour un homme de sentir le cheval, il ne voulait pas que sire Alfred retourne auprès du roi et de ses courtisans en disant que les Gallois sentaient mauvais.

— Entendu, acquiesça-t-il. Si vous voulez bien m'apporter un linge, je serai près des aulnes. Mais faites vite. Je ne peux pas fainéanter comme un lad qui n'aurait rien à faire.

— Vous avez bien raison, Madoc ! s'écria son oncle, déjà parvenu au seuil de la porte. Partez devant, je vous rejoindrai aussi rapidement qu'un renard.

Assise sur un tabouret derrière le paravent de bois peint d'une scène de chasse, Roslynn veillait sire Alfred, qui ronflait bruyamment, quand soudain elle entendit du bruit dans la cour. Madoc et ses hommes devaient être rentrés de leur expédition.

Comment se comporter ? Rester ici avec le noble normand, ou aller saluer le seigneur de Llanpowell ? Et ensuite ? Le questionnerait-elle sur la querelle avec son frère ? Essaierait-elle de découvrir comment et pourquoi cette dispute avait commencé, comme si elle s'en souciait ?

Ou utiliserait-elle la brouille des deux frères à son avantage ?

Elle pourrait exprimer son désaccord quant à la réticence de sire Madoc à poursuivre le voleur, et même laisser entendre qu'il était lâche. Un homme aussi fier que lui s'en sentirait sûrement offensé. Ou bien elle pourrait suggérer que les Gallois étaient puérils, pour s'adonner à des jeux aussi mesquins.

Mais aussi tentantes que puissent être ces deux options, elles présentaient également le risque d'attiser la colère de Madoc, une idée qui effrayait Roslynn au plus haut point. Si elle décidait d'agir ainsi, elle devrait s'assurer de ne pas se trouver seule avec lui, ce qui ne devrait pas être trop difficile.

Mais, avant qu'elle ne puisse prendre sa décision, elle entendit des pas vifs qui approchaient.

Qui que ce soit, elle se montrerait calme et réservée, se promit-elle. Polie, mais distante. Elle…

A sa grande déception, ce ne fut pas sire Madoc qui vint se poster au pied de la couchette de sire Alfred, mais son oncle.

— Ce pauvre homme ne tient pas la boisson, pas vrai ? chuchota-t-il, en regardant sire Alfred comme s'il contemplait un enfant malade.

— Il devrait se porter mieux d'ici ce soir, répondit doucement Roslynn. Mais je pense que vous ne devriez plus lui offrir de *braggot*.

— Je ne le ferai pas, acquiesça Lloyd. Ecoutez, ma dame : Madoc est revenu et il souhaite vous voir. Comme il fait une belle journée, il vous attendra au bord de la rivière, dans un bosquet d'aulnes. Un endroit très agréable pour une conversation, si vous voulez bien l'y rejoindre.

Roslynn avait bien envie de fuir l'air étouffant de la pièce, sans compter que sire Alfred n'avait pas besoin d'elle, néanmoins, elle hésita. Quitter le château sans le Normand pour l'escorter pouvait être considéré comme peu sage ou peu convenable. D'un autre côté, si elle refusait l'invitation de son hôte, il pourrait prendre cela comme une insulte, surtout que son oncle Lloyd était là pour servir de chaperon.

— Fort bien, accepta-t-elle.

— Excellent! approuva Lloyd.

Tandis qu'elle se levait pour l'accompagner, il prit un linge sur la table de chevet. Elle avait baigné le visage de sire Alfred quand il s'était réveillé pour se plaindre des maudites boissons galloises. Mais ce linge, plus grand, était sec. Que voulait en faire Lloyd?

Intriguée, elle l'observa s'essuyer le front puis glisser le linge dans sa ceinture.

— J'étais pressé de vous trouver, et je sue comme un cheval.

Acceptant son explication sans poser plus de questions, elle prit son bras et ils sortirent ensemble, passant devant les serviteurs occupés à remplacer les flambeaux dans les supports en fer. Roslynn sentit leurs regards attentifs posés sur elle et se demanda si, un jour, elle ne ferait plus l'objet de ragots et de spéculations.

Dehors, le temps était toujours aussi agréable. Une légère brise soufflait, chargée d'une odeur d'herbe fraîche promettant de chaudes journées d'été. Malgré leur curiosité, les serviteurs et les soldats de garde n'interrompaient pas leurs tâches tandis qu'ils les suivaient du regard.

Le terrain lui-même était soigné, constata Roslynn, sans rien qui ne soit pas à sa place, et les bâtiments étaient tous en bon état.

Alors qu'ils approchaient des portes, l'intendant apparut soudain au coin de l'un des bâtiments, probablement une resserre à en juger par sa taille plus modeste. Dès qu'il les aperçut, l'homme s'empressa de venir à eux, aussi vite que le lui permettait sa boiterie.

— Eh bien ! s'exclama-t-il. Où partez-vous, tous les deux ? Et sans sire Alfred ?

— Messire Alfred dort et Madoc m'a envoyé chercher dame Roslynn, répondit Lloyd. Il veut avoir une petite conversation avec elle au bord de la rivière, pour profiter de cette belle journée.

— Alors, je ne vous retiendrai pas, répondit Ivor en leur adressant un sourire qui n'impressionna nullement Roslynn.

Il ressemblait trop à celui de Wimarc : c'était plus un rictus qui dénudait les dents qu'une véritable expression de plaisir.

— Une chose que vous feriez bien d'apprendre si vous devez vivre à Llanpowell, ma dame, poursuivit Ivor. Quand Madoc donne un ordre, il s'attend à être obéi, et vite.

— Sinon quoi ? demanda-t-elle.

— Si vous êtes un soldat, service de nuit et rations diminuées, répondit l'intendant. Si vous êtes son ami, ses yeux suffisent à vous faire sentir que vous avez fauté. Si vous êtes son épouse…

Il haussa les épaules et son sourire s'élargit.

— Je ne sais pas. Gwendolyn n'a jamais désobéi, n'est-ce pas, Lloyd ? Elle était une épouse très douce, très bonne pour Madoc. Tout à fait différente de vous, ma dame.

Sire Madoc n'avait-il pas dit qu'il appréciait les femmes de caractère ? s'interrogea Roslynn, intriguée. Et que voulait dire Ivor par cette remarque ? Essayait-il de l'insulter, de l'intimider ou de lui faire craindre son maître ?

Quoi qu'il cherche, elle ne lui laisserait pas voir qu'il l'affectait d'une manière ou d'une autre.

A la place, elle lui décocha un sourire aussi condescendant que le sien.

— Pauvre homme, perdre une épouse aussi exemplaire..., compatit-elle. Mais vous ne souhaiteriez sûrement pas priver sire Madoc d'une autre chance d'être heureux en mariage, surtout si cela lui apporte également une puissante alliance et beaucoup d'argent, si ?

Elle surprit une lueur d'agacement dans les yeux de l'intendant, bien que vite remplacée par un autre sourire supérieur.

— De fait, ma dame, certains considéreraient votre arrivée comme très opportune.

Mais ce n'était pas son cas, le message était clair. Et ce n'était pas vraiment une surprise. Il était gallois, elle était normande, et l'animosité de l'homme ne reposait peut-être pas sur autre chose.

Décidant de lui laisser le bénéfice du doute, elle déclara avec une fraîche politesse :

— Comme je ne veux contrarier votre maître

en aucune façon, nous ferions mieux de continuer notre chemin.

— Quoi qu'en dise Ivor, ne craignez jamais de vous opposer à Madoc, ma dame, lui assura Lloyd en trottant pour rester à sa hauteur tandis qu'ils franchissaient les portes.

Elle avançait d'un pas vif.

— Mon neveu est parfois un peu têtu et bourru, mais il ne ferait jamais de mal à une femme. Il ne fait jamais de mal à personne, d'ailleurs, sauf pour se défendre ou lorsqu'il participe à un tournoi. Et dans ces cas-là, Dieu m'en est témoin, il est formidable à voir.

Les mots du Gallois auraient pu apaiser les craintes de Roslynn, si elle avait ignoré que l'on pouvait faire autant de mal par un regard ou une parole que par un geste. Il n'était pas nécessaire d'en venir aux soufflets ou aux coups pour blesser…

— Vous n'avez pas besoin de vous inquiéter de la façon dont Madoc vous traitera, ma dame, insista Lloyd. Il a le cœur tendre pour les femmes. Et ne vous en faites pas à propos d'Ivor. Il a de la rancœur envers les Normands en général, vous voyez, pas envers vous en particulier.

C'était donc ce qu'elle avait suspecté. Maintenant qu'elle avait confirmation de la haine d'Ivor pour les Normands, elle était heureuse de ne pas avoir montré à quel point elle était offensée par les paroles de l'intendant.

— Ivor peut être une vraie mère poule, aussi,

quand il s'y met, continua le vieux Gallois. Mais il souhaite que Madoc soit heureux, comme nous tous, alors si Madoc vous veut, il changera d'attitude avec le temps, comme tous ceux qui pensent que ce mariage est une erreur.

Roslynn baissa les yeux. Devait-elle annoncer à l'oncle de Madoc que le mariage n'aurait probablement jamais lieu ? Au moins pour qu'il sache que l'union qu'il semblait si enclin à soutenir n'était pas du tout gagnée.

— Et à moins que je perde mes capacités, je suis sûr que Madoc veut de vous, poursuivit Lloyd avec un tel enthousiasme qu'il sembla soudain cruel à Roslynn de ruiner ses attentes. Depuis la mort de Gwendolyn, des femmes l'ont pourchassé et des hommes ont essayé de le marier à leurs filles ou à leurs sœurs, mais il n'a jamais eu dans les yeux cet éclat qu'il a quand il vous regarde, ma dame.

Ceci n'était sûrement que creuses flatteries. Il n'y avait aucune lueur particulière dans les yeux de Madoc lorsqu'il la regardait, tenta-t-elle de se persuader.

Vraiment ? Pouvait-elle vraiment nier le désir qu'elle avait lu au fond des yeux de Madoc à peine quelques heures plus tôt ?

Peu importe ! Elle ne devait pas faiblir, se morigéna-t-elle. Ecouter les appels de son corps serait pure folie, elle était bien placée pour le savoir.

Lloyd la guidait à présent le long d'un chemin qui contournait le village au sud du château, lui épargnant ainsi la traversée de la place du marché, où d'autres personnes s'arrêteraient sans doute pour la fixer avec curiosité ou méfiance. Qu'il l'ait fait à dessein ou pas, Roslynn lui en était reconnaissante.

Ravie de cette promenade à l'air libre, elle se laissa aller à la contemplation du paysage. L'étroite rivière coulait entre des berges de pierres rouges et moussues. Une petite digue tordue avait été édifiée près du village et des barques à fond plat y étaient attachées ou tirées sur la rive. De l'autre côté du cours d'eau se dressait une forêt de saules, de frênes et de chênes, de pins et d'aulnes, si près les uns des autres que c'était comme s'ils concouraient pour atteindre la rivière les premiers.

Plus loin en aval, on pouvait entendre les cris joyeux d'enfants qui jouaient et de temps à autre la sévère réprimande d'une mère. La langue était le gallois, mais le ton était universel.

— Ah, c'est le paradis, n'est-ce pas ? dit Lloyd dans un soupir tandis qu'ils contournaient un méandre.

Ils étaient hors de vue du village, à présent, sinon des murailles du château.

Il désigna le bosquet d'aulnes en avant d'eux.

— Je vous avais dit que c'était un endroit agréable.

— Oui, en effet, convint-elle en admirant la beauté rude des arbres, des rochers et de la rivière, avec la montagne qui s'élevait derrière.

Ils entrèrent finalement dans le bosquet… et Roslynn faillit pousser un cri de stupeur face au spectacle qui s'offrit soudain à elle. Un homme était en train de sortir de l'eau, un homme complètement nu. Leur tournant le dos, il tendit ses longs bras puissants au-dessus de sa tête comme pour rendre hommage aux rayons du soleil. De l'eau brillait sur son dos musclé et ses cheveux noirs et ondulés s'étalaient sur ses larges épaules tandis qu'il s'ébrouait comme un ours…

L'Ours de Brecon.

Chapitre 5

Rouge d'embarras, brûlante d'indignation, Roslynn recula en titubant, trébuchant presque sur ses jupes. Elle s'empressa de les saisir à deux mains et de s'éloigner d'un pas vif, s'empêchant de courir uniquement dans le souci de préserver le peu de dignité qu'il lui restait encore.

Quelle arrogance ! Madoc pensait-il qu'elle serait tellement transportée de désir à la vue de son corps magnifique qu'elle lui tomberait dans les bras, le suppliant de la prendre pour femme ? Ou est-ce qu'il avait eu pour but de la séduire à tout prix, qu'ils se marient ou non ? Tous ses discours sur l'honneur d'un homme n'avaient-ils été que mensonges, finalement ? Avait-elle de nouveau été trompée ?

— Ma dame !

Elle ne tint pas compte des efforts de Lloyd pour la retenir, et ne ralentit pas son allure. Il était complice de cette... répugnante exhibition. Et elle qui le prenait pour un aimable vieil homme, peut-être un peu trop soucieux de voir son neveu se remarier, et avec un penchant pour la boisson !

— Ma dame, de grâce! Arrêtez-vous et laissez-moi vous expliquer! criait Lloyd, à bout de souffle.

A l'entendre, il pouvait à peine respirer, et même si elle ne pensait pas que quelque explication puisse excuser ce qui venait de se passer, elle ne voulait pas qu'il se rende malade pour autant, quoi qu'il ait fait.

Elle décida donc de s'arrêter pour l'attendre, les bras croisés et tapant du pied pour marquer son impatience et sa colère. Le Gallois arriva finalement à sa hauteur, le souffle court, une main sur la poitrine.

— Inutile de détaler ainsi, ma dame! C'est un accident, voilà tout.

C'était ce qu'il disait, mais le rire qui pétillait dans ses yeux le trahissait.

— Ecoutez-moi bien, dit-elle. C'est la deuxième fois que vous me jouez un tour, et ce sera la dernière. Si vous et votre neveu pensez que le voir nu me rendra plus encline à l'épouser, vous vous trompez. Wimarc de Werre était beau comme un rêve de jouvencelle et il était l'homme le plus mauvais, cruel et corrompu d'Angleterre. Je ne me laisserai plus jamais influencer par de telles considérations.

— Madoc n'a rien à voir là-dedans, je vous le promets! protesta le Gallois, apparemment atterré. Je suis le seul responsable.

Roslynn haussa un sourcil d'un air impérieux.

— Il ne vous a pas envoyé me chercher pour m'amener à la rivière afin que je puisse le voir... dans toute sa magnificence?

— Non. C'était entièrement mon idée, ma dame. Il est rentré échauffé et en sueur et il avait besoin de se laver, alors j'ai suggéré la rivière et j'ai pensé que vous...

Il s'arrêta et prit une grande inspiration.

— Ecoutez, ma dame, il est seul depuis trop longtemps. Il a besoin d'une épouse et vous lui plaisez.

— Nul doute que ma dot ne sera pas de trop non plus, glissa Roslynn sur un ton perfide.

— Je mentirais si je disais qu'elle ne sera pas la bienvenue, mais argent ou non, je ne l'ai jamais vu regarder une femme comme il vous regarde. Et en tant que femme, vous pourriez trouver bien pire que mon neveu. Vous devez admettre qu'il est bel homme.

— Il pourrait être Apollon, cela compterait moins pour moi que la façon dont il traite la plus humble servante de son château.

Les yeux de Lloyd s'enflammèrent.

— Ah ! Eh bien, ma dame...

— Mon oncle !

Madoc arriva à grands pas vers eux, marchant avec précaution sur le sol irrégulier. Ses cheveux mouillés trempaient les épaules de sa tunique en cuir. La chemise qu'il portait dessous était ouverte au cou, et son baudrier était bas sur ses hanches comme s'il s'était habillé en toute hâte.

— Que fait dame Roslynn ici ? demanda-t-il.

Sans tenir compte du courroux qui brillait dans ses yeux, elle le regarda bien en face.

— Votre oncle m'a demandé de venir à la rivière... pour vous parler, a-t-il dit. Apparemment, il pensait — à tort — que je serais avide de vous épouser si je vous voyais nu. Laissez-moi vous assurer, sire, pour le cas où vous auriez de semblables idées, que l'aspect extérieur de mon époux potentiel, habillé ou autrement, est le cadet de mes soucis.

— Et moi, ma dame, gronda le seigneur de Llanpowell, le visage rougissant, je *vous* assure que si j'avais su ce que mon oncle tramait, je ne me serais jamais baigné dans la rivière.

Il foudroya Lloyd du regard tandis que le vieil homme commençait à opérer un repli stratégique vers le château.

— Où allez-vous, mon oncle ?

Le Gallois s'arrêta et écarta les mains d'un geste apaisant.

— Eh bien, je retourne au château, bien sûr, pour que vous puissiez avoir un petit moment seuls sans ce sinistre Normand vous observant comme un corbeau perché à la cime d'un arbre. Vous êtes un homme honorable et dame Roslynn est une femme honorable, alors pourquoi ne pas profiter de l'occasion pour bavarder un peu ? Ce n'est pas comme si vous vous échappiez pour un rendez-vous galant, même si…

— Oncle Lloyd ! l'avertit Madoc.

— A plus tard, donc, dit Lloyd.

Indifférent à leur colère, il leur décocha un grand sourire avant de s'éloigner rapidement… sans paraître essoufflé le moins du monde.

Le filou rusé ! Il avait simplement feint d'être hors d'haleine pour la faire s'arrêter et l'écouter.

Heureusement, sire Madoc semblait aussi contrarié par son arrivée qu'elle l'avait été de le découvrir nu. Elle commençait donc à croire que Lloyd avait dit la vérité en prétendant que Madoc n'était pas responsable de ce coup monté.

Tandis qu'elle parvenait à cette conclusion, sa colère commença à diminuer. Et elle diminua encore plus lorsque Madoc déclara :

— C'est mon oncle et j'ai de l'affection pour lui, mais il peut être insupportable quand il se met une idée en tête. Il vous aime bien, ma dame, et souhaite que nous nous mariions. Il a sans doute pensé que c'était un bon moyen de nous encourager. Mais croyez-moi, c'était son idée, pas la mienne. Si je m'étais douté de quoi que ce soit, je ne me serais jamais…

Il s'empourpra.

— Je ne me serais jamais baigné dans la rivière, acheva-t-il presque comme s'il la défiait de le contredire. Je ne suis pas un paon pour me pavaner comme Dieu m'a fait, ma dame.

Il était si ennuyé et si embarrassé que Roslynn fut prise de compassion pour lui. Elle imaginait fort bien ce qu'elle ressentirait si la situation avait été inversée et si sire Madoc l'avait surprise se baignant dans la rivière, nue, l'eau ruisselant sur son corps avec impudeur…

— Je vous crois, sire, dit-elle après s'être secouée pour reprendre ses esprits. Je peux voir que vous n'êtes pas un freluquet frivole et prétentieux.

Il ne s'habillait certainement pas comme les hommes vaniteux de la Cour, ni comme son défunt époux plein de suffisance.

Les larges épaules de Madoc se détendirent.

— Alors, je pardonnerai à mon oncle.

Elle suspectait qu'il avait pardonné maintes choses au vieil homme, maintes fois, car Lloyd semblait assez enclin à commettre des maladresses par volonté de bien faire. Une telle indulgence était sans nul doute prometteuse pour un mariage heureux — si elle restait.

Elle se tourna vers lui et il lui adressa un large sourire. Un sourire chaleureux et ouvert qui embrasa Roslynn plus encore que la vue de son corps nu, même si le souvenir de cette superbe anatomie masculine suffisait amplement à échauffer ses pensées.

— Retournons-nous à la grand-salle ? demanda-t-il en lui offrant son bras et en désignant de la tête les murailles du château.

— Oui, acquiesça-t-elle.

Elle posa légèrement les doigts sur son robuste avant-bras. Elle pouvait sentir ses muscles onduler sous sa main au rythme de leurs pas. Décidément, l'Ours de Brecon était un homme solide.

— A mon vif regret, mon oncle s'est mis dans la tête que je ne serai plus jamais heureux tant que je n'aurai pas pris une autre épouse, reprit-il, sa voix comportant une trace d'excuse et de frustration tandis qu'ils marchaient côte à côte. Mais je pense que vous, entre toutes les femmes, pouvez comprendre que je préférerais vivre comme je suis plutôt que d'être mal marié.

— Mieux vaut être seul que lié à une personne que l'on ne peut ni trouver à son gré ni respecter, j'en conviens, agréa Roslynn.

— Oui. C'est une autre sorte de solitude.

Il parlait comme s'il avait une connaissance intime de cette situation, et elle commença à suspecter que son premier mariage n'avait pas été heureux.

Dans ce cas, il serait beaucoup plus facile pour elle de gagner son affection… si elle restait. Et si, bien sûr, elle parvenait finalement, envisager de se remarier avec un homme comme lui.

Ils continuèrent en silence jusqu'à ce qu'ils atteignent le village. Elle jeta un regard en coin à Madoc. Que penseraient les villageois en les voyant se promener ainsi ? Elle allait s'écarter lorsqu'elle se reprit. Après tout, quelle importance ? Ils ne faisaient que marcher. Et puis quel scandale pouvait être pire que celui qu'elle avait déjà enduré ?

— Mon oncle m'a confié qu'il vous avait parlé de mes ennuis avec mon frère, reprit Madoc.

— Un peu, répondit-elle.

— Trefor pense que je lui ai causé un grand tort par le passé et cherche à me punir en retour.

Même si elle ne restait pas, Roslynn avait envie de savoir ce qui avait conduit des frères à s'opposer ainsi et elle ne put s'empêcher de poser la question.

— Que lui avez-vous fait ?

Madoc s'arrêta près d'un petit muret de pierre qui bordait la cour d'une ferme. A l'intérieur se trouvait une petite chaumine qui laissait échapper un lent panache de fumée par une ouverture dans le toit d'ardoise. Près d'une dépendance, des poules grattaient la terre. Un chien attaché à la porte se leva en grondant, puis parut se raviser et se recoucha.

Madoc s'appuya contre le muret et regarda au loin.

— C'était mon frère aîné qui était en tort, sans le moindre doute, mais lui ne le voit pas ainsi. Tout ce qu'il voit, c'est que j'ai épousé la femme avec qui il devait se marier, et que je suis devenu l'héritier de Llanpowell à sa place.

Ce n'était pas rien ! pensa Roslynn avec stupeur.

Il avait épousé une femme destinée à un autre ? De son plein gré, ou pour une autre raison qui aurait entraîné une union malheureuse ?

Et comment avait-il hérité du fief, si son frère aîné était encore en vie ?

Quelle que soit la façon dont c'était arrivé, c'étaient bel et bien là des causes d'hostilité.

— Ce qui s'est passé était sa faute, reprit Madoc. Trefor est arrivé à son mariage tellement ivre qu'il pouvait à peine tenir debout. Cela aurait déjà été assez grave en soi, mais il s'est également mis à se vanter de ce qu'il avait fait la nuit précédente, avec une ribaude. J'ai essayé de le faire sortir de la grand-salle, mais je n'ai pas été assez rapide. Tout le monde l'a entendu, sa fiancée, ses parents, les nôtres, nos familles, les invités, les serviteurs.

Il marqua une pause, la mine sombre.

— Les parents de Gwendolyn étaient partisans d'annuler le mariage, mettant ainsi fin à une alliance qui durait depuis trois générations, et Gwendolyn elle-même a juré qu'elle haïrait Trefor jusqu'à la fin de ses jours. Pour sauvegarder l'alliance, pour éviter l'humiliation de Gwendolyn et celle de mes parents, j'ai offert de l'épouser à la place de mon frère.

Ainsi, d'une certaine manière, il avait été contraint au mariage, comme John l'avait forcée à venir ici, parce que la seule autre solution qui s'offrait à lui paraissait bien pire.

Il regarda Roslynn fixement. Son visage était empreint d'une telle sincérité, tellement différent du masque que Wimarc affichait lorsqu'il lui mentait effrontément.

— Je ne mentirai pas en prétendant que ce mariage était une corvée, poursuivit-il. J'étais amoureux de Gwendolyn depuis des années, mais je pensais qu'elle appartenait à Trefor et qu'elle m'était donc inaccessible.

Soudain, Roslynn se sentit ridiculement déçue. Quelle importance s'il avait été heureux ou malheureux dans son mariage ? Elle n'allait pas essayer de prendre la place d'une autre femme dans son cœur.

Quant à la façon dont il était venu à si bien comprendre la solitude dans un couple, il se pouvait qu'il l'ait appris à travers l'expérience d'un ami, contrairement à ce qu'elle avait pensé.

— Nous nous sommes mariés le jour même, poursuivit-il. Je pensais que c'était la fin de nos ennuis, aussi malencontreuse qu'elle soit, jusqu'à ce que mon père décrète que Trefor n'était plus son héritier et qu'il ne devait plus jamais revenir à Llanpowell. Il aurait Pontymwr, un petit domaine au nord du nôtre, et je serais désormais l'héritier du fief.

Il s'interrompit un instant.

— Je n'étais pour rien là-dedans, mais Trefor pense que je lui ai volé son droit d'aînesse, ainsi que sa fiancée. Il ne veut pas reconnaître qu'il a jeté la disgrâce sur notre famille par sa conduite et qu'il aurait pu briser une alliance importante. Il refuse d'admettre qu'il est le seul à blâmer de son infortune.

— De quelque façon que la brèche se soit produite entre vous, elle est très regrettable, dit Roslynn à voix basse. Votre famille devrait être votre meilleure alliée, la plus solide, et non pas votre ennemie.

— Je ne suis pas son ennemi, mais nous ne pouvons

non plus être amis ou alliés tant qu'il continue à voler mes moutons.

— Peut-être s'arrêtera-t-il bientôt, suggéra Roslynn. Peut-être se rendra-t-il compte un jour qu'il était dans son tort et cessera-t-il de vous en vouloir. Je prierai pour que cela advienne.

— Si les prières pouvaient aider…, marmonna Madoc en secouant la tête.

Il ne termina pas sa phrase, mais il lui avait néanmoins révélé quelque chose : même s'il se sentait dans son droit et si son frère avait tort, il souhaitait voir cette querelle se terminer.

Avec un soupir, il s'écarta du muret et lui offrit de nouveau son bras pour l'escorter jusqu'au château. Elle était réticente à l'interroger davantage sur son frère ou sa première épouse, en dépit des questions qui envahissaient son esprit. En particulier au sujet de Gwendolyn et de ce qu'elle avait ressenti à propos de ce mariage.

— Mon oncle m'a dit que vous vous êtes bien occupée de sire Alfred, observa Madoc tandis qu'ils s'approchaient de la place du village.

Ne voulant pas paraître couarde et affectée par les ragots d'étrangers, Roslynn ne suggéra pas qu'ils la contournent. A la place, elle s'endurcit contre les regards appuyés et les murmures et se prépara à les ignorer.

— Ce n'a pas été difficile, répondit-elle. Son état n'était dû qu'au fait qu'il a ingurgité bien trop de cet hydromel gallois. Il devrait se sentir mieux lorsqu'il se réveillera.

— C'est la douceur de cette boisson qui est traîtresse, expliqua Madoc. Elle donne un terrible mal de tête le lendemain si vous en avez trop bu, même quand vous y êtes habitué.

— Ce breuvage ne semble pas affecter votre oncle.

Il rit, un sourd grondement de plaisir qui faisait penser au rire de Zeus lorsqu'il était diverti par les pitreries des mortels.

— Ne le lui dites jamais, mais Bron allonge le sien avec de l'eau.

Roslynn le dévisagea avec un air amusé.

— Messire, je crois que vous pouvez être aussi rusé que lui !

La gaieté diminua dans ses yeux bruns.

— Il boit plus qu'il ne le devrait et je ne veux pas le perdre. Il a fait une mauvaise chute il y a deux ans, en tombant dans l'escalier alors qu'il était ivre. Depuis lors, je fais diluer son vin et son *braggot*.

C'était une tromperie, et Roslynn détestait tromper les autres, mais elle devait admettre que cette solution permettait à Lloyd de préserver sa fierté, ce qui n'aurait pas été le cas si Madoc lui avait interdit de boire comme s'il était un enfant. Elle était touchée par ces égards, qui trahissaient l'affection que portait Madoc à son vieil oncle. Décidément, cet homme semblait plein de qualités.

Ils atteignirent la rue du marché, qui heureusement n'était pas aussi bondée qu'elle l'aurait été dans la matinée. La plupart des femmes du village avaient déjà dû faire leurs emplettes pour la journée ; seules les plus pauvres étaient encore en train de fouiller les restes. Quelques enfants couraient parmi les constructions en pierre ou de bois et deux chiens se disputaient un os boueux. Roslynn pouvait entendre le bruit d'un marteau tapant sur une enclume dans la forge qui se trouvait de l'autre côté de la place.

— Je suppose que sire Alfred va partir demain, comme il l'a juré ? Avec ou sans vous ? demanda Madoc.

— En effet, confirma-t-elle. Et comme il retourne à la Cour, ce sera sans moi.

— Alors c'est le couvent le plus proche, pour vous ? Dans la région, ce serait Llanllyr, chez les cisterciennes. Ou bien avez-vous une autre abbaye à l'esprit ?

— Oui. Haverholme, chez les gilbertines, répondit Roslynn. C'est dans le Lincolnshire, pas loin du domaine de mes parents.

C'était ce qu'elle avait projeté. Toutefois, alors qu'elle marchait à côté de ce grand et bel homme qui pouvait se montrer si tendre avec son oncle insupportable et qui avait tenté de sauver l'honneur de sa famille pour se retrouver en guerre contre son frère, la perspective d'une vie de nonne lui paraissait encore moins attrayante qu'auparavant. Mais si c'était l'Eglise ou retourner à la Cour, quel choix avait-elle ?

Lorsqu'ils eurent dépassé la place, Madoc s'arrêta à l'ombre d'un édifice en colombage à deux niveaux, devant lequel était disposé un étal couvert de pains frais et de pâtisseries. Les fours étaient installés dans la cour, embaumant l'air d'un arôme appétissant.

— Si vous préférez ne pas entrer au couvent, dit-il, je vous fournirai une escorte pour aller n'importe où ailleurs, afin que vous voyagiez en sécurité.

Son offre était très tentante, ou aurait dû l'être. Hélas, Roslynn ne pouvait se permettre de choisir une autre solution que celle qu'elle avait citée.

— Si je pars d'ici, l'endroit le plus sûr pour moi, ma famille et mes amis serait Haverholme. Sinon, John pourrait les blâmer de ma désobéissance, et essayer de nouveau de me marier.

Les yeux sombres de Madoc se rivèrent aux siens.

— Vous sacrifieriez votre avenir pour eux ?

Elle se sentit tenue de répondre honnêtement.

— J'aimerais avoir d'autres choix, sire, car je préférerais ne pas être nonne. J'aurais aimé me marier, avoir une famille et des enfants.

— Moi aussi. Je veux une épouse, Roslynn, et des enfants autour de moi. Je veux une femme qui ne craint pas de me dire ce qu'elle pense, qui est aussi hardie que belle. Je veux une femme comme vous, Roslynn.

— Est-ce que…

Elle inspira profondément et s'efforça de calmer ses émotions tumultueuses, de faire taire son esprit inquisiteur, car il n'y avait qu'une seule question importante à poser.

— Cela signifie-t-il que vous souhaitez m'épouser, sire ?

— Oui.

Un seul mot, tout simple, mais elle devinait dans les profonds yeux bruns de Madoc toutes les émotions qui l'envahissaient aussi, le doute et l'espoir, la terreur et l'excitation.

Et le désir.

Oh, oui, elle pouvait y lire le désir, le sentir couler entre eux comme un courant, même si elle luttait contre lui comme un naufragé perdu dans une mer démontée.

Car le désir ne devait pas influencer sa décision.

Elle l'avait laissé la guider auparavant et cela l'avait conduite au désastre.

Que savait-elle réellement du seigneur de Llanpowell ? Qu'il était beau, vif de caractère et qu'il lui embrasait le sang. Qu'il semblait aimablc, compatissant et généreux. Qu'il était bon avec son oncle et que ses gens le respectaient. Que son frère le volait, mais qu'il ne réagissait pas avec violence ou dépit, seulement avec tolérance.

Etait-ce suffisant ? se demanda-t-elle. Pouvait-elle se fier à son jugement, qui avait été si faussé par le passé ?

Et qu'en était-il de son tempérament emporté ? Il affirmait qu'il n'avait jamais frappé une femme, mais quelle preuve en avait-elle ? Quelle certitude avait-elle qu'il ne se changerait pas en un autre Wimarc dès que leurs vœux seraient prononcés ?

Pourtant, malgré toutes ses craintes, ses doutes et la terrible expérience de son premier mariage, son cœur la pressait d'accepter son offre, tandis que son corps réclamait qu'elle devienne son épouse et partage son lit.

Elle ne devait pas se laisser égarer par ses émotions faillibles, se rappela-t-elle fermement, même s'il se tenait assez près d'elle pour pouvoir l'embrasser, même si elle souhaitait désespérément sentir ses bras forts autour d'elle et goûter ses lèvres sensuelles.

Mais alors même qu'elle luttait contre son inclination et son désir, elle se représenta un groupe d'enfants heureux et en bonne santé attroupés autour d'elle, les garçons avec des cheveux sombres et ondulés, des yeux bruns qui brillaient de bonheur, et des petites filles aux cheveux châtains et aux yeux noisette comme elle, le visage souriant.

Finalement, ce fut cette image qui fut trop tentante pour l'ignorer, et trop dure à chasser. C'était tellement plus séduisant que le couvent…

— Je pourrais le considérer, répondit-elle d'une voix étonnamment posée.

Aussitôt, les doutes l'assaillirent. Elle ne devait pas capituler sans conditions. Elle devait lui dire ce qu'elle exigeait d'un époux. S'il avait des objections, elle devrait refuser cette union, même si cela signifiait qu'elle ne connaîtrait jamais le plaisir de dormir dans ses bras et qu'elle provoquerait le courroux du roi.

— Si nous nous marions, vous devez me donner votre parole que vous me traiterez avec respect, que vous ne me frapperez jamais et que vous ne me réprimanderez pas devant toute la maisonnée.

Il hocha la tête.

— Ce sont des requêtes compréhensibles, que je vous accorde aisément. Mais il se trouve que j'ai une condition, moi aussi.

Il l'attira plus loin dans l'ombre du bâtiment et s'approcha plus près, peu à peu, comme si elle était un félin dangereux qu'il essayait d'apprivoiser.

— De même que vous ne voulez pas d'un époux brutal, je ne veux pas d'une épouse réticente, déclara-t-il d'un ton sans réplique. Si vous ne pouvez pas venir à moi avec entrain, si la pensée d'être dans mes bras vous répugne, nous ne parlerons plus de mariage.

Il semblait très sérieux. Ce bel homme, incroyablement séduisant, était disposé à admettre qu'une femme puisse être réticente à faire l'amour avec lui.

Il n'avait plus rien d'un arrogant seigneur de guerre. En cet instant, il paraissait aussi modeste, humble et incertain qu'un vert jouvenceau quêtant son premier baiser.

Comme elle aurait aimé lui assurer qu'elle remplirait ses devoirs conjugaux avec joie ! Hélas, elle ne pouvait en être certaine. Wimarc l'avait si souvent blessée, effrayée et humiliée qu'elle n'était pas sûre de ne pas se crisper quand Madoc commencerait à lui faire l'amour, même si son corps semblait impatient de découvrir avec lui les joies de l'union conjugale.

— Je peux seulement vous promettre d'essayer, répondit-elle sincèrement. Mais si vous vous montrez doux et patient avec moi, si vous acceptez que je puisse ne pas être aussi ardente que vous le souhaiteriez au début, je pense que je suis désireuse de partager votre lit et de faire tout ce qu'une épouse se doit de faire. En tout cas, je l'espère.

— Je peux être doux, murmura-t-il en la prenant gentiment par les épaules pour l'attirer à lui. Et patient, aussi. Je vous en donne ma parole.

Il fit glisser légèrement ses doigts sur ses bras minces et lui prit chastement les mains, en dépit du désir brûlant qui habitait son regard.

— Vous voyez ? Je sais me montrer doux.

Encouragée par le contrôle qu'il exerçait sur lui-même, Roslynn ne fit pas mine de s'écarter. Elle pouvait croire que le seigneur de Llanpowell ne la blesserait pas comme Wimarc l'avait fait, qu'il la traiterait avec amabilité et respect.

Néanmoins, malgré son espoir fervent et ses aspirations passionnées, quand les lèvres de Madoc effleurèrent les siennes, ses anciennes peurs se réveillèrent aussitôt en elle. Elle se raidit, luttant contre sa panique, tentant de se convaincre qu'elle ne risquait rien, commandant à son corps de se détendre, à son esprit d'oublier. Mais ses efforts furent vains.

Madoc recula, le front plissé par l'interrogation, les yeux emplis de déception et de désarroi.

Pas de fureur.

Il n'était pas Wimarc, un loup affamé sous l'apparence d'un homme courtois et policé. Il n'était pas John, le roi libidineux qui se servait de son pouvoir pour forcer les femmes à exaucer ses désirs. Il n'était pas un courtisan fat et blasé qui pensait que la veuve d'un traître devrait accueillir avec joie ses attentions lascives et s'en sentir honorée.

Madoc ap Gruffydd n'était pas rusé et calculateur ; ses pensées et ses sentiments étaient inscrits sur son visage et transparaissaient dans sa voix. Il ne la traitait pas comme une chose qui devait être capturée et utilisée, mais lui parlait comme à une personne, son égale de certaines façons, sinon dans tous les domaines.

Elle sentait qu'il la respecterait, et c'était tout ce qu'elle demandait.

L'épouser pourrait bien être sa dernière et meilleure chance de trouver le bonheur et le contentement, se dit-elle encore en pensant à tout ce qu'elle avait découvert sur lui, et elle serait une sotte de la laisser passer à cause de ce qu'elle avait vécu lors de son premier mariage.

Alors elle prit son beau visage entre ses mains, se haussa sur la pointe des pieds et posa ses lèvres sur les siennes.

Chapitre 6

De son plein gré, avec l'ardeur du désespoir, elle captura sa bouche de la sienne, désireuse de montrer à Madoc qu'elle acceptait véritablement ce mariage, et qu'elle voulait faire de lui son époux.

Il l'enveloppa de ses bras forts, lui apportant un sentiment de chaleur et de sécurité. Là, dans son étreinte, elle se sentait désirée, respectée… Ce début était déjà mieux que ce que Wimarc lui avait jamais offert. Un petit soupir s'échappa de sa gorge lorsqu'il écarta ses lèvres de sa langue et envahit doucement la chaleur moite de sa bouche.

Sans cesser de l'embrasser, il l'appuya contre le mur de bois de la boulangerie. Elle retint son souffle lorsque la main de Madoc glissa sur sa taille pour remonter jusqu'à un sein et le pétrir légèrement, éveillant en elle une sensation étonnamment agréable qui se répandit dans tout son être.

Ce n'étaient pas là des gestes rudes et grossiers, il ne la traitait pas comme si elle était faite de bois ou de pierre, dénuée de sentiments. Il la caressait doucement, tendrement, comme si elle était précieuse à ses yeux. Comme s'il faisait passer son plaisir avant le sien.

A ce moment-là, elle se rendit compte qu'elle désirait Madoc comme elle n'avait jamais désiré Wimarc, même lorsqu'elle s'était crue éperdument amoureuse de lui. Ce que Madoc lui faisait ressentir était plus profond, plus intimement satisfaisant. Elle savait intuitivement qu'elle pouvait lui faire confiance, et cette certitude était nouvelle pour elle, et merveilleuse.

— Dites-moi d'arrêter et je le ferai, promit-il en faisant glisser sa bouche sur la courbe de son cou.

— Ne vous arrêtez pas, chuchota-t-elle tandis que ses propres mains entreprenaient un voyage bien à elles…

Il s'écarta alors légèrement et posa une main sur la sienne.

— *Voulez-vous* vraiment m'épouser, Roslynn ? demanda-t-il dans un murmure pressant.

N'entendait-il pas son cœur qui tambourinait, ne sentait-il pas le besoin de son corps ? Ne percevait-il pas son aspiration à une union totale avec lui, ne voyait-il pas l'espoir dans ses yeux ?

Peut-être avait-il simplement besoin de l'entendre le dire à haute voix.

— Oui, Madoc ap Gruffydd, seigneur de Llanpowell, je veux vous épouser.

Lorsqu'il sourit, elle eut l'intuition d'avoir pris la meilleure décision de sa vie, et elle l'attira à elle pour presser de nouveau ses lèvres sur les siennes.

Mais cette étreinte ne dura pas longtemps.

— Assez, ma dame, la réprimanda-t-il gentiment en se reculant. Nous ferions mieux de rejoindre la grand-salle. Je ne veux pas que vous vous demandiez après coup si je vous ai séduite pour vous contraindre au mariage.

Il parlait comme s'il avait été capable d'une telle fourberie. Aussitôt, la délicieuse chaleur qui habitait Roslynn disparut.

— Fort bien, sire, dit-elle sèchement en commençant à s'éloigner.

Il l'attrapa par la main et la ramena en arrière, ses sourcils noirs froncés.

— Qu'est-ce qui ne va pas, tout à coup ?

Puisqu'il le lui demandait…

— J'ai déjà été manipulée dans le mariage une fois, par des paroles de miel et des baisers pleins de séduction. Je n'aimerais pas croire que je suis assez stupide pour me laisser abuser une seconde fois.

— J'ai parlé sans réfléchir, Roslynn, répondit-il, paraissant sincèrement le regretter. Je voulais seulement plaisanter. Pardonnez mes paroles hâtives. Ou regrettez-vous déjà d'avoir accepté ce mariage ?

Combien d'hommes de sa stature s'excuseraient, et montreraient en plus du remords ? se demanda-t-elle. Combien chercheraient à se faire confirmer un acquiescement qu'elle avait déjà donné ? Maintenant encore, il lui laissait sa liberté. N'était-ce pas un autre signe de la différence entre Madoc et son premier époux ?

— Je suis toujours désireuse de vous épouser, sire, répondit-elle franchement, en songeant une fois encore, pour mieux s'en convaincre, à toutes les qualités qu'il lui avait montrées.

— Bien, dit-il.

Ses yeux bruns pétillèrent et ses lèvres s'incurvèrent en un sourire malicieux qui le fit paraître beaucoup plus jeune. Il lui prit alors la main pour la guider vers le château.

— Mon oncle Lloyd va être si heureux!

— Et sire Alfred si soulagé, ajouta-t-elle, tout en espérant qu'elle avait raison de se fier au seigneur de Llanpowell et qu'elle ne commettait pas une autre erreur désastreuse.

Madoc avait l'impression d'avoir gagné un tournoi à mains nues. La réaction de Roslynn lui avait fait craindre le pire : qu'elle le rejette, finalement, après avoir accepté de l'épouser. Il savait désormais qu'il devrait se montrer infiniment prudent avec elle, car il tenait à la garder. Lorsqu'ils entrèrent dans la cour du château, ils trouvèrent Lloyd, les bras écartés, dansant devant le cheval du noble normand comme si ses pieds étaient en feu.

Sire Alfred tourna un visage sévère vers le couple qui arrivait.

— Ainsi, ma dame, vous êtes enfin revenue. Nous allions partir à votre recherche.

Lâchant la main de Roslynn, Madoc passa à grandes enjambées devant son oncle pour se poster face à la monture du Normand.

— Dame Roslynn est mon invitée, dit-il tandis que sa colère montait. Nul mal ne lui sera fait ici, par moi ou n'importe quel homme. Je suis un chevalier honorable, et c'est m'insulter que de suggérer le contraire.

Sire Alfred souffla avec dédain.

— Quoi que vous affirmiez, cette dame est sous ma responsabilité et…

— Si vous êtes sage, vous n'en direz pas plus, l'avertit Madoc, peu soucieux que ce Normand soit l'émissaire du roi ou ait de l'influence à la Cour.

— Alors, ma dame, peut-être voudrez-*vous* m'expliquer où vous êtes allée seule avec cet homme, répliqua sire Alfred d'un ton sec, en considérant Roslynn d'un regard dédaigneux.

— Certainement, répondit-elle avec un aplomb qui lui rappela Trefor.

Son frère s'était toujours montré calme lorsqu'il faisait face à une catastrophe, jusqu'au jour de son mariage.

— Nous avons marché dans le village en discutant de notre mariage à venir.

Sire Alfred en fut si stupéfait qu'il faillit tomber de son cheval, tandis que Lloyd poussait un cri de joie et se précipitait pour étreindre Roslynn.

— Par tous les saints du pays de Galles, je le savais !

Bien qu'elle ait fait cette annonce avec un certain manque d'enthousiasme, sans doute parce qu'il lui déplaisait d'obéir au roi, elle n'avait du moins pas montré de réticences à la faire, pensa Madoc alors qu'il observait discrètement les serviteurs et les soldats qui se trouvaient dans la cour.

Ainsi qu'il s'y attendait, beaucoup paraissaient surpris. Quelques-uns étaient visiblement mécontents, et un plus grand nombre encore se montraient méfiants. Il fallait espérer que lorsque sire Alfred et ses hommes seraient partis, ils changeraient d'attitude. Après tout, la propre mère de Madoc était normande, et elle avait été bien accueillie par les gens de Llanpowell.

Il ne vit aucune trace d'Ivor ; il était probablement

occupé ailleurs, aux affaires du domaine. Quant à la réaction de son intendant à ces nouvelles… Ivor ne serait pas content, Madoc le savait, mais il verrait sûrement le mérite de la décision de son seigneur. En fin de compte.

— Est-ce vrai ? demanda sire Alfred.

— Oui, nous allons nous marier, répondit Madoc tandis que son oncle lâchait sa promise pour lui taper chaleureusement dans le dos. Demain, si dame Roslynn est d'accord.

Avant qu'elle ne change d'avis…

Roslynn poussa une exclamation étouffée, et sire Alfred parut aussi abasourdi que si on lui avait demandé de conduire lui-même la cérémonie.

Il n'aurait pas dû se montrer si impétueux, si influencé par son propre désir, se dit Madoc, mais il était trop tard, maintenant. Il avait parlé à voix haute et claire, et s'il voulait préserver sa crédibilité, il ne pouvait revenir sur ses paroles.

— Cela laisse peu de temps pour inviter des hôtes et préparer un festin, fit remarquer Roslynn.

— Bien sûr. Pardonnez ma hâte, ma dame. J'aurais dû penser que vous voudriez inviter de la famille ou des amis à la cérémonie.

— Vraiment peu de temps pour planifier le banquet, marmonna Lloyd. Grâce à Dieu, nous avons du vin et du *braggot* à foison dans les celliers.

Madoc l'ignora et continua à s'adresser à Roslynn.

— Naturellement, le mariage peut être repoussé, si vous préférez.

Sire Alfred fit entendre un bruit étranglé. Il souhaitait sans nul doute que le mariage soit réglé une fois pour toutes avant qu'il ne retourne à la Cour. Cependant, ses souhaits n'étaient rien à côté de ceux de dame Roslynn, qui regardait Madoc de cette manière fraîche et légèrement réservée, qui détonnait avec la passion dont elle avait fait preuve un peu plus tôt.

Madoc se commanda de dominer son désir et de se comporter en noble civilisé. Il n'était pas un barbare, après tout, et il pensait ce qu'il avait dit : il ne la forcerait pas à se donner à lui avant qu'elle n'y soit prête. Il était capable de se contrôler. Il l'avait déjà fait, il pouvait le faire de nouveau, aussi difficile que ce soit.

Son froncement de sourcils pensif remplacé par une calme acceptation, dame Roslynn secoua la tête.

— Non. Il n'y a personne que je souhaite inviter, et donc aucune raison de retarder le mariage, dit-elle.

Ce n'était guère une réponse enthousiaste, mais c'était certainement mieux qu'un refus ou des faux-fuyants. De fait, se dit Madoc, il devrait déjà être soulagé que son annonce intempestive ne l'ait pas fait partir en courant.

— Ainsi, sire Alfred pourra rentrer à la Cour sans tarder, comme il le désire si ardemment, ajouta-t-elle sur un ton raisonnable.

— En effet, déclara le noble normand en démontant.

Il sourit, ce qui le fit ressembler à une gargouille plus qu'à autre chose.

— Le roi va être satisfait.

Madoc se moquait bien que John soit satisfait ou non. Il était satisfait, lui, la dame lui plaisait et était consentante, et maintenant ils auraient de l'argent pour rendre Llanpowell encore plus sûr.

— Venez tous à l'intérieur, commanda Lloyd, oubliant une fois de plus que Madoc était adulte et seigneur à Llanpowell. Buvons pour célébrer cette heureuse nouvelle.

— Allez devant, mon oncle, répondit Madoc. Il faut que je trouve Ivor pour le prévenir. Comme vous l'avez dit, je n'ai pas laissé beaucoup de temps aux gens du château pour les préparatifs.

En outre, s'il annonçait lui-même sa décision à son ami, il l'accepterait sans doute plus facilement. Et de son côté, Madoc pourrait se calmer et apaiser le désir brûlant qui l'avait submergé.

— Oh, oui. Il est à l'armurerie, je crois.

Lloyd gloussa en glissant son bras sous celui de Roslynn.

— Il va être fou furieux de n'avoir qu'un jour pour tout préparer. C'est une bonne chose que le cellier soit plein, puisque la brasseuse est venue livrer.

Il fit un clin d'œil à la jeune femme.

— Maintenant, venez, ma dame. C'est une si sage décision. Et plus de ressentiment à propos de la rivière, n'est-ce pas ?

— Non, je ne suis plus en colère à ce sujet, néanmoins vous n'auriez pas dû faire une chose pareille, répondit-elle en souriant à Lloyd d'une façon qui fit manquer un battement au cœur de Madoc.

Dans l'armurerie, Madoc s'arrêta pour laisser ses yeux s'accoutumer à la pénombre. Comme il contenait les armes du château, le local n'avait pas de fenêtres ni de lumière naturelle ; des lampes à huile, des chandelles ou des flambeaux l'éclairaient, selon qui se trouvait à l'intérieur et ce qu'ils y faisaient. Pour l'heure, une seule lampe était allumée, au fond de la pièce carrée installée sous les baraquements et à côté des écuries.

— Ivor ? appela-t-il.

— Ici ! répondit l'intendant depuis la source de lumière.

Passant devant des javelots et des piques appuyés contre les murs de pierre, des râteliers d'épées, des étagères chargées d'arcs et de pièces d'armures, des carquois suspendus à des crochets et des établis couverts de morceaux de bois, de cuir et de plumes, Madoc trouva son ami près d'une étagère contenant des épées tordues ou cassées, une plume dans ses doigts tachés d'encre. Une petite table supportant un encrier et des rouleaux de parchemin, ainsi que la lampe à huile qui empestait le suif de mouton, se dressait à côté.

— Nous pourrons bientôt toutes les remplacer, déclara Madoc en désignant d'un signe de tête les vieilles armes abîmées qui, même réparées, ne seraient jamais aussi bonnes que celles que la dot de Roslynn permettrait d'acheter.

Ivor fronça les sourcils et posa sa plume.

— Comment allez-vous payer…

Son expression se modifia lentement, se changeant en une grimace de déplaisir non dissimulée.

— Vous allez épouser la Normande.

Madoc appuya une épaule contre les étagères et croisa les bras. Il ne s'était pas attendu que son intendant soit ravi. Néanmoins, la réprobation patente de son ami l'irritait.

De toute façon, qu'Ivor soit d'accord ou non, sa décision était prise.

— Oui, je vais l'épouser.

A son soulagement, Ivor ne protesta pas tandis qu'il prenait l'un des parchemins et se mettait à le rouler.

— Quand ?

— Demain.

L'intendant haussa vivement les sourcils.

— Si vite ?

— Je ne vois pas de raison d'attendre. Plus vite je me marierai, plus tôt nous pourrons utiliser la dot.

Et plus tôt il aurait Roslynn dans son lit.

Quelles qu'aient été les expériences précédentes de sa promise, son baiser avait été… encourageant, pour le moins.

— Oh, oui, certes, et nous pourrions avoir besoin des armes sans tarder, déclara sombrement Ivor. Trefor ne prendra pas bien cette nouvelle. Il pensera probablement que vous comptez utiliser l'argent de la dot et cette alliance avec le roi pour vous emparer de ce qui reste de ses terres.

Madoc n'avait pas considéré la réaction de son frère à son mariage, même s'il aurait dû le faire. Néanmoins, il ne laisserait pas les possibles actions de Trefor le dissuader maintenant.

— Je ne veux pas de ses terres. Je ne les ai jamais voulues et ne les voudrai jamais, affirma-t-il.

— Vous en avez quand même pris la majeure partie, fit remarquer Ivor. Et voici une riche fiancée et, à travers elle, des liens renforcés avec John. Votre frère sera en colère, Madoc, peut-être suffisamment en colère pour faire quelque chose de grave.

Madoc toucha la poignée d'une épée rouillée sur l'étagère à côté de lui.

— Par Dieu, j'espère que non. J'espère qu'il fera preuve d'un peu de sagesse, pour une fois.

— La sagesse n'a jamais été son fort, répliqua Ivor en faisant porter son poids sur sa bonne jambe. Que ferez-vous s'il lève des forces contre vous ?

— Je me défendrai et défendrai ce qui est mien. Je ne fais rien de mal en épousant dame Roslynn.

— Eh bien, prions de nous tromper et qu'il se contente de Pontymwr et de sa dernière incartade pour un moment, dit l'intendant.

Il se mit à rassembler le reste des rouleaux pour les ranger sur une étagère plus petite près de la table.

— Je ferais mieux d'aller aux cuisines et de voir ce que nous avons de disponible pour le festin. Vous auriez pu me laisser quelques jours de plus, Madoc.

Malgré sa vexation apparente, Ivor finit par sourire.

— Enfin… Elle est si charmante que je ne peux dire que je vous blâme, mais Hywel va se mettre dans une colère noire, je n'en doute pas. Alors, s'il se rue sur moi avec un hachoir, ce sera votre faute, acheva-t-il en se dirigeant vers la porte. Vous venez ?

— Dans un moment. Je veux juste jeter un coup d'œil à ces lames. Et si Hywel vous attaque avec un hachoir, envoyez-le-moi, répondit Madoc en souriant.

Ivor parti, Madoc n'examina pas les épées ni d'autres armes. Il s'assit sur le bord de la table, les bras croisés, la tête penchée tandis qu'il réfléchissait en silence.

C'était tranquille, ici, et paisible malgré la présence

de si nombreuses armes. Le seul bruit qui troublait le silence était le crachotement de la mèche trempée dans du suif, la seule lumière celle de la flamme vacillante.

Avait-il vraiment pris la bonne décision ? se demanda-t-il. Faisait-il ce qu'il y avait de mieux pour son peuple et lui-même ? Ou bien son jugement avait-il été altéré par la beauté et le tempérament de la dame, par sa propre solitude et la passion qu'elle attisait en lui ?

Aurait-il dû lui en dire davantage sur son mariage avec Gwendolyn et tout ce qui avait suivi ? Cela aurait-il fait une différence pour elle ? Etait-ce cette crainte qui l'avait retenu de parler de Gwendolyn, du petit Owain et de la naissance qui avait coûté la vie à sa mère ?

Quelle qu'en soit la raison, il ne l'avait pas fait et maintenant, les dés étaient jetés, pensa-t-il en se redressant et en prenant la lampe pour aller à la porte. Il avait fait son choix. Dame Roslynn l'avait accepté et il avait donné sa parole, alors il ne pouvait plus revenir en arrière.

Sauf dans la disgrâce et le déshonneur.

Le lendemain matin, Madoc se tenait dans la grand-salle, attendant sa future épouse. La chapelle du château était trop petite pour contenir les serviteurs, les soldats et les villageois qui étaient venus assister à la cérémonie et prendre part au festin, aussi le mariage devait-il être célébré ici. Il pleuvait à verse et Madoc espérait que ce n'était pas un mauvais présage.

Il passait d'un pied sur l'autre, combattant l'envie de tirer sur sa plus belle tunique, qui était très inconfortable. Il n'avait pas porté le vêtement depuis son premier mariage et déjà, à l'époque, il avait été gêné.

Sire Alfred était allé chercher dame Roslynn dans sa chambre, et Lloyd rayonnait comme s'il avait arrangé lui-même le mariage.

Malgré sa désapprobation, qui avait été évidente durant le souper de la veille, son intendant était présent aussi.

Juste comme Madoc commençait sérieusement à envisager d'envoyer quelqu'un à la chambre de la tour pour voir ce qui causait ce retard, dame Roslynn apparut au bas de l'escalier, une main posée sur le bras de sire Alfred.

Une véritable bouffée d'exultation mêlée à un désir brûlant frappa aussitôt Madoc. La cotte rouge foncé de Roslynn, coupée dans une riche étoffe, était simple mais ajustée à ravir. Elle accentuait la rondeur de sa poitrine et la finesse de sa taille avant de s'évaser sur ses hanches. Le galon doré autour du décolleté carré attirait l'attention sur la vallée qui partageait sa gorge blanche. Un voile de soie blanche frôlait ses joues et dissimulait la majeure partie de ses épais cheveux châtains. Elle ne portait qu'un simple crucifix en or, mais ses vifs yeux noisette étincelaient comme des joyaux. Ses lèvres pleines rappelaient à Madoc le baiser qu'elle lui avait donné.

Gwendolyn était jolie, réservée et douce, et jadis, il avait cru l'aimer, mais elle n'avait jamais touché son cœur ou éveillé son désir comme dame Roslynn le faisait.

Pendant que la mariée et sire Alfred avançaient vers l'estrade, une vague d'excitation parcourut l'assemblée.

Enfin, le père Elwy vint se placer devant Madoc et sa fiancée. Madoc prit alors la main fraîche de Roslynn dans la sienne et le prêtre commença à s'adresser à l'assistance.

— Si quiconque connaît un empêchement au mariage entre Madoc ap Gruffydd, seigneur de Llanpowell, et dame Roslynn de Werre, veuve, fille de sire James de Briston, qu'il le dise tout de suite ou se taise à jamais.

Madoc retint son souffle, craignant que quelqu'un ne proteste contre son mariage avec une Normande et la veuve d'un traître, ou que Trefor n'intervienne pour essayer de détruire la chance de son frère de connaître le bonheur et la prospérité.

Dame Roslynn partageait son appréhension, semblait-il, car elle resserra les doigts sur les siens comme si elle redoutait de lui être arrachée.

Ou parce qu'elle était tentée de fuir ?

Non, sûrement pas, se dit-il. Si elle avait eu des doutes ou en était venue à regretter sa décision, une femme comme elle n'aurait pas hésité à le dire, ou à fournir une excuse pour retarder le mariage.

Un silence gênant s'installa tandis que le père Elwy fixait Madoc comme s'il attendait quelque chose. Brusquement, Madoc sursauta, se rendant soudain compte qu'il devait prendre la parole. Pour se rattraper et prouver qu'il ne regrettait pas sa décision, il parla d'une voix forte et claire, prononçant chaque mot en gallois puis en français, pour sire Alfred et sa fiancée.

— Lorsque nous serons mariés, mon épouse aura droit à un tiers de mon domaine à ma mort, comme la loi le décrète. Elle aura également tous les biens domestiques qu'elle a apportés en dot, ainsi qu'une somme en argent équivalente à celle qu'elle a fournie.

D'autres murmures animés parcoururent la foule. Ceci pouvait être considéré comme généreux, même si Madoc jugeait que c'était simplement juste. Néanmoins, il put voir qu'il avait surpris Roslynn et lui avait fait plaisir, et il en fut heureux.

— La bague, sire, demanda le prêtre.

Madoc prit la bague de sa mère dans sa ceinture et la tendit au père Elwy, qui la bénit d'un signe de croix avant de la lui rendre.

— Je prends dame Roslynn de Werre pour épouse, déclara-t-il d'une voix forte et ferme tandis qu'il lui prenait la main et positionnait la bague devant son annulaire. Je l'honorerai et la respecterai, je la protégerai et lui serai fidèle pour le reste de ma vie. Je le promets au nom du Père, dit-il en faisant glisser l'anneau jusqu'à la première jointure de son doigt, au nom du Fils, continua-t-il en le passant à la deuxième phalange, et du Saint-Esprit, acheva-t-il en le mettant en place.

Le prêtre hocha la tête et fit de nouveau un signe de croix pour bénir leur union.

— Dieu et tous les saints soient loués, ils sont mariés ! s'écria Lloyd, tapant sur le bras de sire Alfred. Bientôt, des bébés à venir et des rires d'enfants. Maintenant, mangeons et buvons à leur santé et à leur bonheur !

— Pas encore, mon oncle, dit Madoc.

Il leva la voix et reprit la parole, avec une ferme résolution.

— Quoi que veuille le roi John, dame Roslynn est devenue mon épouse par *ma* propre décision. Elle sera ma femme, portera mes enfants et sera la châtelaine de cette maison. Vous lui témoignerez le même respect qu'à moi, ou vous pouvez quitter Llanpowell dès maintenant.

— Comme j'ai librement choisi de prendre sire Madoc ap Gruffydd de Llanpowell pour époux, ajouta Roslynn de manière inattendue. Je promets de faire de mon mieux pour être une bonne épouse.

Puis elle se haussa sur la pointe des pieds et l'embrassa sur les lèvres devant tout le monde — et ce n'était pas juste un chaste baiser pour entériner ce qu'elle disait. Elle l'embrassa avec passion et ferveur, comme pour prouver à tous qu'il était réellement son choix.

Madoc oublia où ils étaient, et pourquoi, et répondit à son baiser comme s'ils avaient été seuls. Il n'avait jamais désiré une femme comme il désirait Roslynn en cet instant, et pas seulement pour lui faire l'amour. Il voulait que cette femme soit sa châtelaine autant que son amante, qu'elle soit la mère de ses enfants et le cœur de sa maison, comme il en serait le gardien et le protecteur.

Alors il lui rendit son baiser avec de la passion et du désir, de l'espoir et de l'attente, jusqu'à ce que quelqu'un tousse et leur rappelle qu'ils n'étaient pas seuls.

Madoc s'écarta et sourit à son épouse rougissante qui déjà détournait les yeux comme la plus effarouchée des vierges. Mais il était sûr qu'elle ne l'était pas, et cette pensée l'excitait encore plus.

Hélas, leur plaisir devrait attendre la fin du banquet de noces.

— Hors de mon chemin, Madoc! s'écria alors

Lloyd en le bousculant pour prendre la mince Roslynn dans ses bras et l'embrasser chaudement sur les deux joues. Pas question que vous gardiez la mariée pour vous, du moins pas encore !

Chapitre 7

Pour le festin de noces qui suivit, sire Alfred avait été placé à la gauche de Madoc, à la table d'honneur installée sur l'estrade. Le Normand semblait satisfait et, Roslynn n'en doutait pas, secrètement soulagé de pouvoir retourner auprès du roi en rapportant que ses ordres avaient été exécutés.

L'oncle de Madoc se trouvait à sa droite. Quand il n'était pas en train de manger ou de boire, il lui racontait quel homme de qualité était son neveu.

Hélas, bien que la nourriture soit excellente, l'appétit de Roslynn semblait l'avoir désertée, sans doute en raison de la déconcertante rapidité des événements… Et puis, elle devait admettre qu'elle était intimidée par son nouveau statut de châtelaine de Llanpowell, jeune épousée d'un homme qu'elle venait à peine de rencontrer.

Même si elle avait donné son accord au mariage de son plein gré, elle avait été choquée par la décision de Madoc de procéder si vite à la cérémonie. Pourtant, lorsqu'il lui avait permis de prendre plus de temps si elle le souhaitait, elle s'était rendu compte qu'il n'y avait pas de raison d'attendre, en effet. Un délai ne ferait qu'accroître son appréhension. En outre, comme elle l'avait dit, il n'y avait personne qu'elle souhaitait inviter dans les sauvages contrées galloises pour la voir se marier… en supposant que sa famille et ses amis seraient venus, ce qui n'était pas sûr.

Le silence dans lequel s'était enfermé Madoc ne faisait rien pour dissiper son malaise, bien qu'il offre un contraste bienvenu avec l'attitude de son premier époux lors de ses premières noces. Wimarc avait alors passé son temps à se déplacer parmi leurs invités avec un entrain volubile, dispensant salutations et compliments comme s'il était un monarque magnanime.

Leur tenue était tout aussi différente. Wimarc avait été vêtu aussi brillamment qu'un paon dans des habits de soie et de lamé, alors que Madoc portait une simple tunique de drap noir qui paraissait trop juste sur ses larges épaules et son torse puissant, des chausses également sobres et des bottes qui paraissaient déplacées sur un jeune marié, même si elles étaient bien cirées.

Néanmoins, ce n'étaient pas la présence taciturne de son époux ni ses atours dénués d'ornements qui la troublaient à ce point. C'était ce qu'elle pouvait lire dans ses yeux lorsque leurs regards se croisaient. Un besoin brûlant et primitif couvait dans leurs profondeurs sombres, un besoin qui lui donnait envie de s'enivrer afin d'émousser les sensations aiguës qui s'éveillaient en elle.

Mais elle ne devait pas trop boire. Elle voulait avoir tous ses esprits quand son époux et elle… quand ils…

Elle n'osa pas aller au bout de sa pensée. Elle avala le morceau de bœuf rôti qu'elle avait dans la bouche et essaya de garder son attention fixée sur le ménestrel qui jouait un air enjoué. Malheureusement, il chantait en gallois et elle décida donc de se distraire en observant les gens présents dans la grand-salle : les villageois, transportés de se trouver là ; les plus riches, se comportant comme si cette invitation au mariage de leur seigneur leur était due ; les soldats, qui s'enivraient et devenaient de plus en plus tapageurs à mesure que l'heure tournait, comparant leurs prouesses avec les armes, avec les femmes et apparemment avec tout ce que les hommes pouvaient comparer ; les serviteurs, qui se déplaçaient prestement et sûrement parmi eux, échangeant des plaisanteries avec les convives, et quelques-unes des servantes les plus jeunes qui badinaient hardiment avec les soldats.

Pas la timide Bron, cependant. Elle restait réservée et vaquait à ses tâches avec calme et rapidité, même si un sourire cordial éclairait son joli visage tandis qu'elle esquivait adroitement les tentatives des hommes pour la toucher.

Roslynn savait exactement ce que Bron ressentait. Elle avait passé bien des repas à la cour du roi à éviter des attentions indésirables. Néanmoins, Bron ne semblait pas contrariée par les agissements des hommes. C'était simplement comme si elle ne se souciait pas assez d'eux pour répondre, que ce soit avec plaisir ou avec colère.

Le regard de Roslynn se posa alors sur Ivor, l'intendant, aussi attentif qu'un chien sur une piste depuis sa place près de la table haute. Elle avait entrevu son expression maussade à la fin de la cérémonie de mariage et savait qu'il ne l'acceptait toujours pas, ni ne voulait d'elle comme dame de Llanpowell.

Elle n'avait pas à l'apprécier, se dit-elle, et il n'avait pas à la trouver à son goût. Elle était la châtelaine, lui l'intendant ; ils pouvaient se contenter de coopérer.

Mais ce n'était pas le fait qu'elle lui déplaise qui la troublait le plus ; c'était son hypocrisie, qu'elle sentait instinctivement.

Elle avait été à bonne école pour cela : Wimarc avait été un maître dans l'art de feindre. Même à leur mariage, lorsqu'il s'était comporté comme un jeune marié heureux et aimant, il complotait déjà en douce une rébellion avec la plupart des invités.

Madoc fit un geste vers elle et couvrit sa main de la sienne. Surprise, elle recula comme s'il l'avait pincée et il s'empressa de retirer ses doigts.

— Je me demandais ce qui mettait ce froncement de sourcils sur le visage de ma jeune épousée, dit-il, paraissant s'excuser.

Roslynn regretta d'avoir réagi trop vivement ; néanmoins, elle répondit avec honnêteté.

— Je crains que votre intendant n'ait des objections à notre mariage.

— Ivor-qui-tient-les-cordons-de-la-bourse est soupçonneux de nature et ne se fie pas aux étrangers, et il ne fait spécialement pas confiance à John, admit Madoc avec une franchise inattendue. Mais il a une autre raison de ne pas aimer les Normands, une raison personnelle : il les blâme de son infirmité. Alors que sa mère était grosse, elle a été accostée rudement par un groupe de soldats normands et elle est tombée. Cela a provoqué prématurément son travail et Ivor est né avec une jambe déformée. Nul n'a pu dire si c'était à cause de la chute ou de la naissance trop avancée, mais de toute façon, Ivor tient les Normands pour responsables. Toutefois, il aimait assez ma mère, même si elle était normande.

Il fronça les sourcils quand il vit la surprise de Roslynn.

— Personne ne vous l'a dit ?

Elle tendit la main vers son gobelet, puis la retira sans le toucher.

— On m'a dit très peu de choses sur vous, sire, et encore moins sur Llanpowell. Mais il est réconfortant de savoir que je ne serai pas la première châtelaine normande ici. J'espère que tous vos gens finiront par m'accepter, aussi.

— Si je ne pensais pas que c'était possible, je ne vous aurais pas épousée, déclara fermement Madoc. Quant à Ivor, c'est *moi* qui commande ici, pas lui, et il n'a rien à dire sur mes décisions. Il est aussi obstiné que moi, cependant, surtout quand il pense qu'il a raison, alors il se peut que vous ayez à lui laisser du temps pour s'habituer à vous. Mais je ne doute pas qu'il finira par changer d'avis, comme ceux qui s'étaient opposés au début au mariage de mon père.

D'un geste significatif, il inclina la tête vers Lloyd, qui écoutait le ménestrel avec une attention captivée.

— Votre oncle ? murmura-t-elle, incrédule.

— Il était le pire de tous, à ce que l'on dit, répondit Madoc avec un petit sourire qui lui emballa le cœur. Ma mère lui a rapidement prouvé qu'il avait tort, et maintenant il semble penser que les femmes normandes sont quasiment des anges sur Terre.

— Vous parlez de femmes ? demanda Lloyd alors que le ménestrel terminait sa longue ballade.

— Je disais à dame Roslynn que vous aimiez beaucoup ma mère.

— Comme tout le monde. C'était une femme de qualité, mais oh ! quel caractère ! Elle pouvait vous arracher la peau du dos d'un regard.

Il soupira et secoua la tête.

— Comme elle me manque !

Puis il sourit gaiement.

— Mais pas de visages tristes maintenant ! Elle serait contente ce soir, j'en suis sûr. Oui, ceci me rappelle le mariage de vos parents, Madoc. Quelle époque c'était ! J'ai été ivre une semaine durant, quand je ne courais pas après les filles. Et j'en attrapais quelques-unes ! Mais elles avaient beau être de vraies beautés galloises, pas une n'était aussi jolie que vous, ma dame.

Même si ses yeux pétillaient de rire, Lloyd poussa un autre lourd soupir.

— Ah, j'étais plus jeune et plus rapide, alors. Je n'en attraperais pas une seule, maintenant.

— Sauf si elles le voulaient, suggéra Roslynn en s'efforçant de se joindre à l'amusement. Je ne suis sûrement pas la seule femme à vous trouver encore bel homme.

— Allez, allez ! Je sais reconnaître la flatterie quand je l'entends ! s'exclama Lloyd, tout en souriant largement de plaisir et en regardant Madoc d'un air rayonnant. Ah, vous avez épousé une femme au bon cœur, mon neveu. Elle me donne l'impression d'être aussi jeune que vous !

— Je devrais peut-être dire aux servantes de se cacher, déclara Madoc.

— Faites, le défia son oncle. Si votre dame a raison, il y en aura une ou deux qui ne vous écouteront pas.

— Alors, nous pourrions bientôt avoir un autre mariage, je suppose.

— Ne parlez pas de malheur ! se récria Lloyd. Je ne suis pas comme vous. Je ne pourrais jamais rester fidèle à une seule femme, ni à son souvenir. C'est un mauvais tour à jouer à une femme, de lui promettre que l'on sera fidèle quand on sait que c'est impossible.

Roslynn but une gorgée de vin. Elle était soulagée de penser que Madoc n'était pas le genre d'époux à prendre des maîtresses, mais affectée par ce que Lloyd avait dit, aussi. Si Madoc avait aimé sa première épouse au point de refuser de prendre une amante après sa mort, comment pourrait-elle, elle, prendre la place de cette femme dans son cœur ou dans sa vie ? Peut-être ne devrait-elle même pas essayer…

Des applaudissements résonnèrent soudain près de la porte et elle leva les yeux pour voir un homme aux cheveux gris, vêtu d'une tunique vert foncé, s'avancer vers l'estrade avec une harpe.

— Ah, voilà Ianto ! s'écria Lloyd. Le meilleur barde du pays de Galles. Je pensais qu'il n'arriverait jamais.

Il bondit sur ses pieds.

— Faites de la place pour Ianto !

Lorsqu'il atteignit le bas de l'estrade, le barde s'inclina devant Madoc et ensuite devant Roslynn, en souriant, pendant que les serviteurs s'empressaient de débarrasser les restes de la tarte aux fruits et des châtaignes de la table haute, et de lui apporter un tabouret.

Ianto ne se mit pas à jouer dès qu'il fut assis. A la place, il fixa Roslynn d'une manière déconcertante en laissant courir légèrement ses doigts sur les cordes comme s'il caressait un animal familier.

Intriguée par cette attente, et troublée par l'attention du barde, elle se pencha vers Madoc pour lui murmurer :

— Qu'attend-il donc ?

— Il réfléchit à la chanson qui conviendra le mieux à la mariée.

Roslynn ne trouva pas cette idée réconfortante, surtout si cela prenait si longtemps.

Enfin, l'homme grisonnant pinça une corde et se mit à chanter en gallois. La plupart des convives sourirent et plusieurs mirent leur main devant leur bouche pour réprimer un gloussement amusé.

Madoc, cependant, se tenait immobile comme un bloc de pierre, et l'intendant paraissait aussi sombre que lui. Encore plus mal à l'aise face à leurs réactions, Roslynn jeta une œillade à Lloyd et constata que ses lèvres frémissaient comme si lui aussi s'efforçait de ne pas rire aux éclats.

Quelle sorte de chanson, au juste, avait choisie le barde ? se demanda-t-elle avec inquiétude.

— Peut-on demander ce que chante cet individu ? s'enquit sire Alfred auprès de Madoc.

Il paraissait aussi perplexe et suspicieux que Roslynn.

— C'est à propos d'une sirène et d'un mortel qui l'aime désespérément, répondit Madoc.

— Elle lui glisse sans cesse entre les mains, vous

voyez, ajouta Lloyd, les yeux pétillants, et il a beaucoup de mal à la tenir pour…

Madoc repoussa brusquement sa chaise, l'interrompant.

— Maintenant, le jeune marié va chanter pour son épouse, déclara-t-il. Dans sa langue, afin qu'elle comprenne.

Roslynn s'empourpra et ne dit rien, mais elle était heureuse qu'il se soit levé pour défendre sa dignité. Une chanson paillarde sur des sirènes et leurs malheureux amants mortels n'était guère appropriée à un mariage entre deux nobles.

Le barde tendit sa harpe à Madoc et son époux s'installa sur l'estrade avant de commencer à jouer. Sa ballade était plus douce, plus lente, et racontait l'histoire d'un jouvenceau qui rêvait du parfait amour mais craignait de ne jamais le trouver. Chaque couplet se terminait sur le jeune homme qui s'efforçait d'espérer et redoutait que cela ne serve à rien, puis la chanson s'acheva sur une tonalité mélancolique, très prenante.

Craignant de se mettre à pleurer, ce qui la mortifierait, Roslynn se leva abruptement.

— Si vous voulez bien m'excuser, sire, je souhaite me retirer.

Madoc rendit sa harpe au barde.

— Il est encore tôt. Vous ne vous sentez pas bien ?

Ce n'était pas la faute de son époux si elle était bouleversée. Il ne pouvait pas savoir l'effet que cette ballade produirait sur elle, de fait elle ne l'aurait pas deviné elle-même. Mais à présent, plus que jamais, elle souhaitait n'avoir jamais rencontré Wimarc. Ne jamais être tombée sous son charme, n'avoir jamais supplié pour l'épouser. Que ne donnerait-elle pas pour être une jeune mariée innocente, rêvant encore du parfait amour, sans erreurs passées ni choix stupides pour souiller cette nuit !

Ne sachant pas que dire, ni quelle explication elle pourrait donner sans fondre en larmes, elle se contenta de répondre :

— Je souhaite simplement me retirer. Ai-je votre permission ?

Plusieurs personnes se mirent à ricaner.

Les sourcils froncés, Madoc leur jeta un regard sévère avant d'acquiescer.

— Bien sûr.

Déterminée à se montrer digne, Roslynn garda la tête haute tandis qu'elle se dirigeait vers l'escalier. Mais cela parut amuser les convives davantage encore, et plus elle s'éloignait de l'estrade, plus leurs rires se faisaient sonores.

Jusqu'à ce qu'un grondement d'approbation résonne dans la salle.

Se demandant ce qui avait causé cet éclat, elle regarda en arrière… et vit Madoc qui la suivait d'un pas décidé, avec une lueur particulièrement résolue dans ses yeux bruns, comme s'il projetait de la soulever dans ses bras, de l'emporter dans leur chambre et de la jeter sur leur couche nuptiale.

Oh non ! Pas une nouvelle fois ! Plus jamais !

Au bord de la panique, ne se souciant pas de savoir si les hommes voyaient ses chevilles ou même ses mollets, elle releva ses jupes à deux mains et courut aussi vite qu'elle le put vers l'escalier, évitant de justesse une collision avec un serviteur qui portait un plateau avec des verres vides.

— Otez-vous du milieu ! cria Madoc juste derrière elle, son avertissement suivi par un terrible fracas.

Atteignant l'escalier, Roslynn ne regarda pas en arrière. Elle saisit la rampe sculptée dans le mur arrondi et gravit précipitamment les marches, aspirant à retrouver le sanctuaire de sa chambre.

Pas de nouveau ! Plus jamais !

Les mots résonnaient dans son esprit, son cœur, son âme lorsqu'elle entra en courant dans la pièce, faiblement éclairée par une seule bougie à la cire d'abeille posée sur la table de toilette. Elle referma la porte en la claquant et poussa le verrou. Mais il était ancien, le loquet aussi, pas de quoi arrêter un homme fort et déterminé, songea-t-elle avec désespoir.

Son cœur tambourinant dans sa poitrine, elle s'écarta à reculons de la porte et attendit en retenant son souffle le violent coup de pied de son époux, le craquement du bois, les insultes, les soufflets. Avant qu'elle ne soit jetée sur le lit, ses jupes remontées…

A la place, on frappa doucement à la porte et la voix de Madoc s'éleva, basse et courtoise.

— Ma dame, puis-je entrer ?

Les doigts tremblants, elle essuya les larmes qui roulaient sur ses joues et se rappela qu'il n'était pas Wimarc. Il était Madoc ap Gruffydd de Llanpowell, et l'époux de son choix. Un choix qu'elle avait pesé avec soin, contrairement à la première fois.

Il n'était pas Wimarc, se répéta-t-elle. Il avait promis d'être doux avec elle.

Les mains tremblant toujours, elle tira le verrou,

puis s'écarta tandis que Madoc entrait et refermait la porte derrière lui.

— Je n'avais pas l'intention de vous effrayer, dit-il avec toute l'apparence du remords. Tout le monde a supposé que vous étiez impatiente d'être seule avec moi quand vous vous êtes mise à courir. Moi aussi. Mais ce n'est pas pour cela que vous avez fui, n'est-ce pas ?

Il ne servait à rien de nier qu'elle avait eu peur, et qu'elle avait encore peur, maintenant qu'elle était à lui et qu'ils étaient seuls.

— Je n'aurais pas dû me conduire comme une enfant terrifiée, mais après avoir été mariée à Wimarc...

— Vous avez pensé que je vous suivais pour faire valoir mes droits et prendre mon plaisir égoïste, acheva-t-il, lui évitant d'avoir à mettre sa terreur en mots.

— Oui. Je suis désolée. C'était stupide de ma part.

La chandelle crachota, la faible lumière vacillant sur ses traits anguleux tandis qu'il secouait la tête.

— Inutile de me faire des excuses, ma dame. Je connais ce sentiment incontrôlable, voyez-vous. Une fois, quand j'étais jeune garçon, mon cheval s'est cabré et m'a jeté dans une tourbière. J'ai cru que j'allais être aspiré par la tourbe, étouffé et noyé. Le temps qu'on me sorte de là, j'avais déjà de la boue dans la bouche et dans les narines. Depuis ce jour, l'odeur de feuilles mouillées et de boue me noue l'estomac de terreur. Je ne peux rien y faire.

Il la regarda fermement.

— Vous n'avez pas à avoir peur de moi, Roslynn. Jamais. Je jure sur mon honneur de seigneur de Llanpowell que même si je suis en fureur, je ne vous ferai jamais de mal.

Sa sincérité se lisait dans ses yeux.

— Je vous crois, murmura-t-elle en le pensant.

Il lui dédia un petit sourire ironique qui fit disparaître les dernières traces de sa frayeur.

— J'admets qu'il était flatteur de penser que ma jeune épouse souhaitait si vivement être avec moi qu'elle quittait la grand-salle de bonne heure et courait vers la chambre nuptiale. Le barde est probablement déjà en train de composer une chanson sur le seigneur de Llanpowell malade d'amour, courant après sa femme.

Malade d'amour ?

Il s'approcha un peu plus, souriant toujours d'un air rassurant.

— J'espère que vous n'éprouverez pas le besoin de fuir la grand-salle chaque soir. Autrement, mes gens pourraient finir par penser que je ne vous plais pas et que vous ne supportez pas ma présence.

Roslynn noua ses bras autour d'elle comme si elle pouvait emprisonner ainsi ses émotions tumultueuses.

— Je ne le ferai pas, promit-elle.

Le regard de Madoc se porta sur le lit ceint de rideaux.

Se sentant à la fois stupide et lâche, elle s'empressa d'aller à la table de toilette, s'assit et, les doigts gourds, commença à ôter son voile.

Il vint derrière elle sans dire un mot. Elle sentit ses mains effleurer sa nuque et comprit qu'il défaisait les lacets de sa cotte. Très lentement. Avec une lenteur crispante.

Ne sachant trop que faire, elle se mordit la lèvre et noua les mains sur ses genoux tandis qu'il continuait, écartant les pans de la cotte et faisant courir ses doigts sur sa colonne vertébrale. Elle se redressa vivement, car même si elle portait une chemise de linon, c'était comme si elle était nue, et son toucher faisait naître de petits frissons incontrôlables sur sa peau.

— N'ayez pas peur, Roslynn, murmura-t-il, la voix enrouée, son accent gallois plus marqué. Je vous ai dit que je pouvais être patient et doux. Très patient, comme vous le voyez.

Il se mit à retirer les peignes qui retenaient ses cheveux et ses lourdes mèches châtaines tombèrent librement sur ses épaules, presque jusqu'à sa taille.

— Votre chevelure est aussi belle que le reste de votre personne, murmura-t-il, et aussi douce que vos lèvres. Je suis un homme fortuné d'avoir une telle épouse.

— J'espère que vous le penserez toujours, sire… mon époux.

Il se pencha et la mit debout, puis l'attira dans son étreinte. Il l'embrassa doucement au début, tendrement, comme elle avait toujours rêvé qu'un amant devait embrasser, et elle lui répondit de même, avec un émerveillement plein de gratitude. Puis avec une ardeur grandissante.

Mais Madoc n'était pas un partenaire pressé et égoïste, pas un mâle dominateur résolu à la prendre sans considération pour ses sentiments. Il ne la traitait pas comme un objet à utiliser pour satisfaire ses propres besoins. Il l'embrassait comme s'ils avaient un mois, un an, une vie entière pour faire l'amour.

Tous les sens de Roslynn étaient conscients de lui — sa chair sous ses doigts, l'odeur de sa tunique de drap et de ses bottes en cuir, la caresse délicate de ses mains puissantes qu'elle aspirait à sentir sur sa peau nue.

Il caressa son dos, ses bras, avant de saisir légèrement un sein dans sa paume, et lorsqu'il effleura de son pouce son mamelon durci, elle faillit se pâmer sous le plaisir qu'il lui donnait. Son besoin de lui s'accroissant, elle pressa son corps avec plus de ferveur contre le sien, le suppliant en silence de la prendre dans son lit.

Il se rapprocha d'elle et, bien qu'elle perçoive son excitation, il ne fit pas d'effort pour la serrer plus fort, maîtrisant son désir grâce à sa volonté, qui était indubitablement puissante. Néanmoins, elle pouvait sentir le besoin qu'il avait d'elle, tapi comme un animal qui n'était dompté que momentanément.

Comme ses propres peurs emprisonnaient sa passion.

Jusqu'à maintenant, se dit-elle avec espoir. Jusqu'à ce qu'elle épouse cet homme qui pouvait la libérer et la délivrer des chaînes de son passé.

L'étreignant fortement, elle se détendit contre lui. Son désir s'embrasa alors tandis qu'elle entrouvrait la bouche et glissait sa langue entre les lèvres de Madoc.

Chapitre 8

Madoc dut se retenir pour ne pas écarter d'un coup sec la cotte de Roslynn afin de pouvoir sentir sa chair nue, chaude et douce sous ses doigts. Seule sa volonté de se montrer attentionné et de ne pas effrayer son épouse lui permettait de contenir son désir.

Il s'efforça donc de se contenter, pour l'instant, de caresses et de baisers ardents, de mots tendres et de paroles d'encouragement, pour l'amener à accueillir son étreinte avec bonheur.

— Et moi qui craignais que vous ne soyez réticente, murmura-t-il en mettant fin à leur baiser pour promener sa bouche sur sa peau et couler les mains dans l'épaisse cascade de ses cheveux.

Elle sourit, aussi charmeuse que Salomé, avant de le repousser d'un geste soudain. Durant quelques secondes horribles, il craignit que même le peu qu'ils venaient de faire n'ait été trop pour elle — jusqu'à ce qu'elle fasse glisser ses manches sur ses bras et se mette à se débarrasser de sa cotte.

Il lutta contre l'envie d'arracher ses propres vêtements. C'était elle qui devait conduire les choses, au moins pour cette nuit, afin qu'elle se persuade qu'il ne la prendrait pas de force.

Alors, au lieu de faire ce que son désir brûlant exigeait, il resta immobile et la regarda ôter lentement sa robe pour se tenir finalement devant lui, vêtue de sa fine chemise, presque transparente, la peau dorée par la lumière de la bougie. Elle avait l'air d'un ange, sauf que son expression était bien plus lascive et séductrice que celle d'un ange ne le serait jamais.

Lorsqu'elle tendit la main vers la ceinture de Madoc et commença à la déboucler sans un mot, il faillit perdre son calme qui s'étiolait rapidement. Il avait soudain la gorge sèche, se sentait incapable de parler, ou même de marmonner.

Elle détacha sa ceinture avec une lenteur torturante avant de la poser sur la table à côté de son voile. Puis elle s'avança et releva lentement sa tunique, la faisant passer par-dessus sa tête avant de la poser sur le tabouret.

Elle prit son temps pour dénouer les liens de sa chemise de toile, mais finalement celle-ci fut ôtée aussi, si bien qu'il se retrouva seulement vêtu de ses chausses et de ses bottes.

Elle détourna les yeux comme si elle était subitement intimidée, et peut-être l'était-elle. Quel que soit le désir qui la motivait en cet instant, pensa Madoc, peut-être s'était-elle déjà montrée aussi hardie que ses expériences passées le lui permettaient.

Peut-être même devraient-ils s'arrêter maintenant, si aller plus loin risquait de l'affoler. Car en dépit de son excitation et de son envie de sentir le corps nu de Roslynn sous le sien, il ne ferait pas l'amour avec elle si cela devait l'effrayer.

Elle leva alors les yeux vers lui et les derniers doutes de Madoc s'évanouirent. Car ce n'était pas de la peur qu'il lisait au fond de son regard, ni même de l'appréhension.

C'était… de l'admiration.

— Vous avez le corps le plus magnifique que j'aie jamais vu, murmura-t-elle dans un souffle.

Il fut si soulagé qu'il éclata de rire tandis qu'il sentait son visage s'échauffer.

— Dieu vous garde, ma dame, vous allez me tourner la tête avec de tels compliments, dit-il, tandis que le plaisir procuré par ses paroles se changeait rapidement en un désir passionné. Vous êtes vous-même aussi belle qu'une déesse, et je suis sans nul doute l'homme le plus fortuné du pays de Galles.

Elle humecta ses lèvres pleines.

— Je crois que je suis aussi la plus fortunée des femmes.

Madoc n'eut pas besoin de plus d'encouragements. Il la souleva dans ses bras et la porta jusqu'au lit, aussi légère qu'une plume.

Tandis qu'elle se réfugiait sous la courtepointe de piqué, lui tournant le dos, il ôta ses bottes. Puis il souffla la chandelle, quitta ses chausses et s'allongea à côté d'elle.

Elle ne fit pas un geste pour se tourner vers lui.

— Roslynn ? demanda-t-il doucement en posant une main sur son épaule.

Elle roula face à lui, son expression presque impossible à discerner dans l'obscurité quasi totale.

— Je suis consentante.

La peur qui l'habitait se devinait sous ces paroles et, en silence, Madoc voua Wimarc de Werre aux feux de l'enfer pour l'éternité. Cet homme brutal ne s'était pas contenté de prendre l'innocence de Roslynn, il lui avait également volé le plaisir de l'attente et l'avait remplacé par la crainte et l'appréhension. Aujourd'hui, sa frayeur était bien réelle et il devait agir en conséquence.

— Si vous préférez que nous ne couchions pas ensemble, je dormirai par terre.

Il l'avait fait assez souvent auparavant, durant son mariage avec Gwendolyn.

— J'ai envie de vous, Madoc, chuchota-t-elle d'une voix tremblante comme si elle avait été sur le point de pleurer. Mais je ne peux chasser de mon esprit les souvenirs de mon premier mariage et la peur qu'ils réveillent. Ils viennent sans que je le veuille, et je ne peux l'empêcher.

— Ces souvenirs seront peut-être remplacés par ceux que nous construirons ensemble, dit-il, espérant qu'il puisse en être ainsi s'il prenait son temps, s'il se montrait tendre, doux et patient avec elle.

Sur ces paroles, il la mit doucement sur le dos afin de pouvoir l'embrasser comme il en avait envie. Il écarta ses cheveux de ses joues et effleura de ses lèvres sa bouche douce et docile, tout en faisant glisser sa main le long de son bras nu, avant de remonter vers son épaule.

Ce n'était pas une corvée, finalement, de l'aimer avec lenteur, si c'était ce qu'il fallait pour lui rendre la chose agréable, constata-t-il. Il lui ferait volontiers l'amour comme s'ils avaient tout le temps du monde, et même plus.

Comme elle ne protestait pas, il fit descendre sa bouche le long de son cou jusqu'au pouls qui palpitait rapidement sous sa peau.

Il la sentit se détendre et fit glisser sa chemise de son épaule avant de la saisir entre ses dents pour l'abaisser encore, jusqu'à ce qu'un sein parfait soit exposé à ses lèvres et à sa langue.

Roslynn frissonna. Tandis que Madoc l'embrassait et la caressait, ses terribles souvenirs commencèrent à reculer et ses pires craintes se dissipèrent.

Madoc n'était pas Wimarc.

C'était un amant doux et plein d'égards, le genre d'amant dont elle avait rêvé dans sa jeunesse. Il était ce qu'un époux *devait* être, un homme qui prenait en compte les besoins de sa femme autant que les siens.

Et, oh ! comme sa passion était magnifique, pendant qu'il la couvrait de baisers et de caresses et lui murmurait de tendres mots en gallois. Elle ignorait ce qu'ils signifiaient, mais elle comprenait qu'il s'agissait de compliments et d'encouragements, et elle y répondait comme un bouton de rose se déployant au soleil.

Toutefois, en dépit de son désir croissant et de l'excitation évidente de Madoc, il ne se hâtait toujours pas. Il prenait son temps pour la goûter et la caresser, pour la taquiner et l'émoustiller, pour la porter à un tel degré d'attente qu'elle pensa devenir folle de frustration s'il ne la prenait pas bientôt.

Pourtant, même lorsqu'elle écarta les jambes et

les noua autour de la taille mince de son époux, en un geste instinctif, primitif, il continua à lécher ses seins et à taquiner leur pointe dressée sans faire mine de la pénétrer.

— Oh, de grâce, Madoc ! supplia-t-elle en arquant le dos et en se tortillant tandis que la tension en elle s'intensifiait. Ne me faites pas attendre plus longtemps !

Obéissant à sa supplique sans un mot, et avec une aisance qu'elle aurait jugée impossible auparavant, il se coula enfin en elle.

Elle serra les dents, s'attendant à une douleur familière… qui ne vint pas.

— C'est… agréable, chuchota-t-elle, stupéfaite et soulagée.

— Parce que je me suis assuré que vous soyez prête pour moi, dit-il doucement, son souffle chaud lui caressant l'épaule. Là est toute la différence, vous voyez. Et cela n'aurait pas dû vous faire mal, de toute façon. D'ailleurs, vous verrez que vous ne serez plus jamais incommodée.

Désireuse de se concentrer sur les merveilleuses sensations que Madoc faisait naître en elle, Roslynn ne répondit pas à cette dernière phrase. Elle le croyait de toute façon, cet homme, bien qu'elle le connaisse à peine, était digne de confiance, elle en était sûre.

Bientôt, les lents va-et-vient sensuels de Madoc se firent plus rapides, les entraînant toujours plus loin, toujours plus près du point de non-retour. Et lorsqu'elle sentit enfin la première vague de plaisir déferler en elle, Roslynn se laissa submerger, comblée pour la première fois de sa vie.

Tandis qu'elle se cramponnait à lui et lui murmurait

des paroles d'encouragement, la respiration de Madoc devint rauque et hachée, tandis que son propre corps se tendait tout entier.

En cet instant, contrairement à ce qu'elle avait connu avec Wimarc, elle n'était pas tendue par la peur de laisser échapper un cri de douleur, qui aurait provoqué des coups et des insultes, mais par l'attente grandissante et nouvelle d'un plaisir inconnu.

Jusqu'à ce que Madoc, avec un grognement sourd, la pénètre profondément, faisant tout à coup se rompre la tension qui habitait Roslynn comme une corde coupée. En haletant, elle s'accrocha à lui tandis qu'une vague de volupté après l'autre la soulevaient et la traversaient tout entière d'un plaisir inouï.

Elle n'avait jamais rien ressenti d'aussi bon. Jamais.

C'était comme si elle était de nouveau vierge, faisant l'amour pour la première fois.

Et elle avait effectivement fait *l'amour* pour la première fois. Avant, c'était… de la copulation. Ou plutôt, son époux copulait et elle était forcée de l'endurer.

Tandis que son corps se détendait, elle dénoua ses jambes et Madoc posa la tête sur sa poitrine.

— Par tous les saints, c'était… incroyable, murmura-t-il.

— Incroyable, acquiesça-t-elle en l'entourant de ses bras, heureuse qu'il soit encore en elle.

Elle sentit ses lèvres s'incurver en un sourire.

— J'étais sûr qu'il pourrait en être ainsi, dit-il.

— Est-ce pour cela que vous avez accepté de m'épouser ?

— J'avoue que c'était l'une des raisons.

Il se déplaça pour s'allonger à côté d'elle.

— Cela ne vous est-il pas venu à l'esprit quand vous essayiez de vous décider ? demanda-t-il.

— Oui, admit-elle, mais j'espérais seulement que ce ne serait pas trop douloureux. Je n'avais aucune idée que faire l'amour pouvait être aussi merveilleux.

— Ça ne l'est pas toujours. Il faut être avec la personne qui vous correspond.

— Et je suis la bonne personne pour vous ?

— Oui, vous l'êtes. Définitivement.

Il se redressa sur un coude, son expression soudain sérieuse à la faible lueur des chandelles.

— Je ne voulais pas seulement vous avoir dans mon lit, Roslynn, même si vous êtes la femme la plus désirable que j'aie jamais rencontrée. Et je ne vous ai pas épousée à cause de votre dot, ni parce que John vous a envoyée et que je suis son allié. Je ne vous ai pas choisie non plus parce qu'il était temps que je me remarie, ou parce que je pensais que vous seriez une bonne châtelaine.

Il posa une main sur sa jambe et la fit remonter vers cet endroit de sa personne qui palpitait encore d'excitation. Elle en frémit de plaisir.

— Je vous ai épousée parce que vous êtes la femme la plus vibrante, dotée de plus de caractère que j'aie jamais connue. Parce que vous vous êtes tenue devant moi aussi hardie que Boadicée quand vous m'avez exposé vos conditions. Parce que vous *aviez* des conditions, et que je le respecte. Parce que vous êtes intelligente et diplomate, tout autant que belle. C'est pour cela que je vous veux, Roslynn, dans ce lit, dans mon château et dans ma vie.

Transportée au-delà de toute mesure par cette si douce déclaration, Roslynn resta silencieuse, incapable de parler.

A la place, elle décida de lui mimer sa réponse.

Avec un ravissement enthousiaste, elle se mit à l'exciter de ses lèvres et de ses doigts, de ses mains et de son corps, bougeant au-dessus de lui, aussi sinueuse qu'une vague, jusqu'à ce qu'elle se retrouve étendue sur son corps viril.

Madoc avait le souffle entrecoupé, et son corps répondait comme s'ils n'avaient pas encore fait l'amour. Elle se redressa et, tandis qu'il restait allongé, haletant, elle l'introduisit en elle. Il grogna tandis qu'elle se balançait et se mouvait comme un arbre ondulant dans la brise, faisant tout ce qu'elle pouvait pour le porter à l'extase. Elle se pencha en avant afin qu'il puisse lécher et sucer la pointe durcie de ses seins et passer sa langue et ses mains sur sa poitrine. Bientôt, il agrippa ses épaules et s'arqua, poussant un grognement de plaisir en jouissant de nouveau en elle, tandis qu'elle éprouvait elle aussi cette incroyable sensation d'assouvissement.

Mouillée de sueur et plus ravie, heureuse et satisfaite qu'elle ne l'avait jamais été, Roslynn se pencha pour l'embrasser légèrement avant de s'écarter.

Il rit de contentement, son rire évoquant un sourd grondement de tonnerre dans le lointain, puis il lui prit la main et la garda dans la sienne.

— Vous êtes fantastique, *fy rhosyn*, ma rose.

Sa rose.

— Et vous êtes un homme merveilleux, Madoc ap Gruffydd.

— Eh bien, voilà qui est bon à entendre. Je vous referais bien l'amour pour cela, mais je pense que vous m'avez complètement épuisé.

— Alors, nous devrions dormir.

— Oui. Venez près de moi, *fy rhosyn*, et laissez-moi vous tenir chaud.

Roslynn n'avait pas besoin d'autre encouragement, et les bras forts et chauds de Madoc autour d'elle, elle se laissa couler dans un sommeil profond et sans rêves comme elle n'en avait pas connu depuis des mois.

Roslynn s'éveilla lorsque les premières lueurs de l'aube filtrèrent dans leur chambre. Elle tourna la tête pour s'en protéger, enfouissant son visage dans le cou chaud et nu de son époux.

Son aimable et doux époux qui l'avait aimée avec une passion et une tendresse tellement stupéfiantes.

— Qui est ce lutin qui m'éveille ? marmonna-t-il, la voix sourde et enrouée tandis qu'il ouvrait les yeux et lui souriait. Un farfadet fort bien fait, si je ne me trompe pas.

— Et qui est ce jeune dieu à côté de moi ? répondit-elle, écartant une mèche de cheveux de ses yeux. Apollon ? Mars ? Jupiter lui-même, peut-être ?

— Je ne suis pas un dieu, mais un mortel, même si vous, ma beauté, feriez sûrement pâlir Vénus elle-même.

— Je crois que votre oncle n'est pas le seul flatteur de la famille.

— Qui m'a appris cet art, à votre avis ? demanda

Madoc avec un sourire malicieux. Toutefois, je ne peux pas dire que j'aie jamais été aussi inspiré auparavant.

Elle rit comme si elle était redevenue une jouvencelle.

— Vous allez me rendre vaniteuse, sire.

Il fronça les sourcils.

— Qu'est-ce que ce « sire » ? C'est trop formel pour le lit, Roslynn-fy-rhosyn.

Roslynn-ma-rose… Jamais Wimarc ne lui avait donné de noms affectueux, avec lui, elle n'avait le droit qu'aux insultes… Elle secoua la tête pour chasser l'image de son défunt époux de son esprit. Il ne pourrait plus jamais la blesser ou l'insulter à présent.

— Il faut que je vous donne un nom spécial aussi, dit-elle en l'embrassant. Pas l'Ours de Brecon. C'est beaucoup trop farouche.

— Ce sont seulement les Normands qui m'appellent ainsi. Les Gallois m'appellent…

Il fronça les sourcils.

— Non, je ne vous le dirai pas. C'est une atteinte à ma dignité.

La curiosité de Roslynn était piquée.

— Votre oncle me le dira sûrement tôt ou tard.

— Oui, vous avez raison.

Il soupira.

— Bouche marmonnante.

Les Gallois étaient-ils sourds, se demanda Roslynn, choquée, ou à ce point à court de surnoms qu'ils choisissaient n'importe quoi ?

— Vous n'avez pas marmonné du tout depuis que je suis ici, protesta-t-elle. Vous parlez très clairement.

De fait, sa voix était l'une des plus séduisantes qu'elle avait jamais entendues.

Madoc secoua la tête, l'air affligé.

— C'était différent quand j'étais un jeune garçon. J'étais timide. Je parlais à peine lorsque j'étais en compagnie et je marmonnais bel et bien même si, de toute façon, je n'avais guère de chance de placer un mot entre mon oncle, mon père et Trefor.

Il effleura son bras de ses doigts.

— Je suis devenu plus hardi, depuis.

— En effet. Vous êtes très hardi, le taquina-t-elle, la voix sérieuse mais ses yeux révélant le plaisir que lui procurait son toucher.

Encouragé, il intensifia ses caresses, faisant glisser ses doigts sur ses jambes, ses cuisses… et cet endroit chaud et moite niché entre elles.

— Comment puis-je réfléchir à un surnom pour vous quand vous faites ceci ? demanda-t-elle, la voix sourde d'un désir grandissant.

— C'est un problème ?

— Vous le savez bien. Peut-être ne voulez-vous pas que je vous appelle autrement que Madoc, au fond.

— Contentez-vous de ne pas m'appeler « Bouche marmonnante » et je serai satisfait.

— J'aime votre bouche. Tout spécialement vos lèvres.

— J'en suis heureux, dit-il, descendant sur elle de telle sorte que son visage se retrouve tout près de ses cuisses.

— Que faites-vous ?

— Je vous donne une nouvelle raison d'aimer ma bouche.

Chapitre 9

Wimarc n'avait jamais rien fait de semblable avec elle.

Toute pensée sensée déserta son esprit tandis que Roslynn découvrait ce que Madoc ap Gruffydd était effectivement capable de faire de ses lèvres et de sa langue.

— Je ne…, commença-t-elle en haletant, choquée, ravie et stupéfaite à la fois de pouvoir ressentir encore un tel plaisir après avoir crié d'extase comme la nuit précédente. Je n'avais aucune idée…

— Mais cela vous a plu ? demanda-t-il en relevant la tête pour la regarder d'un air interrogateur.

— Oh, oui.

A présent, elle n'avait plus qu'une idée en tête : donner à Madoc le même plaisir qu'il lui avait lui-même procuré. Une idée lui vint aussitôt à l'esprit. Jamais Wimarc ne l'avait obligée à le contenter de cette façon, pour des raisons connues de lui seul, si bien qu'elle n'associait pas ce geste à des souvenirs humiliants.

Encouragée par le regard brûlant qu'il posait sur elle, elle s'allongea sur lui, déposant une pluie de baisers sur son torse tout en descendant lentement jusqu'à son sexe qu'elle prit avec douceur dans sa bouche.

A en juger par les grognements de plaisir de Madoc et la façon dont son cou se crispait, il semblait trouver cela très agréable. Elle poursuivit sa caresse dans l'espoir de l'exciter au plus haut point jusqu'à ce qu'elle soit trop impatiente elle-même pour pouvoir continuer. Alors, elle roula prestement sur le dos et le guida en elle.

Il n'hésita pas, ni ne parut désorienté par ce changement de position. Il la pénétra avec adresse et lui fit l'amour avec la même puissance que la veille. Si bien que, bientôt, ayant du mal à croire que c'était possible, elle éprouva de nouveau cette merveilleuse crispation et cette libération indicible qui lui avaient déjà procuré tant de joie.

Madoc atteignit le comble de la volupté en même temps qu'elle et se laissa finalement retomber à son côté.

— Par tous les saints du ciel, vous êtes bel et bien une merveille.

— Je voulais vous donner du plaisir.

— Oh, vous l'avez fait, Roslynn-fy-rhosyn. Vous l'avez fait.

Elle se blottit contre lui et caressa les poils de son torse du bout des doigts. Dire qu'elle avait trouvé un tel bonheur ici, dans le sauvage pays de Galles, et cela parce que le roi avait ordonné…

Tout à coup, un cri d'alarme interrompit le cours de ses pensées.

Nu, Madoc bondit hors du lit et alla à la croisée, d'où il appela les gardes qui couraient le long du chemin de ronde en direction des portes. Se redressant dans le lit, le drap pressé sur sa poitrine, Roslynn constata qu'il pleuvait à verse dehors et que le ciel était menaçant.

Une réponse en gallois résonna alors et Madoc grommela tout en enfilant ses chausses et ses bottes avec empressement avant d'attraper son baudrier.

— Qu'est-ce que c'est ? demanda Roslynn. Que se passe-t-il ? Est-ce une attaque ?

— Trefor est trop lâche pour cela, répondit sombrement Madoc en quittant la chambre à grands pas.

Les pieds écartés, les poings sur les hanches, se moquant totalement de ne porter que ses chausses et ses bottes sous la pluie battante, Madoc fusillait du regard le petit homme robuste qui se tenait devant lui dans la cour, un paquet à ses pieds.

Rhodri avait été fantassin à Llanpowell jusqu'à ce qu'il choisisse de partir avec Trefor. Maintenant, il était le bras droit de son frère à Pontymwr.

Plusieurs des hommes du château, certains souffrant encore visiblement des effets du vin, de la cervoise ou du *braggot*, attendaient avec méfiance non loin de là, la main posée sur la poignée de leur épée. Quelques serviteurs, se remettant également des célébrations, se tenaient près des entrées de la grand-salle, des cuisines ou des écuries. Ni Ivor, ni Lloyd, ni, grâce à Dieu, le noble normand n'étaient présents.

Si Trefor avait attaqué Llanpowell par la force ce matin-là, les choses auraient vraiment pu tourner mal. Mais heureusement, il n'avait apparemment envoyé que Rhodri, un chiffon blanc de paix à la ceinture.

Avec un sourire de mépris, ses cheveux noirs et sa

barbe aussi frisés qu'un mouton, l'émissaire tendit un rouleau de parchemin cacheté avec de la cire.

— Trefor a envoyé ceci ainsi qu'un cadeau de mariage, dit-il en poussant le paquet du pied. Des souhaits pour les jeunes mariés, sans doute.

— Et pourtant j'en doute, moi, marmonna Madoc en prenant le rouleau.

— Maintenant que ma tâche est accomplie, je vais partir, déclara Rhodri. Je n'ai pas envie de m'attarder et d'attraper ce qui tourmente vos hommes, car ils ont l'air pitoyablement malades.

Les soldats de Madoc grommelèrent entre eux et Ioan et Hugh commencèrent à s'avancer, mais un prompt regard d'avertissement de leur seigneur les arrêta.

Le sourire narquois de Rhodri s'élargit encore et Madoc eut toutes les peines du monde à ne pas lui envoyer un coup de poing.

— Je vous souhaite de la joie avec votre nouvelle épouse, Madoc, lâcha Rhodri d'un ton railleur. J'espère qu'elle vivra plus longtemps que Gwendolyn.

Fanion blanc ou pas, Madoc aurait tiré son épée et l'aurait frappé pour cette remarque insolente, si Rhodri n'avait pas soudain écarquillé les yeux, le regard fixé derrière lui, comme s'il avait une vision céleste.

Madoc se tourna pour voir ce qui avait capturé l'attention de l'émissaire et chassé son sourire impudent de son visage.

C'était Roslynn, fraîche comme une fleur printanière dans une cotte vert clair, une cape jetée sur ses minces épaules pour se protéger de la pluie. Sa capuche ne cachait qu'en partie le flot de ses cheveux châtains, encore emmêlés comme si elle sortait tout juste du lit nuptial, ce qui était d'ailleurs le cas.

Le courroux de Madoc s'évanouit, remplacé par de la fierté et du plaisir. Que Trefor fasse ou dise ce qu'il voulait dans son dépit puéril. Lui, il avait Roslynn.

Elle lui avait aussi apporté sa cape, qu'elle posa sur ses épaules en un geste qui évoquait une caresse, avant de poser sur Rhodri un regard interrogateur.

— Bienvenue à Llanpowell, dit-elle, aussi gracieuse qu'une reine. Hélas, je crains que vous n'arriviez trop tard pour les célébrations. Le festin de noces est terminé.

Ses paroles parurent tirer Rhodri de sa stupeur, mais avant qu'il ne puisse parler, Madoc prit la parole.

— Voici Rhodri ap Meirion, le bras droit de Trefor. Il nous a apporté un cadeau de noces de mon frère.

— Oh ? Comme c'est aimable à eux deux, répondit Roslynn, la voix aussi mélodieuse que le chant d'un rossignol.

Néanmoins, il y avait dans ses mots une pointe de dédain qui fit rougir Rhodri.

— Comme je le disais, je vais m'en aller, dit-il d'un ton sec, en gallois, en tournant ses talons usés pour se diriger d'un pas martial vers les portes.

Qu'il retourne auprès de Trefor et lui parle de la très belle et merveilleuse épouse de son frère, pensa Madoc, qui se sentait enclin à crier de joie sur les remparts.

— Qu'est-ce que votre frère nous a envoyé, à votre avis ? demanda Roslynn avec méfiance, rappelant à Madoc le parchemin qu'il tenait à la main et le paquet qui gisait toujours à ses pieds.

— Je doute que ce soit quelque chose de bon, répondit-il. Probablement de la viande pourrie.

Le parchemin, lui, devait contenir le genre de message qu'il ne voulait pas faire entendre aux gens de Llanpowell, et si le présent était aussi répugnant qu'il le craignait, il préférait que cela reste discret, également, du moins autant que possible.

— Nous devrions ouvrir le message et le cadeau de mon frère en privé, dit-il.

Il tendit le parchemin à Roslynn et se pencha pour ramasser le paquet, notant avec soulagement qu'il n'en coulait pas de sang.

Lorsqu'ils entrèrent dans la grand-salle, Lloyd était toujours endormi sur un banc, ronflant légèrement. Le paravent de bois était en place près de l'estrade, aussi Alfred devait-il encore être au lit, ce qui était une bénédiction. Madoc ne voulait pas que le Normand, et à travers lui le roi, en sache trop long sur sa querelle avec son frère.

Une fois dans leur chambre, Madoc posa le paquet sur le tabouret et ôta sa cape mouillée avant de défaire les liens en cuir qui fermaient le colis.

Une peau de mouton à la toison noire se répandit sur le sol en pierre.

Madoc comprit tout de suite : Trefor avait tué son bélier noir.

— Le rancunier, malveillant *cnaf*, grommela-t-il en tendant la main. Donnez-moi le parchemin. Voyons voir ce que mon méprisable frère a à dire.

Sans un mot, Roslynn mit le rouleau dans sa main tendue, puis ôta sa cape et la posa au pied du lit.

— « Pour toi, mon cher frère, et la veuve normande

que tu as épousée, lut Madoc à haute voix après avoir brisé le cachet, un petit remboursement à ma façon pour la femme que tu m'as volée. Je te souhaite la joie que tu mérites avec la dame. »

Madoc lança le parchemin à travers la pièce.

— Vous voyez quel misérable butor il est ? explosa-t-il.

L'expression calme et composée, Roslynn se baissa pour ramasser la toison.

— Je vois qu'il sait comment vous toucher.

— Que voulez-vous dire ? demanda Madoc, irrité qu'elle puisse se montrer aussi impassible devant les insultes de Trefor.

— Il se joue de vous comme un barde avec une harpe, répondit-elle, gardant un visage serein tandis qu'elle lui faisait face, la toison dans les bras. Etes-vous sûr qu'il s'agit de votre bélier ?

— Il n'y a pas beaucoup de moutons au pays de Galles de cette taille et de cette couleur, lâcha-t-il d'un ton coupant. Il a fait ceci pour se venger. Bien sûr que c'est mon bélier.

— Et maintenant, allez-vous le faire arrêter pour vol et conduire devant le tribunal du roi pour être jugé ?

Dieu le protège, elle savait se montrer détachée.

— C'est peut-être la façon de faire des Normands, mais ce n'est pas la mienne. Il reste mon frère, et j'obtiendrai justice à ma manière.

— A votre guise. Je vais faire filer cette toison, peut-être pour vous confectionner une nouvelle tunique de qualité.

Elle pivota comme si elle avait l'intention de s'en occuper tout de suite.

Il s'était montré trop brutal, pensa Madoc avec

remords. Après tout, elle n'y était pour rien, et elle venait de lui offrir la plus belle nuit — et le plus beau matin — de toute sa vie.

— Je suis désolé de m'être laissé emporter, dit-il en faisant rouler ses épaules pour diminuer leur tension. Vous avez raison. Il sait comment me piquer au vif. Il l'a toujours su. Néanmoins, je n'attaquerai pas Pontymwr, ni ne le ferai arrêter pour le traduire devant un tribunal pour vol. Je ne veux pas avoir sa mort sur la conscience.

En plus du reste...

— En revanche, je lui rendrai plus difficile de faire ce genre de choses, à compter d'aujourd'hui.

Il prit une chemise et l'enfila, puis revêtit sa tunique et attacha son baudrier avant de se diriger vers la porte.

— Pour commencer, je vais conduire une patrouille à la lisière de mon domaine pour m'assurer qu'il n'a pas commis un autre forfait, encore plus grave.

Là-dessus, il sortit à grands pas.

Malgré ce qui était arrivé, Roslynn assista consciencieusement à la messe célébrée par le père Elwy. Beaucoup de serviteurs étaient là, mais peu de soldats. La plupart de la garnison qui n'était pas de garde était partie avec Madoc.

Durant tout le service, elle s'efforça de maintenir une attitude bienséante et de se conduire avec la dignité appropriée, même si son esprit ne cessait de vagabonder. Elle essaya en particulier de ne pas évoquer sa nuit de noces et les moments passés dans les bras de Madoc, car c'était sûrement un péché de revivre de tels instants dans une chapelle.

Il était moins plaisant, mais aussi moins coupable, espéra-t-elle, de considérer la relation de Madoc avec son frère, et ce que Trefor avait fait. Bien que son époux ait contrôlé sa colère, elle avait deviné sa fureur.

Alors pourquoi, s'il était constamment mis en rage par les incartades et autres actions illégales de Trefor, laissait-il cette situation continuer ? Pourquoi n'y mettait-il pas fin, soit par la force, soit par des moyens légaux ?

Mais après tout, pourquoi elle-même était-elle restée avec Wimarc ? Pourquoi ne s'était-elle pas enfuie le lendemain de leurs noces, quand elle avait découvert quelle sorte d'homme il était ?

Parce qu'elle avait cru qu'elle n'avait pas le choix. Elle n'avait nulle part où aller. Elle s'était montrée trop obstinée, trop sottement certaine qu'elle savait ce qu'elle faisait et que Wimarc l'aimait, pour que sa famille veuille la reprendre à bras ouverts.

Peut-être Madoc pensait-il qu'il n'avait pas d'autre choix, lui aussi. Peut-être, en dépit de tout, aimait-il encore son frère.

La messe terminée, Roslynn et les autres se rendirent dans la grand-salle pour rompre leur jeûne. Le bruit de leur arrivée réveilla Lloyd, qui dormait sur le banc qu'il avait occupé lors du festin de la veille.

— Par saint Daffyd et sainte Bridget, marmonna-t-il en portant une main à sa tête et en se redressant lentement. C'est une invasion ?

— Il est temps de rompre le jeûne, dit Roslynn en souriant, tandis qu'elle s'asseyait à côté de lui.

Elle voulait que l'oncle de Madoc et tous ceux qui les entouraient sachent qu'elle était heureuse et satisfaite de son époux.

— Ah !

Lloyd regarda autour de lui, visiblement dérouté.

— La messe est finie ?

— A l'instant, répondit Roslynn comme plusieurs serviteurs s'empressaient de dresser les tables et d'enlever les palettes et les couvertures sur lesquelles ils avaient dormi.

Le vieil homme grimaça au bruit que faisaient quelques-uns des hommes pour assembler une table près de lui.

— Vous ne pouvez pas faire moins de vacarmes ? se plaignit-il, avant de s'adresser de nouveau à Roslynn qu'il examina d'un regard appréciateur. Vous semblez aller bien, ma dame.

— Je me sens très bien, en effet.

Le visage de Lloyd s'éclaira de joie.

— Vraiment ?

Il regarda autour de lui et fronça les sourcils.

— Où est Madoc ?

Puis il eut un grand sourire.

— Mon pauvre neveu est-il si épuisé qu'il est encore au lit ?

— Il est parti en patrouille.

Avant que Lloyd ne puisse poser d'autres questions ou faire d'autres remarques sur sa nuit de noces, Roslynn l'informa rapidement du « cadeau » de Trefor.

— Maudit soit le lad, marmonna le Gallois en secouant la tête. Pourquoi fait-il des choses pareilles ? Il a toujours été la prunelle des yeux de ses parents, alors pourquoi refuser un peu de bonheur à Madoc ? Ce n'est pas comme si cela pouvait ramener Gwendolyn.

Roslynn vit une opportunité d'en apprendre davantage sur le passé de son époux.

— Les parents de Madoc privilégiaient son frère ?

— Oui, même s'ils étaient fiers de Madoc, aussi. Mais il était un garçon si timide que personne ne parvenait à savoir ce qu'il pensait, la moitié du temps.

Il suffisait sûrement de regarder Madoc dans les yeux pour savoir ce qu'il pensait, se dit Roslynn, à moins de ne pas s'en donner la peine. Mais peut-être était-il devenu plus ouvert au fil des années, peut-être avait-il pu s'épanouir après le départ de son frère.

Sire Alfred sortit à cet instant de derrière le paravent. Même s'il semblait un peu fatigué, il paraissait aller bien. Il portait son haubert, son armure et sa cape, comme s'il était sur le point de partir. Pour confirmer les pensées de Roslynn, son page apparut derrière lui, chargé de ses bagages.

Roslynn se leva et alla à leur rencontre, Lloyd sur les talons.

— Vous allez tout de même manger avant de partir, sire ? demanda-t-elle.

— Oui, merci, répondit-il en parcourant la grand-salle des yeux. Où est sire Madoc ?

— Il avait des affaires à voir dans le domaine.

— Quelles affaires ?

Roslynn le regarda fraîchement, heureuse qu'il n'ait plus de pouvoir sur elle.

— Des affaires importantes, bien sûr, puisqu'elles l'empêchent de prendre congé de vous.

Sur ces mots flatteurs, elle glissa son bras sous celui

de sire Alfred, aussi aisément qu'un poisson glisse dans l'eau, et le guida vers l'estrade.

— Venez et mangez de bon cœur, sire, car un long voyage vous attend. Et quand vous serez à la Cour, assurez-vous de dire au roi combien je suis satisfaite de l'époux qu'il a si sagement choisi pour moi. De fait, je crois que je lui serai reconnaissante pour le restant de mes jours.

D'une démarche empruntée, sire Alfred la suivit tout en la dévisageant, comme s'il essayait d'évaluer sa sincérité.

— Je le pense, sire, lui assura-t-elle.

Lloyd sourit jusqu'aux oreilles, ravi.

— Eh bien, ma dame ! roucoula-t-il. Ne vous avais-je pas dit que mon neveu était une merveille ?

— Il l'est, en effet, approuva-t-elle.

Peu de temps après, une fois sire Alfred et ses hommes restaurés et partis, Roslynn se rendit dans la cuisine pour trouver l'intendant. En tant que châtelaine, il était de son devoir de contrôler les comptes domestiques, et elle ne voyait pas de raison d'attendre pour commencer.

Lloyd lui avait dit qu'Ivor avait un cabinet de travail à côté de la cuisine, où il menait les affaires du domaine et gardait les listes des dépenses et des biens de la maison. Elle n'était pas encore allée dans cette partie du château et avait supposé jusque-là qu'elle ne comportait que la cuisine, les celliers et la laiterie.

Elle reconnut aisément Hywel, le cuisinier, un homme robuste au crâne chauve et brillant qui ajoutait du romarin dans une marmite accrochée au-dessus du feu, et lui demanda où se trouvait le cabinet de travail d'Ivor.

Hywel désigna une porte entrouverte au fond de la pièce.

— Il y est en ce moment, ma dame, dit-il d'une voix forte pour se faire entendre par-dessus le tintamarre des bavardages, des coups de hachoir, des bruits sourds de la pâte que l'on pétrissait et des marmites qui s'entrechoquaient, tandis que les servantes employées dans la cuisine vaquaient à leurs tâches.

En le remerciant d'un signe de tête, Roslynn se dirigea vers la porte et la poussa. Elle tourna sans un bruit sur ses gonds bien huilés.

Ivor était bien à l'intérieur, assis à une table éraflée posée sur des tréteaux qui semblait avoir été empruntée à la grand-salle. La pièce était assez sombre, uniquement éclairée par une étroite croisée percée très haut sur le mur. Une bourse ouverte était posée près du coude de l'intendant et cinq petites piles de pièces en argent se trouvaient devant lui sur la table, ainsi qu'un morceau de parchemin qui semblait être une sorte de liste.

La pièce était assez spacieuse, mais entre la table, la chaise d'Ivor et les étagères qui contenaient d'autres rouleaux, ainsi qu'un coffre à la grosse serrure en fer, il ne restait guère de place pour quelqu'un ou quelque chose d'autre.

— Bonjour, Ivor, dit-elle.

Il leva les yeux avec surprise.

— Ma dame! s'écria-t-il en se levant de sa chaise.

A quoi dois-je cet honneur, et le lendemain de vos noces, qui plus est ?

— J'ai pensé que je devrais me familiariser le plus tôt possible avec les comptes de la maison, répondit Roslynn en souriant.

Ivor fronça les sourcils et se mit à rouler le parchemin.

— Madoc ne vous l'a donc pas dit ? lança-t-il. Il n'est pas nécessaire que vous vous occupiez de ces choses-là. Je supervise tous les achats et donne les comptes directement à Madoc.

— C'était peut-être la procédure tant que sire Madoc n'avait pas d'épouse. En revanche, maintenant qu'il en a une, c'est ma responsabilité de veiller aux dépenses de la maison. Naturellement, je laisse à mon époux le soin de discuter les comptes pour les armes et autres choses concernant la garnison.

— Votre dévotion à vos responsabilités est digne d'éloges, ma dame, répondit Ivor avec un sourire aussi condescendant que celui de Wimarc tandis qu'il posait le rouleau de parchemin sur la table. Mais je suis sûr que vous aurez suffisamment à faire sans vous ennuyer avec les comptes. En outre, vous êtes nouvelle ici, ma dame, alors que je connais depuis des années les marchands avec qui nous faisons affaire, et ils savent qu'ils n'ont pas intérêt à essayer de me tromper.

— Je suis certaine que c'est exact, rétorqua Roslynn, mais tout marchand qui essaiera de *me* tromper se retrouvera rapidement sans affaires à traiter avec Llanpowell.

Elle n'était pas incompétente, après tout.

Elle *était* la châtelaine de Llanpowell et ce n'était

pas à l'intendant de lui dire ce qu'elle pouvait ou ne pouvait pas faire.

Néanmoins, et en dépit de son irritation croissante, elle se rappela que cet homme était l'ami de Madoc. Elle était pour sa part une étrangère ici et son arrivée, ainsi que le mariage, s'étaient produits soudainement, sans que les gens n'en soient prévenus. Surtout, elle voulait s'adapter le mieux possible à la vie du château et éviter les conflits, alors elle lutta pour garder son sang-froid, ignorer les manières d'Ivor et faire à la place tout ce qu'elle pourrait pour le convaincre de ses capacités.

— Je sais lire, écrire et compter, lui assura-t-elle. Ma mère y a veillé. J'apprécie beaucoup cet aspect des devoirs d'une châtelaine, nettement plus que de broder ou d'effectuer d'autres tâches féminines.

Elle trouverait même un terrain d'entente avec lui, si elle le pouvait.

— N'y a-t-il pas quelque chose de profondément satisfaisant à faire les comptes ? poursuivit-elle. N'éprouvez-vous pas un sentiment de triomphe quand vous débusquez une erreur, puis découvrez où elle s'est produite et comment la corriger ?

— Je n'ai jamais entendu une femme dire ce genre de choses, répondit Ivor sans cacher son étonnement, ni une bonne dose de doute.

— C'est la vérité, dit-elle en enfilant ses mains dans ses larges manches. L'intendant de mon père disait que j'aurais fait un excellent clerc, si j'étais née homme.

— Je ne peux vous imaginer autrement que comme une très belle femme, déclara Ivor.

Il retroussa les lèvres, et Roslynn se rendit compte que cette grimace était censée être un sourire.

— J'apprends vite, aussi, continua-t-elle, et vous pouvez m'indiquer les marchands locaux et leurs prix pendant que nous faisons les comptes ensemble. Je m'attends certainement que vous m'assistiez dans les négociations d'achats au début, car les marchands pourraient être tentés d'augmenter leurs tarifs si je n'ai pas avec moi quelqu'un qu'ils connaissent.

Ivor noua les mains dans son dos, l'air sceptique et buté.

— Madoc est d'accord avec tout ceci ?

— Je suis sûre qu'il le sera. En tant que châtelaine…

— Alors vous ne le lui avez pas demandé ?

Elle avait beau vouloir éviter les conflits, il y avait des limites à ce qu'elle était prête à accepter de l'intendant. Néanmoins, elle lutta pour garder une voix égale.

— Ce n'était pas nécessaire. Je suis très au fait des obligations et des responsabilités d'une châtelaine et j'ai l'intention de les mettre en œuvre, à moins que mon époux ne soit d'un autre avis.

Ivor sembla se raidir davantage encore.

— Pardonnez-moi ma réticence, ma dame. Je détesterais penser que Madoc ne me fait plus confiance.

Etait-ce pour cela qu'il s'était montré si rebelle ?

— Je suis tout à fait certaine qu'il a toute confiance en vous, assura Roslynn. C'est simplement qu'il a maintenant une épouse qui est capable et souhaite faire tout ce qu'une châtelaine devrait faire.

Ivor lui dédia un sourire plus sincère.

— A partir du moment où il ne doute pas de mon honnêteté…

— Je suis sûre qu'il n'en est rien.

Elle prit le rouleau qu'il avait posé sur la table, le déroula et examina la liste inscrite dessus.

— Vous avez une très belle écriture, Ivor. Je ne serai pas obligée de plisser les yeux pour vous lire.

Il vint se placer à côté d'elle.

— Merci, ma dame. Comme vous le voyez, les truites pour le festin étaient une bonne affaire…

Au fil de la matinée, l'intendant devint plus cordial et avenant, répondant aux nombreuses questions de Roslynn sur les marchandises et les sommes payées, tandis qu'ils parcouraient les listes.

— Je pense que cela suffit pour aujourd'hui, dit-elle alors que le bruit venant de la cuisine s'amplifiait, lui indiquant que l'heure du déjeuner approchait.

Elle se leva.

— Vous avez vraiment du flair pour les bonnes affaires, Ivor. Madoc a de la chance de vous avoir pour intendant.

— Il a de la chance de vous avoir pour épouse, ma dame, répondit Ivor avec un sourire admiratif.

Il semblait mieux l'accepter maintenant qu'il la savait capable de discuter et de comprendre ce genre de questions, pensa Roslynn. Comme la plupart des hommes, il avait cru le contraire jusqu'à ce qu'elle le lui prouve.

— Je vais juste ranger ces rouleaux et j'arrive, ajouta-t-il.

Sentant qu'elle l'avait gagné à sa cause, ou du moins qu'elle était en bonne voie de le faire, Roslynn hocha la tête et quitta la pièce.

Si elle s'était détournée, cependant, elle n'aurait pas vu de l'admiration ou du respect sur le visage de l'intendant.

Mais un ressentiment amer et brûlant.

Chapitre 10

Le crépuscule approchait quand Madoc et ses hommes revinrent à Llanpowell. Il avait fait tout ce qui était en son pouvoir pour protéger ses terres, ses moutons et ses gens de la vilenie égoïste de son frère.

Non seulement il avait inspecté les limites de son domaine en quête de tout signe d'intrusion, mais il était aussi allé trouver ses bergers et ses fermiers pour les avertir d'être spécialement sur leurs gardes et d'alerter le château s'ils remarquaient quelque chose d'anormal. Il s'était également assuré que les feux de signalement étaient à l'abri de la pluie et prêts à être allumés en un instant. Enfin, il avait organisé des patrouilles supplémentaires et posté plus d'hommes de garde au château.

Toutefois, malgré l'acte éhonté de Trefor et la nécessité d'une vigilance accrue, Madoc se sentait plus heureux qu'il ne l'avait été depuis le jour où il avait épousé Gwendolyn, parce qu'il rentrait retrouver Roslynn. La belle, la passionnée, l'intelligente Roslynn…

— Ce mariage doit vous convenir, Madoc, observa Ioan qui chevauchait à côté de lui en tête de la patrouille. Vous chantonnez.

— Ah oui ?

— Oui. Et la chanson de la sirène, en plus. C'est bon signe. Ça a dû être une sacrée nuit de noces.

Madoc était de trop bonne humeur pour s'irriter de l'impertinence du soldat.

— Ça l'a été.

Son compagnon siffla doucement.

— Eh bien, eh bien, qui l'eût cru ? Je regrette de ne pas avoir été plus poli avec sire Alfred à leur arrivée.

Madoc avait oublié que cet homme, souvent insolent, était de garde ce jour-là.

— Que lui avez-vous dit ?

— Rien de trop grossier, assura Ioan, même si ses joues qui s'empourpraient suggéraient le contraire.

— Dites-moi, ordonna Madoc.

Quand le seigneur de Llanpowell utilisait ce ton, un homme avait intérêt à obéir, alors Ioan lui raconta sa rencontre avec sire Alfred avec réticence, pour finir par :

— Vous voyez ? Ce n'était pas si grave.

Madoc se représenta la scène, en particulier les manières impudentes de Ioan s'adressant au Normand hautain et prétentieux depuis les remparts. Il aurait été contrarié si Ioan avait été grossier avec dame Roslynn. Mais comme sa conduite n'avait offensé que sire Alfred, il fut enclin à se montrer magnanime.

— La prochaine fois, soyez plus poli. Vous me représentez, après tout, et nous ne voulons pas que les Normands pensent que nous sommes des butors insolents.

Ioan sourit de soulagement.

— Oui, je serai la politesse incarnée la prochaine fois qu'un Normand se présentera aux portes, promit-il.

Madoc ne le crut pas un instant, mais il décida de laisser tomber l'affaire.

— Puisque vous semblez si avide de me distraire, que diriez-vous d'une chanson ? demanda-t-il, car Ioan était le meilleur chanteur de Llanpowell, avec une riche voix de ténor qui pouvait faire vibrer les chevrons de la grand-salle.

— Volontiers ! répondit le soldat, avant de se lancer dans une chanson enjouée sur un berger et sa fiancée le jour de leurs noces.

C'était une ballade particulièrement paillarde, qui devenait de plus en plus drôle et égrillarde à chaque couplet. Mais c'était l'une des préférées des hommes et bientôt, même Madoc se joignit à eux, jusqu'à ce que la chanson s'achève par une envolée lyrique qui les fit tous rire aux éclats.

— C'est bon de vous entendre de nouveau rire ainsi, Madoc, dit Ioan en s'essuyant les yeux.

— C'est bon pour moi aussi, répondit Madoc.

— Elle doit être une sacrée femme, observa Hugh-au-grand-bec, derrière eux.

— C'est une beauté, remarqua Ioan.

— Un peu maigrelette, quand même, lança quelqu'un.

— Madoc les aime fines ! s'écria un autre.

— Avec de gros coffres !

Ce commentaire était par trop insolent. Madoc se tourna sur sa selle et fusilla du regard le garçon qui avait dit ça, le jeune Gwillym, aussi pâle et décharné qu'un poulet plumé, qui chevauchait à l'arrière du groupe.

— Je ne pensais pas à mal, sire, balbutia le jeune homme en pâlissant, ce qui fit ressortir ses taches de rousseur comme des éclaboussures de teinture rouge sur son teint blême. Je voulais dire des coffres remplis d'or, sire. Juste des coffres pleins d'or.

Même s'il le croyait, Madoc voulait que ses hommes sachent qu'il ne tolérerait pas certaines choses, y compris sous forme de plaisanterie.

— C'est une dame et mon épouse, alors vous ne parlerez plus ainsi de sa silhouette ni de son visage, c'est compris ?

Les hommes hochèrent la tête et il sut qu'il serait obéi.

Pour leur montrer qu'il n'était pas en colère, mais seulement décidé à ce que sa femme soit respectée, il leur sourit et lança :

— Comme je suis habitué à vous, grossiers personnages, vous pouvez vous moquer de moi autant que vous voulez.

— Et nous le ferons ! promit Ioan, à l'amusement de ses compagnons.

Hugh entama une autre chanson sur une bataille entre les Bretons et les Romains, et ils chantèrent jusqu'à ce qu'ils passent sous les portes intérieures du château.

Lloyd les attendait dans la cour. Madoc avait espéré que Roslynn serait là aussi, mais elle veillait probablement à ce que tout soit prêt pour le repas du soir. Elle semblait être une femme très consciencieuse, dans tous les domaines.

— Où est mon épouse ? demanda-t-il malgré tout aussitôt qu'il eut mis pied à terre.

La dernière fois qu'il avait prononcé ces mots, s'avisa-t-il, il parlait de Gwendolyn.

— Elle vous attend dans votre chambre, je suppose, répondit Lloyd.

Il l'entraîna à l'écart de la grand-salle, du côté des écuries.

— J'ai appris ce que votre frère a fait. D'autres tracas de sa part ?

— Pas encore.

— Bien, dit le vieil homme avec soulagement, avant de pousser son neveu vers le donjon. Mais ne restez pas ici à me parler. Allez voir votre délicieuse épouse.

Comme s'il avait besoin d'y être incité ! pensa Madoc en s'empressant de rentrer.

Ainsi qu'il s'y attendait, la grand-salle était prête pour le repas du soir. Certains des soldats qui revenaient de patrouille, ou qui venaient de terminer leur garde, étaient déjà rassemblés, avec les serviteurs qui attendaient de servir les plats. Le père Elwy était à sa place pour bénir le souper. Ivor n'était pas là, mais ce n'était guère surprenant : il devait être en train de calculer combien d'armes et de provisions ils pourraient acheter avec la dot de Roslynn.

Madoc monta quatre à quatre l'escalier qui menait à leur chambre, puis attendit un moment pour se calmer avant d'entrer. Il devait se montrer patient, pas impétueux. Il devait traiter sa femme avec douceur jusqu'à ce qu'elle se sente complètement en sécurité avec lui.

Il ouvrit lentement la porte, sans bruit.

Vêtue de sa seule chemise remontée sur ses cuisses, penchée en avant, Roslynn avait un pied dans une cuvette posée par terre et passait un linge savonneux sur sa jambe, de la cheville au genou.

Madoc en eut le souffle coupé et son désir s'embrasa immédiatement à cette vue.

Mais il ne devait pas se laisser dominer par ses pulsions. Il ne fallait pas qu'il effraye son épouse par l'intensité de sa passion. Aussi prit-il un autre moment pour réprimer le besoin charnel qui faisait rage en lui comme un feu de forêt, avant de toussoter pour annoncer sa présence.

Roslynn se redressa aussitôt.

— Madoc ! s'écria-t-elle en sortant prestement le pied de la cuvette, manquant la renverser. Vous êtes rentré !

Il s'efforça de ne pas remarquer combien sa fine chemise de linon laissait deviner ses formes voluptueuses, de ne pas se rappeler le contact de sa peau sous ses doigts la nuit précédente lorsqu'il lui avait enlevé ce vêtement. L'eau savonneuse qui coulait du linge rendait le tissu presque transparent. Il pouvait voir l'ombre de sa féminité entre ses jambes, les pointes rose foncé de ses mamelons durcis, la courbe pleine de ses seins.

Il déglutit fortement, luttant pour contrôler son désir. Elle était encore plus excitante ainsi que si elle avait été nue.

Un désir égal au sien brûlant dans ses yeux, Roslynn murmura son nom.

Il la rejoignit prestement et lui arracha le linge trempé de la main, le jetant dans la bassine sans se soucier d'éclabousser le sol. Puis il l'enlaça et captura sa bouche avec toute la passion qu'il éprouvait.

En haletant, elle interrompit le baiser et recula.

— Nous n'avons pas le temps. Le souper…

— Il peut attendre, marmonna Madoc en tendant les mains vers elle, car ce n'était pas de nourriture qu'il était affamé. Un homme a d'autres besoins que de manger, ajouta-t-il sans réfléchir.

Alors, il vit changer son expression et regretta aussitôt ses paroles.

— Qu'il peut contrôler, précisa-t-il d'un ton ferme en s'écartant d'elle.

Il lui avait dit qu'il ne la forcerait jamais, et il ne le ferait en aucune occasion, quelle que soit l'intensité de son désir.

Elle resta silencieuse tandis qu'elle allait au coffre qui contenait ses habits dont elle releva le couvercle, les mains tremblantes. La vue de son désarroi serra le cœur de Madoc.

Dieu lui vienne en aide, il était un sot! Un sot égoïste et impétueux, complètement irréfléchi!

— Roslynn, je suis désolé. J'ai été trop hâtif.

Elle sortit une cotte d'un brun profond, de la couleur de la terre mouillée, et la tint devant elle.

— Je suis désolée moi aussi, Madoc, de ne pas pouvoir réprimer la panique qui m'envahit à certains moments.

Elle se détourna.

— Je voudrais vraiment en être capable.

— Cela prendra un certain temps, c'est tout, jusqu'à ce que vous soyez habituée à moi et me connaissiez mieux, dit-il en souriant, même si, dans son cœur, il redoutait qu'il en soit toujours ainsi. Laissez-moi vous aider à vous habiller, ou les autres vont se demander ce qui nous retient.

Elle enfila la cotte par-dessus sa tête, levant les bras d'une manière qui semblait faite pour attirer l'attention sur ses seins. Malgré l'envie que ce geste attisait en lui, Madoc s'efforça de contenir sa passion et vint se placer derrière elle pour attacher les lacets dans son dos.

Même lorsqu'elle écarta ses cheveux sur le côté, exposant sa nuque, il parvint à se contrôler alors qu'il lui semblait que son corps tout entier le pressait de poser ses lèvres à cet endroit.

A la place, il se concentra sur les lacets de cuir, qu'il ferma par un nœud ferme. Il ne remarquerait pas le mouvement de ses seins qui se soulevaient et s'abaissaient, s'intima-t-il, ne se remémorerait pas son dos nu et pâle au clair de lune, ni la sensation de sa chair sous ses paumes avides.

Elle se tourna abruptement vers lui et, d'une manière tout aussi inattendue, prit son visage entre ses mains et l'embrassa sur la bouche. Plus encore, elle s'appuya contre lui comme si elle voulait qu'il lui fasse l'amour ici et maintenant, sans plus attendre.

— Prenez-moi, commanda-t-elle, la voix rauque de désir et de détermination. Prenez-moi comme vous voulez, Madoc. Je vous veux et je suis consentante. Je vous en prie, je suis sûre que vous ne me ferez pas mal et, après tout, je ne suis pas de verre.

Il recula et scruta son visage d'un regard anxieux, quêtant une confirmation.

Avant qu'il ne puisse être sûr que c'était bien une

requête authentique, et non pas un simple acquiescement à ses propres désirs, les lèvres de Roslynn furent sur les siennes, sa langue s'insinuant dans sa bouche tandis que ses mains se promenaient sur tout son corps, comme si elle voulait découvrir chaque pouce de lui.

C'était certainement une confirmation, et ce le fut plus encore lorsqu'elle ouvrit ses chausses, libéra son sexe et le caressa jusqu'à ce qu'il se sente sur le point d'exploser.

Poussé par son désir d'elle et l'excitation, il tira sur les lacets de sa cotte qu'il venait à peine d'attacher, déchirant les œillets dans sa hâte de toucher sa peau, ses seins, de lécher, d'embrasser et de sucer ses mamelons roses. Elle lui ôta d'un seul geste sa tunique et sa chemise, exposant son torse nu à l'air frais et à ses mains.

Le souffle entrecoupé, son désir échappant presque à son contrôle, il l'adossa à la table de toilette, puis la souleva de telle sorte qu'elle soit assise au bord.

Elle explorait son torse de sa bouche, de ses lèvres, de sa langue et du bout des doigts, qu'elle faisait glisser sur sa chair nue aussi légèrement que des plumes. Elle prit son mamelon dans sa bouche et le taquina de sa langue, ce qui le fit grogner de plaisir tandis qu'il remontait ses jupes sur ses cuisses pour la faire sienne.

Mais en dépit du besoin passionné qui l'habitait, il gardait une emprise ténue sur sa volonté. Il devait s'assurer qu'elle était prête à le recevoir. Qu'elle ne ressentirait pas de douleur.

Sa main trouva sa féminité, chaude et moite, puis il glissa un doigt en elle. Avec un gémissement sourd, elle pressa son corps contre sa paume, ce geste et les sons fiévreux qu'elle émettait sous l'effet de la passion le poussant au bord de la jouissance.

Certain qu'elle était prête, et trop excité pour prendre plus de temps, il se plaça entre ses jambes et les noua autour de ses hanches.

— Oui, oh, oui, dit-elle dans un souffle en s'accrochant à ses épaules, alors qu'il pénétrait en elle.

En quelques assauts pleins de force, il bascula dans l'extase, son corps se cabrant sous la vague de plaisir. Elle cria aussi en atteignant le summum de la volupté. Emerveillé, ravi, soulagé et heureux, Madoc la tint serrée contre lui jusqu'à ce que leur respiration s'apaise et que les battements de son cœur reviennent à la normale.

Il l'aida à descendre de la table, puis relaça rapidement ses chausses.

— J'ai déchiré votre cotte, dit-il avec remords comme elle commençait à l'ôter, et qu'il ramassait ses habits épars.

— Ce n'est pas grave. J'en ai d'autres et elle peut être réparée, répondit-elle d'un ton léger, en lui décochant un regard satisfait qui lui indiqua mieux que des mots qu'elle avait apprécié ce qu'ils avaient fait autant que lui.

— Je vais vous aider à en mettre une autre, offrit-il.

Elle choisit sa simple cotte bleue et, alors qu'il la laçait de nouveau, il posa ses lèvres sur sa nuque.

— Je vous remercie pour cela, Roslynn-fy-rhosyn. Sinon, j'aurais peut-être toujours eu peur de m'abandonner au désir que vous éveilliez en moi.

— C'était nécessaire pour moi aussi et j'ai trouvé

cela très excitant, même si je crois que je préfère faire l'amour dans notre lit, répondit-elle.

Elle pivota face à lui pour lui donner un autre baiser passionné, qui ne tarda pas à les emporter dans une nouvelle spirale de désir.

— Nous devrions y aller, dit-elle quelques instants plus tard, le souffle court. Le souper va être prêt.

— Mon oncle Lloyd ne nous attendra pas, j'en suis sûr. Qu'ils commencent sans nous.

— Ne vont-ils pas se demander…

— Ils ne devraient pas être surpris. Nous sommes de jeunes mariés, après tout.

Plus tard ce soir-là, se déplaçant aussi furtivement qu'un voleur, Madoc retourna à sa chambre. Il ouvrit la porte avec précaution, maudissant les gonds en cuir qui craquaient, et se glissa dans la pièce éclairée par un croissant de lune qui semblait danser parmi des nuages passant à vive allure.

Alors qu'il s'avançait prudemment dans la chambre, il réprima un juron quand son orteil heurta le tabouret qui semblait avoir été posé là pour le piéger.

— Madoc ? demanda Roslynn d'une voix ensommeillée, derrière les rideaux du lit. Où êtes-vous allé ?

Chapitre 11

— Chercher de quoi restaurer mes forces pour tenir avec une épouse comme vous, répondit Madoc.

Il leva le panier qu'il portait pour le lui montrer.

— Comme nous avons manqué le repas du soir, je suis allé dans la cuisine, prendre ce que j'ai pu trouver.

Se couvrant avec le drap, Roslynn se redressa sur un coude. Elle n'avait aucune idée de l'heure, sinon qu'il devait être bien plus de minuit.

Ils n'étaient jamais descendus dans la grand-salle après avoir fait l'amour pour la deuxième fois, dans leur lit cette fois. Ils étaient restés à s'embrasser et à se caresser, à parler et à rire, à se raconter des histoires de leur enfance. Apparemment, Madoc avait été un petit diable, même s'il était timide, et elle n'était pas la dernière à faire des bêtises, elle non plus. Il avait été délicieux de partager et de comparer leurs exploits enfantins.

Pas aussi délicieux que de faire l'amour, cependant, alors ils avaient recommencé une troisième fois.

Même si elle aimait leur lit douillet, Roslynn avait vraiment apprécié l'épisode de la table de toilette, pour une raison différente de celle que son époux aurait pu imaginer. Elle avait éprouvé de la peur et de la panique au début, mais elle avait réussi à les dominer, et elle en était très fière. Elle avait été capable de laisser Madoc l'aimer avec fougue, comme si elle n'avait pas eu d'expérience passée pour entacher sa réponse à son désir.

Comme si elle n'avait jamais eu d'autre époux que lui.

Vêtu de sa chemise délacée et de ses chausses, les pieds nus sur les dalles froides, Madoc posa le panier sur le lit.

— Je meurs de faim, dit-elle en jetant un coup d'œil aux victuailles, tandis qu'il s'asseyait près d'elle.

Il avait apporté une miche de pain de seigle, les restes d'une roue de fromage, quelques morceaux de viande drapés dans une serviette et une outre de vin à moitié pleine.

— Ce n'est pas un festin, je vous l'accorde, dit-il en rompant le pain et en lui en donnant la moitié, mais je ne voulais réveiller personne.

— Nul ne vous a donc vu ? s'enquit-elle, se demandant ce que les gens du château auraient dit s'ils avaient aperçu leur suzerain à demi vêtu se faufiler dans sa propre cuisine en pleine nuit.

— Non, répondit-il. Quelques chiens se sont réveillés, ont reniflé et fait un peu de bruit, jusqu'à ce que je leur dise à voix basse de se tenir tranquilles. Mais si quelqu'un m'avait vu, cela n'aurait pas eu d'importance. Après tout, j'ai le droit de me promener dans mon propre château à n'importe quelle heure du jour ou de la nuit.

Il tendit la main pour lui caresser la joue, puis s'adossa aux oreillers pour manger son pain.

— Etes-*vous* embarrassée parce qu'ils savent ce que nous étions occupés à faire ? Nous sommes mari et femme, non ?

— Nous le sommes certainement, répondit-elle en se blottissant contre lui et en mâchant le pain qu'elle trouva délicieux.

Elle appréciait ce repas impromptu plus que n'importe quel festin, et elle était plus heureuse qu'elle ne l'avait jamais été depuis qu'elle avait rencontré Wimarc.

— J'aimerais que mes parents sachent combien je suis heureuse, dit-elle soudain.

— Nous pouvons leur envoyer une missive, si vous voulez.

Elle secoua la tête.

— Non. Ils ne voudront pas entendre parler de moi. Je leur ai causé de la disgrâce et je les ai humiliés, encore plus gravement que votre frère ne l'a fait vis-à-vis de vous.

— N'était-ce pas vous qui disiez que les membres d'une même famille devraient se protéger les uns les autres ? demanda-t-il.

— J'ai insisté pour épouser un homme qu'ils n'approuvaient pas, et il s'est avéré être un traître fomentant une rébellion. Ils ne veulent sûrement rien avoir à faire avec moi, et pourquoi en serait-il autrement, quand tout ce que je leur ai donné est du chagrin ?

— Hormis que maintenant ils ont un gendre honorable et une alliance avec les Gallois, fit remarquer Madoc. Ou pensez-vous que cela va ajouter à leur honte ?

— Non ! assura-t-elle vivement. Même s'ils ne

savent pas combien je suis fortunée de vous avoir pour époux, ils n'ont rien contre les Gallois, du moins pas à ma connaissance.

— Ce mariage leur fera peut-être plaisir, suggéra-t-il.

Elle ne put acquiescer, même si elle en avait envie.

— Et si ce n'était pas le cas ? Je leur ai déjà causé trop d'ennuis.

— Fort bien, donc, pas de missive.

— Pas de missive, confirma-t-elle, bien qu'elle commence à se demander si elle avait tort de ne pas prendre contact avec ses parents.

Ils auraient certainement entendu parler de son voyage au pays de Galles et de la raison de son départ auprès d'amis à la Cour. Peut-être pourraient-ils lui pardonner, maintenant qu'elle était mariée à un autre homme, bien meilleur.

Ou peut-être ne lui pardonneraient-ils jamais ce qu'elle avait fait. Elle s'était montrée si obstinée, si déterminée à ne pas entendre leurs mises en garde.

Quand le panier et l'outre furent vidés, Madoc les posa par terre et s'adossa aux oreillers avec un soupir satisfait.

— Etes-vous heureux ? demanda-t-elle en posant la tête sur son torse.

Il fit courir ses doigts sur son bras nu, avec sur le visage une expression qu'elle commençait à bien connaître.

— Plus que je n'aurais jamais pensé pouvoir l'être.

— Je suppose que nous devrions dormir, dit-elle dans un soupir, alors même que son corps fourmillait à son toucher et qu'elle se mettait à envisager des activités bien moins raisonnables.

— Nous pourrons toujours dormir demain soir, suggéra-t-il avec un sourire qui lui donna l'impression de fondre.

— Je commence à croire que j'ai épousé un homme insatiable.

— Si je suis insatiable, c'est uniquement à cause de vous, rétorqua-t-il en effleurant ses lèvres des siennes.

Bien qu'elle ne s'écarte pas, elle ne répondit pas avec la passion que ses baisers éveillaient d'ordinaire. Il fronça les sourcils.

— Qu'y a-t-il ?

La première impulsion de Roslynn fut de nier que quelque chose n'allait pas, de lui servir un mensonge commode. Mais elle en avait assez des duperies et elle décida donc d'être honnête avec lui.

— Vous êtes un homme si vital, si passionné… Comment une seule femme pourra-t-elle jamais vous satisfaire ?

Le froncement de sourcils de Madoc s'accentua.

— Vous pensez que je commettrai l'adultère ? Que je suis si concupiscent que j'irai assouvir mes besoins avec d'autres femmes ?

— Vous m'avez demandé ce qui n'allait pas, et je vous ai répondu honnêtement.

Il sortit du lit et alla à la croisée, s'appuyant d'une main au cadre et regardant dehors comme s'il consultait la lune.

Elle se leva aussi et, drapant le drap autour d'elle, alla se placer à côté de lui.

— J'aurais pu vous mentir, Madoc, comme Wimarc m'a si souvent menti. J'aurais pu vous flatter ou vous dire que je me demandais simplement comment vous satisfaire davantage. A la place, je vous ai dit la vérité, à savoir que je crains qu'un homme comme vous n'ait d'autres femmes.

Elle s'interrompit un instant.

— Je ne suis pas une épouse innocente et naïve qui croit que tous les hommes considèrent leurs vœux comme sacrés. J'ai vu à la Cour des choses qui font une moquerie du mariage. J'espère que vous n'êtes pas ainsi, mais je viens juste de vous rencontrer. Comment puis-je en être sûre ? Et vous êtes si beau, si vigoureux, que maintes femmes doivent vous convoiter. Comment puis-je rivaliser avec elles toutes ?

Il se tourna vers elle et elle vit qu'elle l'avait contrarié.

— Vous avez raison. Je peux avoir ma part de femmes si je le choisis, et je n'ai pas été chaste depuis la mort de Gwendolyn. J'ai eu des femmes dans les villes et les châteaux où je me suis rendu.

Il inspira profondément.

— Mais ici, nous ne sommes pas à la Cour, et je ne suis pas comme ces hommes. Quand je donne ma parole, je la tiens. Je suis votre époux sur la foi d'un serment, notre union a été bénie par un prêtre. N'ai-je pas tenu ma promesse d'être doux et patient, alors même que mon sang n'a jamais été aussi embrasé que quand je suis avec vous ?

Son indignation s'atténua, remplacée par une tendresse qui transporta Roslynn autant que sa passion.

— Je suis reconnaissant, aussi, d'avoir une femme franche qui me dit ce qu'elle pense.

— Je suis désolée si je vous ai offensé, Madoc.

Elle prit sa main dans la sienne et pressa un baiser sur sa paume. Après ces paroles, elle était sûre qu'il lui serait vraiment fidèle, comme elle le serait vis-à-vis de lui. Combien de femmes pouvaient-elles dire cela de leur époux et en être certaines ?

— Et moi, je suis reconnaissante d'avoir pour époux un homme d'honneur.

Comme il courbait la tête pour l'embrasser, un coq chanta quelque part dans la cour au-dessous d'eux. Regardant vers la croisée, Roslynn se rendit compte que le ciel s'éclairait à l'est.

— Le matin arrive, dit Madoc en suivant son regard. Et nous n'avons pas fermé l'œil de la nuit.

Une lueur pétillante, délicieuse et bienvenue, s'alluma dans ses yeux habituellement sérieux.

— Maintenant que nous nous comprenons si bien, je n'aimerais rien tant que me remettre au lit et dormir. Hélas, je dois voir les bergers, aujourd'hui. Nous devons fixer un jour pour rassembler les moutons en vue de la tonte.

— Et j'ai encore beaucoup à apprendre sur votre maison, dit Roslynn en dénouant le drap pour prendre sa chemise au pied du lit.

Elle l'avait quittée durant la nuit, et jetée loin d'elle alors qu'elle avait trop chaud.

Madoc alla à la table de toilette et versa de l'eau dans la cuvette pour se laver le visage.

— Vous devriez parler avec Ivor au sujet du festin qui suivra la tonte.

Un festin… son premier comme châtelaine.

Une appréhension et une excitation différentes l'envahirent, sachant qu'elle serait jugée sur ses capacités à préparer et à accueillir un tel événement, ainsi que sur le repas lui-même.

— Je vais m'en occuper tout de suite.

Madoc enfila sa tunique et s'assit sur le bord du lit pour chausser ses bottes.

— Il nous faudra aussi de la nourriture supplémentaire le jour où nous laverons et tondrons les moutons, en plus du banquet du lendemain. Des hommes de tous les domaines voisins viendront nous aider, comme nos hommes iront leur prêter main-forte quand ce sera leur tour. C'est la coutume.

Pas de *tous* les domaines voisins, pensa Roslynn. Son frère ne viendrait sûrement pas l'aider, et il n'enverrait pas non plus d'hommes pour aider Trefor.

— Peut-être pourrions-nous en profiter pour célébrer notre mariage avec eux aussi, suggéra-t-elle, puisque nous n'avons pas invité vos nobles voisins à nos noces.

— Si vous voulez, Roslynn-fy-rhosyn.

— Oui, cela me plairait, dit-elle, pensant que ce serait la chose à faire pour maintenir des alliances nécessaires.

— Fort bien. Faites ce que vous jugez le mieux, et comme c'est votre dot qui paiera, ayez toute la nourriture que vous voudrez. Mais je dois vous avertir, Ivor tient serrés les cordons de la bourse.

Elle n'en fut pas surprise. Quelque chose dans les lèvres fines et les paupières plissées de l'intendant lui avait fait soupçonner qu'il était assez pingre. Toutefois, elle ne pouvait lui reprocher d'être prudent avec l'argent de son époux.

Alors qu'elle allait chercher une cotte dans son coffre, elle s'avisa que Madoc l'observait dans la pâle lumière de l'aube.

— Je pourrais oublier mon propre nom quand je vous regarde, dit-il doucement.

Elle s'empourpra, ravie.

— Je pourrais oublier que j'ai des devoirs, moi aussi, répondit-elle en sortant sa cotte bleue. Mais je ne devrais pas alors que j'ai tant à faire.

Elle songea à autre chose.

— Votre fils viendra-t-il au festin ? Je serais heureuse de le connaître.

Lorsqu'elle vit l'expression qui se peignit sur les traits de Madoc, elle regretta d'avoir mentionné son fils, jusqu'à ce qu'il hausse les épaules et sourie.

— Pourquoi pas ? Vous devriez faire la connaissance d'Owain. Comme il devrait faire connaissance avec vous, maintenant que vous êtes sa belle-mère.

Belle-mère. Elle ne s'était pas vue sous cet angle jusqu'ici, et maintenant il lui semblait encore plus important de rencontrer Owain.

Madoc vint se placer derrière elle et noua ses lacets.

— Vous êtes bien trop tentante, *fy rhosyn*, dit-il d'une voix basse. Nous ferions mieux d'y aller pendant que j'ai encore la force de vous résister.

— Allons-y, acquiesça-t-elle, alors qu'elle tournait déjà ses pensées vers le festin à venir et tout ce qu'il impliquerait.

— Hywel, avez-vous vu Ivor, ce matin ? demanda Roslynn au cuisinier quelques jours plus tard, alors qu'une fois de plus elle avait trouvé le cabinet de travail fermé à clé et l'intendant absent.

Comme d'habitude, la cuisine était en effervescence, le cuisinier et ses aides s'efforçant de nourrir la maisonnée. Plusieurs femmes hachaient et mélangeaient des légumes, des herbes et des épices avant de les ajouter aux marmites en fer accrochées au-dessus du feu. D'autres surveillaient des moules plats posés directement dans le foyer. Un jeune garçon faisait rôtir à la broche plusieurs poulets, s'essuyant le front de sa manche tant il était près des flammes. Assis sur un tabouret bas, un serviteur aux cheveux gris s'occupait du chaudron, ajoutant du bois au feu si nécessaire.

Debout devant la table sur laquelle il épiçait ce qui semblait être un bœuf entier, le cuisinier essuya ses grosses mains ensanglantées sur son tablier.

— Il était ici avant que l'on rompe le jeûne, ma dame. Je ne l'ai pas vu partir.

— Je l'ai entendu dire quelque chose à propos du moulin, déclara Rhonwen, l'une des servantes, en coupant des oignons pour la soupe.

Une autre servante plus âgée, nommée Lowri, secoua la tête et cessa de tourner la bouillie de pois.

— Je crois qu'il a parlé de Milltonbury. C'est la ville à cinq milles environ d'ici, ajouta-t-elle à l'intention de Roslynn.

— Pourquoi diable irait-il là-bas ? demanda Rhonwen. Il n'a sûrement rien à y faire.

— Qui es-tu pour dire où l'intendant a à faire ou non ? rétorqua Lowri, en lui jetant un regard aigre. Il peut aller où il veut, il me semble !

— Mais si la dame le cherche, ta réponse stupide…

— Je l'ai entendu dire Milltonbury, insista Lowri. Vous n'avez pas entendu, Hywel ?

— Je ne l'ai rien entendu dire, répondit le cuisinier

en haussant les épaules d'un air d'excuse. Navré, ma dame. Mais si vous le trouvez, pouvez-vous lui dire que j'ai besoin de savoir quel poisson il va acheter pour le banquet de la tonte ? Il paraît que la poissonnière va avoir du bon saumon.

— J'espérais discuter moi-même de ces questions avec lui ce matin, dit Roslynn, cachant son irritation tandis qu'elle quittait la cuisine.

Malheureusement, chaque fois qu'elle était venue voir Ivor pour vérifier les comptes avec lui et discuter des achats à faire pour le festin, il n'avait pas été dans son cabinet de travail, ni ailleurs dans le château, semblait-il. Plus tard, lorsqu'elle le rencontrait à l'occasion des repas, il s'excusait abondamment et paraissait regretter sincèrement d'avoir été occupé à d'autres choses. Mais Roslynn commençait à penser qu'il l'évitait.

Le regroupement des moutons et le banquet suivant la tonte auraient lieu dans huit jours. C'était le devoir d'Ivor de l'aider à choisir et à acheter la nourriture et il ne fallait plus tarder, sinon ils ne trouveraient peut-être plus tout ce qu'il fallait.

Elle avait deux solutions : attendre que l'intendant revienne ou aller le chercher. La première ajouterait à sa frustration, la seconde porterait atteinte à sa fierté. C'était l'intendant qui devait venir à la châtelaine, pas le contraire.

Il y avait une troisième solution, mais elle préférerait ne pas l'envisager : elle pouvait aller trouver Madoc et lui demander d'ordonner à Ivor d'avoir un entretien avec elle.

C'était un dernier recours, car elle ne souhaitait

pas se plaindre à son époux, qui avait assez à penser sans s'occuper de problèmes domestiques.

Alors, elle ravala sa fierté et se mit en quête de l'intendant, en commençant par l'armurerie. Un homme était là, fabriquant des flèches, et un autre homme réparait des carquois. Ils ignoraient complètement où était Ivor.

Il n'était pas non plus aux écuries, ni dans le fenil situé au-dessus. Aucun des palefreniers ou des valets d'écurie ne lui avait parlé ce jour-là.

Il n'était ni au pigeonnier, ni à la laiterie, ni dans les baraquements, ni dans les quartiers des serviteurs. Toutes les resserres étaient fermées à clé, il ne pouvait donc pas être à l'intérieur. Elle regarda même dans la chapelle, où le père Elwy priait.

Il avait dû aller au moulin ou à Milltonbury, comme l'avait suggéré Lowri. Hélas, le temps qu'il revienne, il serait trop tard pour discuter du banquet ou d'autre chose avant le repas du soir.

Frustrée et dépitée, Roslynn traversa la cour en direction des portes, décidant qu'elle ne *pouvait plus* laisser s'éterniser cette situation. Le festin de la tonte était très important pour elle et elle devait s'assurer que l'intendant le comprenne.

Chapitre 12

Roslynn entendit la voix de Madoc avant de le voir. Dans la cour extérieure, il avait réuni les hommes qui n'étaient pas en patrouille ou de garde afin de les entraîner à l'épée et au bouclier — même si grâce à Dieu il n'y avait plus eu de troubles, et aucun signe de Trefor ni de ses hommes depuis le lendemain de leur mariage. Toutefois, même s'il espérait que le seigneur de Pontymwr se contenterait de son dernier méfait et ne planifierait pas une autre attaque, Madoc ne voulait pas prendre de risques.

Roslynn repéra immédiatement son époux au milieu du groupe d'hommes. Impossible en effet de confondre son corps superbe avec celui d'un autre. Par des gestes souples, il dirigeait les soldats, mimant une attaque de ses bras puissants avec autant de grâce que s'il dansait… sauf qu'il tenait un glaive et un bouclier et que chaque coup porté par cette épée aurait pu tuer quiconque s'approchait de trop près, elle en était certaine.

Il s'arrêta quand il la vit et abaissa son bouclier, à peine essoufflé malgré ses efforts. Il rengaina sa lame et s'adressa à ses hommes qui s'étaient également interrompus.

— C'est assez pour aujourd'hui. Hugh, je veux que votre épée soit nettoyée avant le repas. C'est une honte de voir ça. Si je la revois dans cet état, vous nettoierez les écuries pendant quinze jours. Maintenant, dispersez-vous tous et allez manger. Certains d'entre vous ont l'air d'épouvantails.

Tandis que les hommes rengainaient leur épée et ôtaient leur bouclier de leur bras gauche, parlant et riant entre eux, Madoc se hâta de rejoindre Roslynn, avec un sourire qui fit aussitôt s'emballer son cœur.

— Vous vouliez voir ce que je faisais, ma dame ? Eh bien, que pensez-vous de ma garnison ?

— Je pense qu'aucun d'entre eux ne ressemble à un épouvantail, à moins que les épouvantails gallois ne soient particulièrement grands et robustes, répondit-elle. Il n'était pas nécessaire d'interrompre l'entraînement pour moi. Je passais juste en me rendant au moulin.

Il haussa ses sourcils sombres.

— Toute seule ?

— Ce n'est pas loin.

— Assez loin pour que je ne veuille pas que vous y alliez seule, déclara Madoc.

Il leva la main pour la faire taire avant qu'elle ne puisse protester.

— Inutile de prendre cette expression obstinée, *fy rhosyn*. Je crois mon frère capable de tout, aussi ne prendrai-je pas de risques avec la sécurité de mon épouse. Allez où vous voulez, mais vous devez prendre des gardes pour vous protéger.

Elle vit à son air qu'il était inflexible.

— Fort bien.

— Comme il se trouve que j'ai renvoyé mes hommes, je peux vous escorter moi-même, ajouta-t-il, les yeux pétillants et la mine intéressée. Pourquoi avez-vous besoin d'aller au moulin ?

— Je veux parler à Ivor.

Peut-être que cette rencontre fortuite avec Madoc était un signe, songea-t-elle. Après tout, elle ferait sans doute mieux de lui parler directement plutôt qu'à son intendant. En outre, il se faisait tard et elle n'avait aucune garantie qu'Ivor serait encore au moulin lorsqu'elle y arriverait.

— Je dois lui parler au sujet du banquet et d'autres choses, aussi, expliqua-t-elle. Je n'ai eu qu'un entretien avec lui, jusqu'ici, et cela remonte à des jours, avant même que je ne sois au courant du festin. Depuis, il n'a jamais été dans son cabinet de travail quand j'y suis allée et il est toujours fermé à clé, si bien que je ne peux pas vérifier les listes de provisions pour savoir ce que nous avons déjà, et ce que nous devons acheter.

— Ivor est un homme très occupé, dit Madoc avec un haussement d'épaules, et il a raison de fermer son cabinet de travail à clé lorsqu'il est absent. Il y a beaucoup d'argent à l'intérieur.

— Je suis sûre que c'est vrai, mais même quand je fixe avec lui un moment pour le voir, il ne vient jamais.

Madoc fronça les sourcils.

— Il vous a donné des explications, n'est-ce pas ?

— Oui, mais comment puis-je préparer le banquet de la tonte si je n'ai jamais l'occasion de lui parler ? demanda-t-elle, une trace de frustration dans la voix.

— Ce n'est pas avant des jours, répondit Madoc en

lui prenant la main. Vous avez le temps. Et personne ne s'attend à quelque chose d'élaboré. Tout ce que les gens veulent, c'est de la nourriture simple en abondance et de quoi boire. En parlant de nourriture, le repas du soir doit être presque prêt et j'ai faim.

— Je suis certaine que cela contenterait la plupart des hommes, mais si nous invitons les nobles du voisinage, il y aura des dames, aussi. Elles me rencontreront pour la première fois et je veux que tout soit parfait, alors le festin doit être bien préparé, et je ne veux rien laisser au hasard si je peux l'éviter.

Madoc rit doucement et passa un bras autour de ses épaules.

— Vous voulez montrer que vous êtes à la hauteur de la tâche, n'est-ce pas ?

— Oui.

— Rien n'est jamais parfait, remarqua-t-il en l'attirant dans l'ombre du mur. Je suis sûr que je ferai l'envie de tous les hommes présents, et les femmes seront encore plus impressionnées par votre beauté et vos compétences.

Ses yeux pétillèrent de bonne humeur.

— Si vous voulez vraiment impressionner tout le monde, mettez cette cotte rouge que vous portiez pour notre mariage, lui conseilla-t-il.

Il passa un doigt tentateur sur le bord de son corselet.

— Les femmes voudront avoir le même modèle et les hommes seront fascinés par sa coupe ajustée. Elle vous va à merveille.

Réconfortée par ses paroles, excitée par son toucher, Roslynn accepta d'abandonner sa mauvaise humeur. Soudain, elle ne pensait plus qu'à profiter de son époux et une brume chaude se répandit en elle, jusqu'à ce qu'elle se rappelle que ce n'était ni le moment ni l'endroit pour succomber à son charme.

— Non, Madoc. Arrêtez, dit-elle. Les gardes vont nous voir, et je suis sérieuse au sujet du banquet.

— Je me moque que quelqu'un nous voie. Et moi, je suis sérieux dans mon intention de vous embrasser, répondit-il en la prenant dans ses bras.

— Je ne suis pas simplement soucieuse à propos du festin, avoua-t-elle alors même qu'elle ne pouvait s'empêcher de s'appuyer contre lui, si bien que leurs lèvres se touchaient presque. Il s'agit de respect, ou plutôt de manque de respect, insista-t-elle. En m'ignorant, Ivor se montre irrespectueux à mon égard.

Madoc effleura sa bouche de la sienne.

— Un autre homme pourrait entendre par là un manque de respect, mais pas Ivor, lui assura-t-il. Bien sûr qu'il vous respecte. Vous êtes mon épouse. Et je suis sûr que s'il ne vous retrouve pas au moment convenu, c'est parce que quelque chose de plus urgent s'est produit entre-temps, requérant son attention.

— J'aimerais le croire, Madoc, mais *chaque fois ?* appuya-t-elle.

Il s'écarta en fronçant les sourcils. Une partie d'elle regretta d'avoir insisté ainsi, toutefois l'irrespect d'Ivor et sa façon d'ignorer ses souhaits étaient un problème sérieux, qu'elle tenait à régler sans tarder.

— Voulez-vous que je lui *ordonne* de vous parler ? demanda Madoc.

— Je ne souhaite vraiment pas créer d'ennuis entre vous, répondit-elle, mais ce banquet est important pour moi, Madoc. Je ne veux pas que quiconque croie que vous êtes encombré d'une épouse incapable d'organiser un festin. Si les choses se passent mal, les femmes en concluront que je ne suis pas une bonne châtelaine et les hommes que vous n'auriez pas dû m'épouser.

— Ah, c'est donc une question de fierté ? releva-t-il en souriant.

— Oui. Je tiens à ce que les gens pensent que vous avez pris une bonne décision quand vous m'avez acceptée pour femme.

Il lui caressa la joue de sa forte main calleuse.

— Comme je veux que tout le monde sache que j'ai bien et sagement choisi, aussi.

Les bras passés autour de sa taille fine, les mains nouées derrière son dos mince, il s'appuya contre le mur.

— Eh bien, femme, je m'assurerai qu'Ivor comprenne que ce banquet est très important et qu'il doit le faire passer avant le reste, déclara-t-il. J'apprécie le fait que vous vouliez arranger ceci vous-même et m'épargner ce souci, mais je pense qu'il vaudra mieux que je lui parle seul à seul.

Il eut un sourire ironique.

— Certes, je ne suis pas renommé pour mon tact, mais je crois qu'il sera plus susceptible d'écouter si je lui parle en privé. Et je ne veux pas que vous soyez des ennemis. J'ai besoin de vous deux.

Il l'attira à lui pour un long baiser plein de séduction qui poussa Roslynn à regretter de ne pas être dans leur chambre.

— Même si c'est de manière très différente.

Elle avait besoin de lui, aussi. Et elle le désirait. Comme elle désirait porter ses enfants.

Elle comptait déjà les jours, et à chacun qui passait, elle avait plus d'espoir que ses prières soient exaucées.

Madoc recula et soupira d'un air chagriné.

— Hélas, ma dame, nous ferions mieux de nous séparer, ou je crains que nous puissions nous retrouver à faire l'amour ici même.

Il avait raison, bien sûr. Ils devaient l'un et l'autre vaquer à leurs affaires et ce serait une chose outrageuse de faire l'amour dehors, bien que Roslynn doive avouer qu'elle était tentée. Quand il la prenait dans ses bras et l'embrassait, elle ne pouvait lui résister.

Néanmoins, sa fierté et l'appel de ses devoirs l'aidèrent à dominer son désir.

— Oui, nous ne voudrions pas choquer les gardes, dit-elle d'un air espiègle.

Il hocha la tête et prit un air sérieux.

— Et plus vite je parlerai à Ivor, mieux ce sera, dit-il sur un ton grave en s'éloignant.

— Madoc ! s'exclama Ivor quand il vit qui s'avançait à sa rencontre sur la route un moment plus tard. Il ne s'est rien passé d'ennuyeux, j'espère ?

— Rien de grave, répondit Madoc en se mettant à marcher à côté de lui. Nous devons parler de la tonte et du banquet, c'est tout.

— Tout le monde pourra venir, n'est-ce pas ? demanda Ivor d'un ton inquiet. Ou est-ce le temps qui vous préoccupe ? Emlyn est certain qu'il fera beau. A moins que vous ne pensiez à Trefor ?

— Avoir tué mon bélier devrait contenter mon frère pour un moment, déclara froidement Madoc.

Ce n'est pas ce qui me préoccupe. Roslynn me dit qu'elle n'a pas eu l'occasion de vous parler à propos du banquet.

— Il y a eu trop d'autres choses à régler de tous côtés, répondit Ivor, et comme la tonte n'est pas pour demain, il reste suffisamment de temps pour s'en occuper.

— Ce n'est pas ce que pense Roslynn, et il semble que chaque fois qu'elle essaie de vous voir à ce sujet, vous êtes trop occupé.

— Oui, j'ai eu beaucoup…

Soudain, l'intendant s'arrêta et fronça les sourcils.

— Elle s'est plainte à vous ? demanda-t-il, l'air offensé. Pense-t-elle que je mens quand je lui dis où j'étais et ce que je faisais ?

Madoc était navré de voir Ivor contrarié, et à propos d'un banquet, en plus.

— Je comprends que vous ayez d'autres occupations, mais elle est anxieuse au sujet du festin. Elle tient à faire bonne impression sur nos voisins, à ce qu'elle m'a dit. Elle souhaite que tout le monde sache qu'elle est une bonne châtelaine.

— Je suis sûr que tout le monde sera impressionné par votre épouse, Madoc. Il leur suffira de la regarder.

Madoc rit aimablement tandis qu'ils repartaient vers le château.

— Eh bien, oui, c'est une beauté, mais elle est aussi une femme intelligente et hardie, et je veux qu'elle soit contente. Alors vous lui parlerez demain au sujet des préparatifs, n'est-ce pas, Ivor ?

— Bien sûr, Madoc, répondit l'intendant sur un ton faussement soumis qu'il n'employait jamais avec lui. Je ne veux pas être une cause de problèmes entre votre épouse et vous.

Madoc réprima un juron.

— Ecoutez, Ivor. Je sais que vous êtes très occupé et que c'est pour le bien du domaine, aussi je ne vous blâme pas le moins du monde. Je ne pensais pas que cela lui tiendrait autant à cœur, non plus.

Il fut soulagé de voir l'expression d'Ivor redevenir plus naturelle et affable.

— C'est une surprise pour moi, aussi, mais il n'y a pas de mal à cela, répondit l'intendant. A-t-elle mentionné quel genre de choses elle souhaite ? Des mets ou des vins spéciaux ?

— Non. Je vous laisse voir cela tous les deux. Je lui ai dit qu'elle pouvait avoir tout ce qu'elle voulait, puisque c'est sa dot qui paiera. Cela a peut-être été une erreur, mais je ne pense pas qu'elle se montre extravagante, et je sais que je peux compter sur vous pour que les dépenses restent raisonnables.

— Oui, Madoc, acquiesça gravement Ivor. Vous pouvez compter sur moi.

Quand Madoc pénétra à cheval dans la cour du château au retour de la chasse, le lendemain matin, Roslynn le rejoignit aux écuries, le visage illuminé par la joie, les yeux brillant de bonheur.

— Je devine que votre entretien avec Ivor s'est bien passé, dit-il en tendant une brochette de cailles à un valet d'écurie pendant qu'un palefrenier se chargeait de Cigfran.

— Oui, nous avons décidé de tout pour le banquet

et estimé combien de cervoise et de vin il nous faudra, annonça-t-elle gaiement. Merci de lui avoir parlé, Madoc. Je me sens beaucoup mieux, à présent.

— J'étais sûr que ce serait le cas, dit-il avec un sourire satisfait.

Il la prit par la main et, lorsqu'ils traversèrent la cour, ils avaient plus l'air d'un couple d'amoureux qui se courtisaient que d'un seigneur et de sa dame.

Les yeux fermés et le corps languide de sommeil, Roslynn tendit la main à travers le lit. Le drap était encore chaud de la présence de Madoc, mais sa place était vide.

Elle entrouvrit les paupières pour voir son époux se déplacer dans la chambre à peine éclairée, l'aube ne faisant que pointer dans le ciel. Il l'avait prévenue qu'il se lèverait très tôt pour aider à rassembler les moutons en vue de les laver, ce qui devait être fait avant la tonte. Sinon, trop de suint affecterait le poids des toisons lorsqu'elles seraient vendues.

Elle ne lui avait pas demandé pourquoi lui, le seigneur de Llanpowell, aiderait à des tâches aussi subalternes. Elle avait découvert qu'il était le genre de suzerain à accorder du prix à la camaraderie et au compagnonnage avec ses gens. Et, elle l'avait vu, cela faisait autant partie de son rôle de chef que ses talents martiaux.

— Rendormez-vous, *fy rhosyn*, dit-il doucement. Vous n'avez pas besoin de vous lever si tôt.

— J'aime à vous regarder vous habiller, répondit-elle. Après tout, vous êtes un homme très séduisant.

— Et vous êtes une très belle femme, mais n'essayez pas de me tenter pour que je reste avec vous, Dalila que vous êtes. Nous espérons rassembler et laver tout le troupeau, aujourd'hui.

Elle se mit sur son séant et noua les bras autour de ses genoux, le drap couvrant à peine sa poitrine, ses cheveux châtains croulant sur ses épaules.

— Je n'essaie pas de vous tenter. J'apprécie juste de vous regarder.

Il haussa un sourcil tandis qu'il attachait son baudrier.

— Oui, avec vos grands yeux candides et nue sous le drap ! la taquina-t-il. Qu'allez-vous faire aujourd'hui pendant que j'irai gagner mon pain ?

— Je gagnerai le mien, aussi, déclara-t-elle sérieusement. Il nous faut plus de chandelles et j'ai trouvé un autre coffre de linge à laver. Il se peut que j'en trouve encore au fond de la grande resserre. Et je veux voir combien de fil Bethyn a pu tirer de la toison du bélier. Je devrais parler de nouveau à Ivor, également. Je m'inquiète que nous n'ayons pas assez de saumon. Et nul doute que votre oncle me suivra partout et m'offrira ses avis.

Elle marqua une pause.

— Non pas que je m'en plaigne, se hâta-t-elle de préciser. J'ai besoin de son aide, puisque je ne parle pas encore le gallois.

— Pas encore ? releva Madoc. Je suis ravi que vous vouliez apprendre notre langue. Mais vous devrez vous passer d'oncle Lloyd, aujourd'hui. Nous avons besoin de lui aux enclos. Nous trouvons toujours des moutons dont nous ne connaissons pas les marques aux oreilles, et il est expert en ce domaine. Il se souvient de chaque marque à cinquante milles à la ronde.

Madoc s'arrêta pour s'asseoir sur le tabouret et enfiler ses bottes.

— Pourquoi ne venez-vous pas vous-même aux enclos, un petit moment ? reprit-il. Lloyd pourra vous montrer ce qu'il sait faire.

— Cela me plairait, répondit-elle, tout en sachant qu'elle n'en aurait probablement pas le temps.

Comme la tonte elle-même, le regroupement des moutons était une tâche de grande envergure qui réclamait tous les bergers, tous les fermiers, tous les voisins et tous les soldats disponibles, et ils devraient tous être nourris. Elle ne ferait pas la cuisine elle-même, évidemment, mais cela signifiait plus de tâches à superviser en plus de la préparation du grand banquet qui clorait la tonte.

Madoc lui dédia un sourire satisfait tandis qu'il tapait ses bottes par terre avant de se lever.

— J'attendrai votre visite avec impatience quand j'aurai très chaud et serai en sueur.

— Moi aussi, répondit-elle en souriant. J'aime quand vous êtes chaud et en sueur.

Il élargit les yeux et secoua la tête.

— Qu'est-ce que je disais ? Une vraie Dalila ! s'exclama-t-il en se dirigeant vers la porte. Heureusement, ma volonté est forte et je suis capable de m'arracher à vous, même si c'est de justesse.

Il s'arrêta, la main sur le loquet.

— Pourquoi ne vous rendormez-vous pas un peu ? La messe n'est pas pour tout de suite et nous n'aurons pas besoin de Lloyd avant midi.

— Je vais peut-être vous écouter dans ce cas, dit-elle en bâillant, tandis qu'il lui adressait un dernier sourire et sortait.

Savourant la chaleur de l'épaisse courtepointe et du douillet lit de plumes, Roslynn se coula entre les draps et posa les mains sur son ventre. Elle espérait être enceinte depuis quelques jours déjà. Ses menstrues étaient en retard et elle avait été plus fatiguée que d'habitude, ces derniers temps.

Toutefois, il était encore tôt et elle n'avait pas d'autres signes, alors elle avait décidé de ne rien dire à Madoc qui était déjà si occupé avec le rassemblement des moutons et la tonte. Elle attendrait d'en être certaine, puis elle partagerait la merveilleuse nouvelle avec lui.

Chapitre 13

A la fin de la messe, Roslynn s'empressa de rejoindre Lloyd et lui prit le bras pour retourner à la grand-salle et rompre le jeûne.

— J'aimerais voir le troupeau rassemblé dans les enclos, dit-elle. M'emmènerez-vous avec vous quand vous irez ? Madoc dit que vous pouvez identifier toutes les marques aux oreilles dans un rayon de cinquante milles.

— Oui, ma dame, avec plaisir, répondit Lloyd, rayonnant, avant que le doute n'obscurcisse son visage cordial. Mais ce sera bruyant et franchement, ma dame, tant de moutons ensemble puent horriblement. Etes-vous sûre de vouloir venir ?

— Tout à fait sûre.

Elle réprima l'envie de lui dire que puisqu'il lui avait joué un tour pour lui montrer Madoc nu, il ne devrait pas être surpris qu'elle souhaite voir son époux torse nu et couvert de sueur.

Toutefois, quelque chose dans l'expression malicieuse du vieux Gallois lui suggéra qu'il n'était peut-être pas aussi incapable de deviner ses mobiles qu'elle le pensait.

— Fort bien, alors, acquiesça-t-il. Qui suis-je pour vous refuser cela ? Ce sera un plaisir pour moi.

— Merci, dit-elle, tout heureuse. Je ferais mieux d'aller dans la cuisine et d'informer Ivor de mes plans avant de rompre mon jeûne. Sinon, il sera probablement parti avant que je n'aie fini.

Elle s'empressa de se rendre dans la cuisine. Comme ils devraient nourrir tous les hommes qui aidaient à rassembler les moutons, il fallait qu'ils préparent beaucoup plus de nourriture que d'habitude. Mais le repas serait simple, du ragoût, du mouton, du porc et du bœuf rôtis, des potages aux pois et aux poireaux, d'épaisses tranches de pain et de fromage et des tartes pour finir. Des tonnelets de cervoise étaient prêts à être ouverts. Pas de vin après ce genre de travail, avait décrété Madoc. Il tournait trop les têtes. La cervoise convenait mieux.

Les serviteurs étaient tellement plongés dans leur travail que peu remarquèrent son entrée à part le jeune tourneur de broche, qui semblait à moitié rôti lui-même tandis qu'il tournait une énorme pièce de viande au-dessus du feu. Il ouvrit la bouche pour annoncer son arrivée, mais elle dit vivement :

— Ne vous dérangez pas. Je suis venue voir Ivor.

Elle continua d'un pas vif vers le cabinet de travail de l'intendant et trouva la porte entrouverte.

Encore plus surprenant, Ivor n'était pas là. Quelques parchemins se trouvaient encore sur la table, avec un morceau de pain entamé et une coupe d'hydromel. Il n'y avait pas de bourses en vue et le coffre bardé de fer était fermé à clé. C'était comme si l'intendant avait été soudain appelé ailleurs, même si Roslynn n'avait pas eu vent d'une urgence.

Elle allait retourner vers la cuisine pour demander à Hywel ce qui s'était passé, quand elle aperçut un parchemin par terre, près du mur, qui semblait avoir roulé de la table.

Elle le ramassa, constatant qu'il n'était pas poussiéreux, et donc qu'il avait dû tomber récemment. Mais alors qu'elle s'apprêtait à le poser sur la table avec les autres, ses yeux se posèrent sur la dernière ligne d'écriture.

Le nom du marchand de vin qui avait livré plusieurs tonneaux la veille y figurait. Elle l'avait vu arriver depuis le seuil du cellier où l'on gardait les pommes. On ne pouvait d'ailleurs pas le manquer tant il était massif et parlait fort. Toutefois, c'était un homme fort amusant et, bien qu'elle ait beaucoup à faire, elle s'était attardée un moment pour écouter ses échanges joviaux avec Lloyd. Et elle avait noté le nombre de tonneaux, voulant être sûre qu'ils en aient assez en réserve. Elle en avait compté vingt-cinq.

Or le nombre inscrit sur le parchemin était trente, et la somme figurant à côté correspondait au prix de trente tonneaux, pas de vingt-cinq.

Elle était sur le point de dérouler davantage le parchemin lorsqu'une ombre tomba sur la table. Ivor venait d'entrer dans la pièce et, une expression perplexe sur le visage, il se penchait par-dessus l'épaule de Roslynn.

— Avez-vous besoin de quelque chose, ma dame ?

— J'étais venue vous dire que je vais voir les moutons avec Lloyd, répondit-elle, résistant à l'envie de glisser le parchemin dans sa manche. J'ai trouvé ceci par terre, comme cela ne vous ressemble pas, j'en ai déduit que vous aviez été appelé en urgence. Vous êtes l'homme le plus soigneux que j'aie jamais rencontré.

— Il y a eu une querelle entre les palefreniers qui devait être réglée avant qu'ils n'en viennent aux mains, ce qu'ils ont presque fait, expliqua Ivor tandis qu'elle reposait le rouleau sur la table. Y a-t-il autre chose, ma dame ?

— Non, dit-elle en se dirigeant vers la porte. Je devrais être de retour bien avant que les hommes n'aient terminé.

Alors qu'elle quittait l'intendant, Roslynn tenta de se convaincre que la différence qu'elle avait repérée dans les comptes était simplement une erreur. Elle aurait d'ailleurs dû attirer l'attention d'Ivor dessus afin qu'il la corrige.

Malheureusement, elle ne pouvait se débarrasser d'un soupçon qui persistait. Ivor était un homme méticuleux, pas du genre à commettre cette sorte d'erreurs d'inattention.

Et si c'était quelque chose de plus sinistre ?

Elle n'avait découvert cette différence que par hasard, car elle laissait toujours Ivor surveiller les livraisons. Elle devrait se montrer plus vigilante à l'avenir et, chaque fois qu'elle le pourrait sans éveiller les soupçons de l'intendant, tenir son propre décompte des marchandises livrées, afin de pouvoir comparer par la suite ses propres chiffres à ceux d'Ivor.

Elle espérait tout de même qu'elle se trompait.

Après tout, même le plus attentif des hommes pouvait commettre une erreur.

Et puis, si elle avait raison, elle devrait avoir la preuve qu'une infraction avait été commise avant d'accuser de vol l'ami en qui Madoc avait le plus confiance dans le château.

Quand Roslynn et Lloyd arrivèrent aux enclos un peu plus tard dans la journée, la première moitié du troupeau avait déjà été descendue de la montagne jusqu'à la rivière, mais les brebis et les agneaux n'avaient pas encore été séparés.

Les hommes, fort occupés à cette tâche, répondirent brièvement aux salutations de Lloyd puis se remirent au travail. Ils formaient une chaîne depuis le grand enclos qui contenait tous les moutons jusqu'à un plus petit pour les agneaux. Madoc lui-même, à demi nu et transpirant comme Roslynn s'y attendait, se trouvait dans l'enclos avec les moutons, et elle le regarda avec un mélange de stupeur et d'admiration se pencher pour attraper un agneau par sa toison et le lancer adroitement par-dessus la barrière à l'homme qui se tenait juste derrière. Celui-ci le passa au suivant et ainsi de suite jusqu'à l'enclos réservé aux agneaux effrayés et bêlants, où le dernier des hommes le jeta au milieu des autres. Pendant ce temps, Madoc en avait déjà attrapé un autre et le lançait de la même façon.

— Et s'ils laissent tomber un agneau ? demanda Roslynn, stupéfaite, à Lloyd. Ne sera-t-il pas blessé ? Ne risque-t-il pas de se casser une patte ?

— Les os des agneaux sont comme du beurre,

lui assura-t-il en se hissant sur la barrière de bois de l'enclos principal. Il suffit d'une attelle et tout rentre dans l'ordre. Emlyn pourrait le faire les yeux fermés.

— Quel homme est…

— Ah, Lloyd, vous voilà. Il était temps, dit l'un des bergers en désignant l'oreille d'un mouton qu'il tenait par sa toison. D'où vient celui-là ?

— Pencwmb, répondit Lloyd sans hésitation. C'est au sud, sur les terres de sire Ector, ajouta-t-il pour Roslynn. Il est venu de loin, ce mouton. Ça doit bien faire dix milles, ou plus.

Elle se demanda ce qu'ils feraient s'ils trouvaient l'un des moutons de Trefor parmi ceux de Llanpowell, mais elle jugea préférable de ne pas poser la question.

— Sans clôtures, je suis surprise que les moutons ne vagabondent pas dans tout le pays de Galles, dit-elle.

— En général, ils restent dans la région où ils ont été élevés, expliqua Lloyd. Les brebis paissent là où paissait leur mère, et ainsi de suite. Quelquefois elles se déplacent, si elles sentent un renard ou un loup, et certaines sont des vagabondes, en effet, mais ce n'est pas courant chez les moutons.

— Roslynn !

Essuyant la sueur de son front de son avant-bras, Madoc vint vers eux avec peine à travers le flot vivant de brebis et d'agneaux. Lorsqu'il atteignit la barrière, il posa les mains dessus et, avec l'agilité d'une chèvre de montagne, la franchit d'un bond.

— Vous êtes donc venue, dit-il, les mains sur les hanches et un grand sourire sur le visage.

— Oui, nous sommes là, répondit-elle, haussant

la voix pour se faire entendre par-dessus les bêlements des bêtes.

— Lloyd-y-Brawd ! appela un autre homme dans l'enclos, désignant un autre mouton.

— Cwm Myrmydden, répondit Lloyd avec une assurance sans faille.

Il se tourna vers Roslynn.

— Par Dieu, cela fait des années que nous n'en avons pas eu un de là-bas.

De son côté, elle s'efforçait de chasser les pensées lascives qui assaillaient son esprit depuis qu'elle avait aperçu son époux. Et à en juger par l'expression de ses yeux, il fournissait le même effort de son côté.

Soudain, il se produisit des remous dans la chaîne des hommes qui se passaient les agneaux. Un agneau au museau noir et à la patte tordue avait réussi à se libérer de l'homme qui le tenait. Malgré son handicap, le petit animal fonça vers l'enclos des brebis, se dirigeant droit sur Roslynn. Il l'avait presque atteinte lorsqu'il fut entouré par des chiens de berger. Effrayée et ne sachant plus que faire, la pauvre petite bête s'arrêta, bêlant comme si elle appelait désespérément sa mère.

Ignorant les chiens, Roslynn s'empressa de prendre l'agneau tremblant et terrifié dans ses bras. Le berçant contre elle, elle lui caressa le dos pour le calmer.

— Le pauvre est complètement épouvanté, dit-elle en se tournant pour faire face à son époux.

Au lieu de se montrer compatissant, Madoc le lui prit des bras d'un air sombre et le déposa rudement dans l'enclos des agneaux.

— Je ferais mieux de me remettre au travail, maugréa-t-il.

Il sauta de nouveau par-dessus la barrière et s'éloigna d'eux le plus vite possible à travers la mer de moutons.

— Qu'ai-je fait de mal ? demanda Roslynn, perplexe, par-dessus les bêlements des bêtes. Je n'aurais pas dû le prendre ?

— Je pense que vous avez pris Madoc de court, c'est tout, répondit Lloyd.

— En attrapant un agneau ? Je suis peut-être une dame, mais…

L'oncle de Madoc secoua la tête.

— Ce n'est pas ça. Je ne sais pas exactement ce qui est passé par la tête de mon neveu, mais vous voir avec cet agneau dans les bras… Eh bien, on aurait dit que vous teniez un bébé. Je l'ai pensé, alors peut-être l'a-t-il pensé aussi.

— Pourquoi en aurait-il été fâché ? Madoc dit qu'il veut d'autres enfants.

— Sans nul doute. C'est probablement juste que la surprise l'a déconcerté et lui a rappelé Gwendolyn, vous voyez, et la façon dont elle est morte. Dieu nous garde, ma dame, je ne l'ai jamais vu aussi bouleversé que ce jour-là. Madoc est un homme fort, mais il ne l'a pas été à cette occasion.

— Comment sa première femme est-elle morte ? demanda Roslynn aussi bas que possible. Personne ne me l'a jamais dit.

— En couches. On n'a pas pu arrêter les saignements après la naissance d'Owain.

Roslynn porta instinctivement les mains à son ventre mais s'arrêta à temps, de crainte de trahir ses espoirs. Ce n'était pas un secret que des femmes mouraient en donnant le jour, et cette inquiétude affectait le bonheur qu'elle éprouvait à l'idée de donner un enfant à Madoc. Apprendre qu'il avait déjà perdu une épouse de cette manière… Cela rendait la menace encore plus palpable, bien que maintes femmes mettent des enfants au monde sans problème, se rappela-t-elle pour se rassurer.

Ce drame expliquait peut-être pourquoi le fils de Madoc ne vivait pas à Llanpowell, où il lui aurait rappelé en permanence celle qu'il avait perdue et la façon dont elle était morte. Madoc ne serait pas le premier père à trouver la vue d'un tel enfant difficile à supporter.

— Aussi, à votre place, je n'accorderais pas trop d'importance au changement qui s'est produit en Madoc à l'instant, conclut Lloyd. De mauvais souvenirs, j'en suis sûr. Rien de plus.

Son regard se fit spéculatif, et éloquent.

— Un bébé né dans de bonnes conditions aiderait à coup sûr à vaincre ces mauvais souvenirs.

Roslynn était toujours déterminée à ne dire à personne qu'elle était peut-être enceinte avant d'en être certaine, et elle tenait à ce que Madoc en soit informé le premier. Aussi répondit-elle simplement :

— Dans ce cas, espérons que je porterai bientôt un enfant et que tout se passera bien.

Madoc fit rouler ses épaules, puis cambra le dos pour atténuer la douleur de ses reins tandis que les derniers des moutons lavés remontaient sur la berge de l'étang artificiel. La journée avait été longue, comme toujours, et il était content d'en voir la fin.

La plupart des hommes qui avaient aidé à rassembler et à laver les moutons étaient déjà rentrés au château pour y être nourris, y compris son oncle. Madoc était resté jusqu'au bout en partie parce qu'il estimait que c'était son devoir, mais aussi parce qu'il voulait avoir un peu de paix et de tranquillité sur le chemin du retour, afin de mieux réfléchir à la façon dont il avait rabroué Roslynn et à ce qu'il lui donnerait comme explications.

Il avait vu son choc et son désarroi devant sa réaction, et plus spécialement l'expression tendre et maternelle de son visage tandis qu'elle essayait de rassurer le petit animal. Il s'était immédiatement représenté un bébé à la place de l'agneau, un bébé aux cheveux châtains et aux yeux noisette, comme elle. Ou aux yeux bleus comme Owain, s'il ressemblait à son oncle Trefor.

Mais après l'impact que cette vision avait produit sur lui, et après avoir parlé si brusquement à sa femme avant de la quitter de manière abrupte, était venue une nostalgie si puissante que cela l'avait frappé comme un rocher roulant le long d'une montagne.

Cette nostalgie avait été suivie de culpabilité, de peur, du souvenir de Gwendolyn mourante, de la promesse qu'il n'avait pas tenue.

Ivor, qui ne participait jamais au rassemblement des moutons à cause de sa jambe, vint vers lui en boitant rapidement.

— Qu'y a-t-il ? demanda Madoc.

Il se hâta de le rejoindre, redoutant qu'une catastrophe domestique n'ait mis cette expression lugubre sur le visage de son intendant.

— Dame Roslynn vous a-t-elle parlé du coût du

repas d'aujourd'hui et du banquet à venir ? demanda Ivor.

— Non, pas encore, répondit Madoc.

— C'est une énorme somme d'argent, Madoc, beaucoup plus que ce que nous n'avons jamais dépensé auparavant, dit Ivor en s'arrêtant devant lui.

La nouvelle était assez déconcertante.

— Combien de plus ?

— Deux cents marcs, et ce n'est peut-être pas tout.

Madoc le fixa, atterré.

— Pourquoi autant ? Les prix ont-ils augmenté ?

— Ce ne sont pas les prix, c'est la nourriture que veut dame Roslynn, et la quantité. Des anguilles, du saumon et d'autres poissons par paniers. Assez de farine, et de la meilleure, pour durer un mois ou plus. Et le vin… Madoc, rien que le prix du vin vous ébranlera.

Il était déjà ébranlé.

— Pourquoi ne m'en avez-vous pas parlé plus tôt ?

— Parce que vous m'avez dit que votre épouse devait agir à sa guise dans cette affaire, et que je ne voulais pas causer de problèmes entre vous. Mais quand j'ai vu le montant total ce matin, j'ai pensé que je devais m'assurer que vous étiez au courant. Pour être honnête, Madoc, j'en doutais, car je sais que vous auriez mis des limites.

Oui, il en aurait mis. C'était beaucoup trop en nourriture et en boisson quand il y avait des armes à acheter et à réparer, une forteresse et une garnison à entretenir.

— Vous avez bien fait de me le dire, déclara Madoc en reprenant la direction du château.

Malgré son agitation, il ralentit son allure afin qu'Ivor puisse rester à sa hauteur.

— Elle a eu tort de dépenser autant sans me consulter. Je vais faire en sorte qu'elle comprenne que nous ne sommes pas aussi riches qu'elle semble le penser.

— Je suis désolé, Madoc, dit Ivor.

— Pas autant que moi, maugréa le seigneur de Llanpowell.

Déterminé à parler sur-le-champ à Roslynn de cette extravagance, Madoc apprit rapidement des bergers, soldats et serviteurs rassemblés dans la grand-salle qu'elle était montée dans leur chambre pour se laver et se changer avant le souper.

Il se fraya un chemin entre les tables et les bancs, adressant un signe de tête à son oncle qui était déjà assis près du feu avec Emlyn et plusieurs des bergers les plus âgés.

— Regardez comme il est pressé de la rejoindre, l'entendit-il dire aux autres.

Des rires suivirent.

Il souhaita que son oncle tienne sa langue, ou montre au moins un peu plus de respect. Il n'était pas un jeune garçon dont on pouvait plaisanter, mais un homme adulte et un seigneur, en outre.

Il monta l'escalier quatre à quatre et poussa brusquement la porte de la chambre, pour trouver Roslynn assise dans un cuvier de bois, ses cheveux ramenés sur le sommet de sa tête et ses seins nus presque complètement exposés au-dessus de l'eau savonneuse.

Tout ce qu'il avait été sur le point de dire lui sortit immédiatement de la tête.

— Madoc! s'écria-t-elle en couvrant ses seins de ses mains et en s'empourprant comme s'ils n'étaient pas mariés. Je ne vous attendais pas si tôt!

Elle jeta un coup d'œil sur sa gauche.

— Bron, vous pouvez nous laisser.

Se ressaisissant rapidement et se rappelant pourquoi il était là, Madoc s'écarta de la porte pour laisser passer la servante rougissante.

Roslynn se leva dans le cuvier comme une déesse sortant de la mer.

Il s'éclaircit la gorge et se força à se concentrer.

— Savez-vous combien vous avez dépensé pour le repas d'aujourd'hui et le banquet? demanda-t-il.

Prenant le grand linge posé sur le tabouret voisin, elle sortit de la baignoire.

— Non. Je n'ai pas encore tout additionné.

Des gouttes d'eau brillaient sur sa peau lisse tandis qu'elle drapait le linge autour d'elle. Des boucles humides léchaient ses joues et sa nuque tendre, faite pour les baisers. Ses petits pieds cambrés et ses chevilles étaient une tentation en eux-mêmes.

« Pense », se commanda-t-il alors que son corps traître s'échauffait de désir.

— Ivor me dit que cela représente au moins deux cents marcs de plus que d'habitude. Je ne pensais pas que vous dépenseriez autant.

Les joues de Roslynn rosirent tandis qu'elle se séchait. Avait-elle une idée du spectacle séduisant qu'elle lui offrait?

— Il ne m'a pas dit, *à moi*, que l'on approchait d'une telle somme, dit-elle.

Afin d'endiguer son désir, Madoc s'imagina enfermé dans un bloc de glace.

— Le lui avez-vous demandé ?

— Non.

Elle ne paraissait pas très concernée, et cela eut pour effet de refroidir l'ardeur de Madoc et de l'agacer prodigieusement.

— C'est beaucoup trop pour un festin.

— Ce n'est sûrement pas extravagant pour un banquet célébrant à la fois la tonte et un mariage, rétorqua-t-elle, laissant tomber le linge par terre.

Cherchait-elle à dessein à le distraire ?

Résolu à garder l'esprit fixé sur l'argent, Madoc se détourna afin de ne plus la voir.

— C'est plus que je n'ai dépensé pour les trois dernières fêtes de la tonte et de Noël réunies.

— Je n'ai pas choisi ce qu'il y avait de plus cher et je me suis efforcée de garder les coûts bas, protesta-t-elle, mais quand on attend trois cents personnes…

Il tournoya.

— *Combien ?* s'exclama-t-il en la foudroyant du regard.

Grâce au ciel, elle avait enfilé sa chemise, même si elle était trop fine à son gré.

— Trois cents, répéta-t-elle en rougissant tandis qu'elle prenait une cotte verte lacée sur les côtés.

Elle l'avait déjà portée et elle lui allait aussi bien que la cotte rouge de leur mariage.

— Vos nobles voisins, les marchands de la ville

et de Milltonbury, ainsi que les bergers, la garnison et les serviteurs.

— Par tous les saints, femme, qui *n'avez-vous pas* invité ?

— Votre frère.

Sa calme réponse fit retomber un instant la colère de Madoc, jusqu'à ce qu'il se rappelle combien le banquet lui coûtait.

— Je n'ai pas dit que vous pouviez dépenser comme Crésus ! Cela aurait dû faire la moitié, tout au plus.

— Comme vous l'avez dit vous-même, c'est ma dot qui paye, dit-elle tranquillement en enfilant la cotte sur sa chemise.

— Néanmoins, votre dot m'appartient, elle n'est pas à vous, lui rappela-t-il. J'ai pour cet argent des usages qui n'incluent pas de nourrir tout le monde à cinquante milles à la ronde.

Roslynn alla se placer de l'autre côté du lit, de manière à le mettre entre eux.

— Je suis désolée si vous trouvez que j'ai été trop dépensière. Hélas, il est trop tard. Les invités ont été conviés et les provisions payées.

Un petit pli se forma sur son front, entre ses sourcils froncés, tandis qu'elle nouait les mains devant elle.

— C'est Ivor qui s'est plaint à vous, n'est-ce pas ?

— Ainsi qu'il le devait, et s'il est à blâmer d'une chose, c'est de ne pas m'avoir averti plus tôt.

— Il aurait dû *me* dire plus tôt que je dépensais plus que ce que vous jugiez approprié. Je ne lis pas dans les esprits, après tout.

Madoc allait faire remarquer qu'il n'était pas un

empereur romain avec des coffres de pièces à jeter aux quatre vents, quand on frappa discrètement à la porte.

— Quoi ? cria-t-il.

La porte s'ouvrit et la tête de Bron apparut.

— S'il… s'il vous plaît, sire, balbutia-t-elle. Il y a des visiteurs aux portes.

— Quels visiteurs ?

— Je… je ne sais pas, sire.

La servante jeta une œillade incertaine à Roslynn.

— Ils sont normands, c'est tout ce que je sais.

— S'ils sont venus pour le banquet, ils sont en avance, dit Madoc d'un ton sec en gagnant la porte à grands pas.

Chapitre 14

Madoc trouva son oncle qui attendait déjà sur les marches de la grand-salle.

— Ah, mon neveu, vous voilà, dit Lloyd, une pointe de déception dans la voix.

Nul doute qu'il avait prévu de recevoir les visiteurs en l'absence du seigneur, comme il l'avait fait pour sire Alfred et son escorte.

— Qui sont-ils ? demanda Madoc tandis que deux cavaliers, dont l'un portait une bannière inconnue, pénétraient dans la cour.

— Vous ne le savez pas ?

— Je ne reconnais pas la bannière. Il doit s'agir de nobles que Roslynn a invités au banquet.

Lloyd lui jeta un regard méfiant.

— Elle en a donc invité quelques-uns ?

— Bien trop, répondit Madoc d'un ton coupant. Elle va dépenser sa dot en un mois.

Son oncle prit un air affligé.

— Ah, c'est un problème, je vous l'accorde, mais c'est une femme, après tout, et elles accordent beaucoup d'importance aux fêtes, aux vêtements et à ce genre de choses. Et elle veut sans doute que vous soyez fier d'elle.

Madoc n'y avait pas pensé. Il en fut aussitôt attendri et désolé.

Par saint Daffyd, qu'avait-il fait ?

— Oui, marmonna-t-il, sa colère disparue en un instant et remplacée par du regret.

Surtout lorsqu'il se rappela comment Roslynn s'était réfugiée derrière le lit, s'écartant le plus possible de lui. Parce qu'elle craignait toujours qu'il ne la frappe dans un moment de colère ?

Les réprimandes qu'il s'adressait en silence furent interrompues quand l'homme qui était visiblement le chef du groupe apparut, monté sur une selle en cuir repoussé et sur un très beau palefroi d'un blanc de neige orné d'un harnachement coûteux.

L'homme lui-même portait une cotte de mailles et un heaume, ainsi qu'un surcot écarlate couvert par une très belle cape de drap couleur de mûre fixée par une broche en or. Ses cheveux coupés à la normande étaient gris, comme sa barbe au-dessous de son nez de faucon.

Derrière lui venaient d'autres soldats à cheval, puis un grand chariot de bois du genre qu'utilisaient les dames et leurs servantes, peint de couleurs vives, les fenêtres couvertes de pans de cuir. Le véhicule était suivi de vingt cavaliers supplémentaires, puis d'un autre chariot plus petit couvert de toile.

— Des Normands, c'est sûr, marmonna Lloyd, faisant écho à la conclusion de Madoc.

Il désigna le chariot d'un signe de tête et haussa un sourcil.

— Pensez-vous que John m'envoie une fiancée, à moi aussi ?

La drôlerie de son oncle n'allégea pas l'humeur de Madoc. Lorsqu'il avança vers le Normand il était résolu à se comporter en seigneur digne de ce nom, afin que Roslynn puisse être fière *de lui*, même si l'étranger le mesurait du regard avec dédain.

Mais avant qu'il ne puisse parler, le noble normand jeta un coup d'œil vers la grand-salle et parut brusquement se changer en pierre.

Suivant son regard, Madoc découvrit Roslynn qui se tenait sur la plus haute marche du perron, vêtue de cette cotte verte qui lui allait merveilleusement bien et faisait ressortir la perfection de sa mince silhouette. Elle n'avait pas relevé ses cheveux, mais simplement posé un voile de soie blanche sur sa tête.

Madoc ramena les yeux sur le visiteur qui, étant un homme, la regardait toujours fixement, sans doute captivé par sa beauté.

Il vaudrait mieux, décida-t-il, qu'il aille rejoindre Roslynn et lui demande qui était l'arrivant avant qu'il ne la présente comme son épouse. Après tout, il ignorait à qui il avait affaire.

Mais alors qu'il se tournait vers la grand-salle, il s'aperçut que Roslynn se tenait elle aussi immobile, médusée, le visage aussi blanc que son voile. Puis, portant une main à sa tête, elle ferma les yeux et se mit à chanceler.

Une panique comme il n'en avait jamais ressenti s'empara de Madoc, qui courut à l'escalier et attrapa sa femme juste comme elle s'effondrait à la manière d'un morceau de mortier frappé par le marteau d'un maçon.

— A l'aide ! cria-t-il en soulevant son corps inerte dans ses bras. Aidez-moi !

— Roslynn ! s'écria le Normand en sautant à bas de son cheval pour grimper les marches en courant, malgré son âge et le poids de son haubert.

— Envoyez chercher un médecin ! ordonna Madoc à son oncle, en ignorant l'étranger.

— Que lui avez-vous fait ? demanda ce dernier d'un ton impérieux, en barrant le passage à Madoc qui voulait porter Roslynn à l'intérieur.

— Otez-vous de mon chemin ! tonna-t-il.

— Je suis son père !

— Vous pouvez être l'archange Gabriel, je m'en moque. Laissez-moi passer !

— Oui, mon ami, mettez-vous de côté, commanda une dame d'un certain âge vêtue d'un manteau bleu, d'une guimpe et d'un voile blancs, qui était sortie du chariot.

Elle passa avec autorité devant Lloyd et le Normand.

— Roslynn doit être mise au lit.

Ne se souciant pas de savoir qui elle était non plus, Madoc ouvrit la porte d'un coup d'épaule et transporta son épouse inconsciente dans la grand-salle.

Roslynn ouvrit lentement les yeux, puis cligna des paupières. Elle devait avoir des visions.

— Mère ? murmura-t-elle, incrédule.

— Ma fille ! répondit sa mère à mi-voix, en lui

pressant la main. Comment vous sentez-vous ? Etes-vous malade ?

Otant le linge humide posé sur son front, Roslynn se redressa. Bien que son voile lui ait été enlevé, elle était encore habillée et se trouvait dans sa chambre de Llanpowell avec sa mère, si longtemps séparée d'elle, qui lui souriait avec de l'amour plein les yeux.

— Oh, mère ! s'écria-t-elle en enlaçant dame Eloïse et en la serrant dans ses bras. Je craignais de ne plus jamais vous revoir. Je craignais que vous ne soyez si courroucée et si mécontente de moi que vous ne voudriez plus jamais m'approcher !

Sa mère l'étreignit tout aussi fort et lui caressa les cheveux.

— Nous voulions vous rejoindre dès que nous avons appris la trahison de Wimarc, mais votre père était souffrant. Il avait un refroidissement qui s'était porté sur les poumons et…

Sa voix faiblit, indiquant à Roslynn que son père avait dû être sérieusement malade.

— Je ne pouvais pas le quitter. Puis je suis tombée malade à mon tour. Il nous a fallu tout ce temps pour être assez bien pour voyager, mais dès l'instant où le médecin nous a dit que nous le pouvions, nous sommes allés à la Cour — où nous avons appris que vous aviez été envoyée au pays de Galles afin de vous marier. Nous sommes venus tout droit ici.

Dame Eloïse s'écarta et étudia anxieusement le visage de sa fille.

— Je suis tellement désolée pour tout ce qui est arrivé. Je n'ai jamais fait confiance à Wimarc, mais si j'avais eu une idée de ce qu'il était réellement, je vous aurais enfermée dans votre chambre et j'aurais risqué votre haine éternelle plutôt que de vous laisser l'épouser.

Elle marqua une pause.

— Nous aurions dû savoir que quelque chose allait terriblement mal quand vous n'avez pas répondu à nos lettres, même si nos messagers assuraient qu'ils vous avaient vue et que vous vous portiez bien.

— Je n'ai jamais reçu vos lettres ! s'exclama Roslynn, haïssant encore plus Wimarc, même s'il était mort. Je pensais que vous ne vouliez plus rien avoir à faire avec moi parce que je m'étais montrée si égoïste et si puérile.

Quant aux messagers, des courriers allaient et venaient souvent au château de Werre. Il était facile pour Wimarc de s'assurer qu'elle ne les rencontre jamais, ni qu'elle reçoive les lettres qu'ils apportaient.

— Nous vous avons écrit à la Cour, aussi, après avoir appris son arrestation, dit sa mère.

— Je n'ai pas eu ces lettres non plus, répondit Roslynn, la raison n'étant que trop facile à deviner.

Elle fronça les sourcils, courroucée.

— Le roi, ou l'un de ses mignons, a dû veiller à ce que je ne les reçoive pas pour me laisser penser que vous ne vous souciiez pas de ce qui m'arrivait, et que cela me rende plus docile. Oh, mère, j'ai été une telle sotte de douter de père et de vous !

Sa mère l'étreignit de nouveau.

— Vous avez commis une erreur, Roslynn, mais nous aussi, en ne prenant pas soin d'en apprendre davantage sur Wimarc. Quand nous avons ouï dire ce qu'il avait fait, j'ai craint que cela ne tue votre père. A la place, il a fait front, parce qu'il savait que vous ne pouviez pas être impliquée dans ce complot et qu'il était aussi déterminé que moi à aller trouver le roi et à vous reprendre. Nous nous préparions à partir quand, à notre grand soulagement et à notre joie sans bornes, nous avons été informés par sire Bernard que vous n'étiez pas condamnée pour trahison. Mais, oh, si seulement nous avions pu être avec vous durant cette terrible période !

— Si seulement je vous avais écoutés, répondit Roslynn, le cœur lourd de ses erreurs passées, en pensant à toute la douleur qu'elle aurait pu leur épargner, ainsi qu'à elle-même.

Elle se tut un instant, avant de murmurer :

— Lorsque Wimarc m'a fait du mal, j'aurais dû avoir foi en votre amour et trouver le courage d'implorer votre aide.

Elle frémit en songeant à ce que sa mère avait dit d'autre.

— Et quand je pense que vous étiez si malades et que je l'ignorais !

Dame Eloïse écarta une mèche de cheveux de ses joues échauffées.

— Nous avons rencontré Alfred de Garleboine dans une auberge près de Gloucester. Il nous a dit que vous étiez mariée et que vous l'aviez fait de votre plein gré. Est-ce vrai, Roslynn ? Avez-vous vraiment épousé Madoc ap Gruffydd de votre propre volonté ?

— Oui, mère.

— Et cet homme, ce Madoc, quel genre de personne est-il ?

— Il me traite bien, mère, assura Roslynn.

Jusqu'ici, ajouta-t-elle en elle-même, avec frayeur et inquiétude, en se rappelant la fureur de Madoc avant qu'ils ne soient interrompus.

Le sourire soulagé de sa mère la rendit heureuse de n'en avoir pas dit plus, et elle entreprit de se lever.

— Où est père ?

Ayant le tournis, elle se rassit.

— J'ai juste la tête un peu légère, dit-elle en réponse à la question silencieuse de sa mère. J'ai été très occupée par les préparatifs du banquet que nous donnons après la tonte des moutons.

Le festin qu'elle avait voulu parfait, et qui avait provoqué le courroux de son époux…

— Je ne pense pas que ce soit cela, dit sa mère en se levant et en ramassant le linge humide qui avait rafraîchi le front de Roslynn. Je dirais plutôt que vous êtes enceinte. J'étais souvent faible quand je vous portais, et il y a sur votre visage un éclat qu'à mon avis seul un bébé peut donner, ma fille.

Roslynn rougit, mais ne tenta pas de le nier.

— Il est trop tôt pour que j'en sois certaine, aussi ne l'ai-je pas encore dit à Madoc. Je voulais attendre d'en être sûre.

— Je pense que vous devriez le lui dire maintenant, lui conseilla sa mère. Il semblait très inquiet pour vous, et il pourrait penser que vous êtes gravement malade si vous ne le faites pas.

Elle avait raison, bien sûr. Et cela pourrait atténuer la colère de Madoc à son égard, se dit Roslynn avec la sensation aussi familière que désagréable d'avoir à apaiser un époux furieux.

— Je le ferai, acquiesça-t-elle, mais je lui demanderai de garder le secret jusqu'à ce que ce soit certain.

— Je le garderai également, promit sa mère. Enfin… j'aimerais le dire à votre père, au moins, car il va se faire beaucoup de souci pour vous, lui aussi.

— D'accord, mais à personne d'autre, de grâce.

— Entendu, répondit sa mère. Maintenant, si vous vous sentez mieux, je pense que nous devrions descendre et apaiser les inquiétudes de nos époux.

Roslynn hocha la tête, se demandant si elle ne connaîtrait plus jamais une vie sans angoisse.

Elle avait cru avoir miraculeusement trouvé la paix et la sécurité auprès de Madoc.

Jusqu'à ce jour.

Pendant ce temps, dans la grand-salle, le seigneur de Llanpowell, dévoré par la culpabilité, faisait les cent pas comme un ours attaché à une chaîne.

Sur l'estrade, dans le fauteuil de Madoc, trônait sire James de Briston, au dos et aux manières plus raides encore que ceux de sire Alfred. Lloyd, les soldats, les bergers, d'autres laboureurs qui étaient venus aider et les serviteurs parlaient à voix basse en petits groupes anxieux, tandis qu'ils attendaient de savoir ce qu'avait la châtelaine de Llanpowell. Mais aucun n'était plus inquiet que son époux et son père.

Le regard soucieux de Madoc restait fixé sur l'escalier et il se maudissait d'avoir fait tant d'histoires pour le coût d'un banquet. Il était trop plongé dans ses remords et ses craintes pour prêter attention à qui que ce soit ou à quoi que ce soit.

La somme que Roslynn avait dépensée ou le nombre de personnes qu'elle avait invitées ne comptaient plus. C'était important pour elle, et il s'était comporté comme un grippe-sou.

— Vous êtes Madoc ap Gruffydd, je présume ? demanda soudain sire James, sa voix résonnant dans la grand-salle silencieuse.

— *Sire* Madoc ap Gruffydd, répondit Madoc en jetant à peine un coup d'œil à son beau-père.

Inquiet ou non, il ne tolérerait pas d'irrespect, et certainement pas de la part d'un homme capable de donner sa fille à quelqu'un comme Wimarc de Werre, même si elle avait insisté pour l'épouser.

Le regard furieux, le Normand se leva et vint se planter devant lui, lui dissimulant l'escalier.

— Eh bien, *sire* Madoc ap Gruffydd, apprenez ceci : que vous soyez ou non un ami du roi John, si vous avez fait du mal à ma fille de quelque manière que ce soit, je vous tuerai.

Pas intimidé le moins du monde, Madoc releva sa lèvre supérieure avec mépris.

— Vous allez la protéger *maintenant*, quand elle n'en a pas besoin ? Vous auriez mieux fait d'empêcher son mariage avec Wimarc de Werre.

Sire James s'empourpra mais finit par répondre :

— Nous avions des doutes à son sujet, mais pas de preuve de méfaits. Pensez-vous que j'aurais autorisé ce mariage si j'avais connu la vraie nature de de Werre ?

— En tant que père de Roslynn, c'était votre *devoir* de découvrir sa vraie nature, comme vous dites, rétorqua Madoc.

Le Normand parut sur le point de le contredire, puis il secoua la tête.

— Non, je n'alléguerai pas d'excuses. Nous avons failli envers elle, mais je serai damné avant de lui manquer de nouveau. Alors si vous lui faites du mal, Gallois, vous m'en répondrez.

— C'est un peu tard pour les menaces, ne trouvez-vous pas ? Wimarc et John auraient dû être menacés avant moi. Et si vous êtes aussi inquiet de son sort que vous le dites, pourquoi n'êtes-vous pas venu à son secours à la Cour ? Elle y était autant en danger que lorsqu'elle était mariée à Wimarc… et même davantage, car en tant que veuve d'un traître elle était devenue le pion du roi, obligée de lui obéir si elle ne voulait pas mourir.

— J'étais trop malade pour voyager et mon épouse aussi, rétorqua sire James. Dès que nous l'avons pu, nous nous sommes rendus à la Cour mais il était trop tard : elle avait déjà été envoyée épouser un quelconque Gallois dont nous n'avions jamais entendu parler.

— Et elle est ici, déclara froidement Madoc, mariée à un homme qui la protégera mieux que vous ne l'avez fait.

— Père !

Madoc pivota sur ses talons pour voir Roslynn et sa mère qui se hâtaient vers eux. Elle paraissait un peu pâle, mais semblait aller bien, et il poussa un profond soupir de soulagement.

Pourtant, ce n'était pas lui qu'elle regardait ; c'était l'homme à côté de lui.

— Ma petite hirondelle ! s'écria sire James quand elle se jeta dans ses bras.

— Oh, père !

Madoc jeta une œillade à sa mère et vit des larmes sur ses joues et de la joie dans ses yeux. Peut-être avaient-ils bien été trop malades pour venir au secours de leur fille, se dit-il. Mais quelle que soit la raison qu'ils aient eue de ne pas avoir aidé Roslynn, il était tout à fait certain que si son enfant avait été dans la même situation, il aurait tout fait pour le protéger, même s'il avait dû sortir de sa tombe pour le faire.

Roslynn s'écarta et se tourna enfin vers lui.

— Vous ne devez pas blâmer mes parents de mon mariage avec Wimarc ni de ce qui s'est passé ensuite, Madoc. Je ne leur ai pas laissé le choix et Wimarc a empêché leurs lettres de m'atteindre, sinon j'aurais su qu'ils m'aideraient.

Elle l'avait visiblement entendu condamner son père, une autre terrible maladresse qui pouvait la rendre encore plus mal disposée à son égard.

Il s'empressa d'essayer d'atténuer les choses.

— Pardonnez mes paroles hâtives, sire. Vous comprendrez, j'espère, que je vous ai parlé ainsi parce que je me soucie sincèrement de votre fille. Je peux bien croire Wimarc de Werre capable de toutes les vilenies.

Et peut-être que si elle avait reçu ces lettres, pensa-t-il soudain, elle n'aurait pas fait ce que le roi demandait et ne serait pas venue à Llanpowell.

Il en eut froid dans le dos.

Mais avant qu'il ne puisse en dire davantage pour montrer ses remords sincères, Lloyd monta avec entrain sur l'estrade.

— Eh bien, nous y voilà, dit-il en se frottant les

mains avec jubilation. Lowri ! Bron ! Installons une table ici, avec à boire et à manger. Vous devez tous avoir la gorge sèche et le ventre vide, et je ne laisserai pas dire que les gens de Llanpowell n'ont pas le sens de l'hospitalité.

Déterminé à impressionner sire James et son épouse — comme Roslynn espérait impressionner ses nobles voisins au banquet, s'avisa-t-il avec une autre bouffée de culpabilité —, Madoc adopta ses manières les plus charmantes.

— Permettez-moi de vous présenter mon oncle, Lloyd ap Iolo, dit-il. Vous ne pourriez rencontrer un meilleur compère, même s'il a essayé de me voler ma fiancée le jour de son arrivée en se faisant passer pour moi.

— Je n'ai jamais fait ça ! se récria Lloyd, rougissant jusqu'à la racine de ses cheveux gris. C'était un malentendu, sire, ma dame, rien de plus. J'ai oublié de faire les présentations qui s'imposaient, voyez-vous, tellement j'étais captivé par la grâce et la beauté de votre fille.

— Comme nous le sommes tous à Llanpowell, ajouta aimablement Madoc, espérant que Roslynn comprendrait à ses paroles et à son attitude qu'il regrettait leur querelle.

Et si jamais elle ne le faisait pas, il s'assurerait qu'elle comprenne plus tard, lorsqu'ils seraient seuls.

Chapitre 15

Roslynn, anxieuse, ne savait trop que penser de la conduite de son époux tandis qu'ils dînaient avec leurs convives. Il se montrait cordial, poli, et paraissait se donner grand mal pour impressionner ses parents.

Avant son éclat furieux à propos du prix du banquet, elle aurait été ravie et contente de son comportement, et même fière de lui. Mais à présent, elle éprouvait plus d'appréhension que de plaisir, craignant qu'il ne joue la comédie comme Wimarc l'avait si souvent fait, et redoutant aussi d'avoir découvert son véritable visage quelques heures plus tôt.

Peut-être que pendant tout le temps où ils avaient été ensemble, il avait joué un rôle, portant un masque pour l'amadouer, tandis que l'homme qu'il était réellement était caché dessous.

Peut-être avait-elle été dupée de nouveau, égarée une fois de plus par ses désirs lubriques et son souhait d'avoir un foyer et des enfants autour d'elle.

Et si c'était le cas ?

Alors, elle ne resterait pas à Llanpowell. Cette fois, surtout en sachant qu'elle avait le soutien et l'amour de ses parents, elle s'enfuirait.

Le cœur serré, malade d'angoisse, elle s'efforçait de ne pas se laisser séduire par le charme de Madoc ou par son beau visage. Elle souriait quand elle l'estimait nécessaire et parlait lorsqu'il s'adressait à elle. Elle aussi pouvait jouer un rôle : le rôle de l'épouse obéissante et aimante.

Mais bientôt, elle ne supporta plus cette tension et annonça qu'elle souhaitait se retirer.

— Bien sûr, répondit Madoc en se levant et en tendant la main pour l'aider. Je suis harassé moi-même, alors si vos parents veulent bien m'excuser, je vais vous accompagner.

Sa mère n'émit pas d'objection et son père non plus. Mais après tout, quel prétexte pouvaient-ils fournir pour forcer leur hôte à rester avec eux ?

Ce soir-là, la traversée de la grand-salle jusqu'à l'escalier parut très longue à Roslynn, et elle avait les pieds lourds comme du plomb tandis qu'ils gravissaient les marches. Que lui dirait Madoc lorsqu'ils seraient seuls ? Que ferait-il ? Son masque tomberait-il ? Sa violente colère reviendrait-elle, pour se déchaîner contre elle ?

Le temps que Madoc ouvre la porte de leur chambre, elle parvenait à peine à respirer. S'écartant de lui, elle se précipita à l'intérieur, luttant contre les larmes qui menaçaient déjà de couler.

Néanmoins, elle se retourna pour lui faire face, déterminée à se montrer courageuse et à ne plus jamais se laisser humilier par un homme.

Alors, à sa vive stupeur, elle le découvrit agenouillé par terre comme le plus humble des pénitents.

— Roslynn, pardonnez-moi, dit-il. Je n'aurais pas

dû me mettre en colère à propos de l'argent du banquet, surtout après vous avoir dit que vous pouviez avoir ce que vous vouliez. J'ai été un sot de m'emporter ainsi, mais de grâce, sachez que même dans mon courroux le plus vif je ne vous ferai jamais de mal. Je me couperais le bras plutôt que de vous frapper.

Elle ne put que le fixer, incrédule et choquée, lorsqu'il se remit debout.

— Je vous fais mes excuses pour vous avoir effrayée, poursuivit-il. Je suis désolé si je vous ai bouleversée, et surtout si je vous ai poussée à avoir peur de moi.

Elle ne savait pas que dire, ni que ressentir. Du soulagement, de la joie ou la suspicion que ceci, aussi, soit un tour pour la berner.

— Je le pense, Roslynn, de tout mon cœur, dit-il doucement, avec dans les yeux une expression qui semblait trop sincère pour être feinte. J'ai été un sot et un imbécile, et je le regrette profondément. Pouvez-vous me pardonner et oublier que j'ai été un tel butor ?

— Vous m'avez effrayée, admit-elle. J'ai craint que vous ne soyez pas l'homme pour qui je vous prenais.

Et d'avoir été dupée de nouveau, égarée par le désir.

— Et maintenant ? demanda-t-il d'un ton hésitant, en faisant un seul pas vers elle, apparemment plein d'humilité.

Comme elle avait envie de le croire sincèrement repentant ! Comme elle souhaitait pouvoir lui pardonner et oublier sa colère, ainsi que sa propre peur !

— J'ai eu tort aussi, Madoc, dit-elle, car oui, j'aurais dû m'assurer qu'Ivor me tienne informée du montant total des dépenses et vous demander s'il y avait une limite. Je vous le promets, je le ferai à l'avenir, et me montrerai moins extravagante.

— Je me moque que vous me réduisiez à la pauvreté, à partir du moment où vous me pardonnez et croyez que je ne vous ferai jamais de mal, déclara-t-il avec ferveur, le regard intense, comme s'il voulait la convaincre de le croire par la seule force de son esprit.

— Je le ferai, Madoc. Je le ferai, répondit-elle en se disant qu'elle devait essayer, sous peine de vivre à jamais dans la terreur.

Ne lui avait-il pas fait des excuses humbles et sincères ? Ne pouvait-elle pas voir une contrition authentique dans ses yeux bruns, si différente de la fausseté de Wimarc ?

Il se pencha comme pour l'embrasser, puis il s'arrêta, une expression plus soucieuse encore sur le visage.

— Est-ce ma colère égoïste qui vous a rendue malade ?

— Non, lui assura-t-elle.

Elle décida de suivre le conseil de sa mère.

— Madoc… Je pense que je suis enceinte, même si c'est encore tôt pour le dire.

Les yeux de Madoc s'écarquillèrent tandis qu'il la regardait avec stupeur.

— Un enfant ! Et si vite !

Pensait-il…

— L'enfant est de vous, Madoc, je vous le jure sur mon honneur, précisa-t-elle d'une voix ferme, en s'écartant brusquement de lui.

— Je n'en doute pas un instant, se corrigea-t-il aussitôt, en l'attirant doucement dans ses bras pour l'enlacer. Dieu me vienne en aide, je fais tout de travers, aujourd'hui ! Je suis heureux, vraiment. C'est juste qu'une naissance est toujours dangereuse, Roslynn.

— Je suis jeune et en bonne santé, à part une légère faiblesse qui me donne le tournis, assura-t-elle, autant pour lui que pour elle-même. Je devrais aller bien et notre enfant aussi, même si nous devrions prier pour que l'accouchement se passe sans encombre.

— Oui, murmura-t-il en la serrant contre lui. Oui.

Elle s'accrocha à lui, souhaitant ardemment ne pas éprouver cette appréhension qui lui serrait le cœur, et qui étouffait lentement le bonheur qu'elle avait eu avec Madoc. Elle aurait tout donné pour ne pas craindre de ne plus jamais éprouver cette joie sans mélange.

Elle pourrait sûrement la connaître encore, se dit-elle pour se rassurer. Il le fallait, ou elle serait emprisonnée le reste de ses jours dans la peur et le malheur.

— Je vous en prie, ne dites rien à votre oncle ou à quelqu'un d'autre pour le moment, demanda-t-elle doucement. C'est encore tôt et je voudrais en être complètement certaine.

— Je garderai la nouvelle pour moi… du mieux que je le pourrai, promit-il en lui souriant. Je ne suis pas connu pour mon aptitude à garder des secrets, mais j'essaierai parce que vous le voulez. Je veux faire tout ce qui est en mon pouvoir pour vous rendre heureuse, *fy rhosyn*.

Comment pouvait-elle ne pas lui faire confiance quand il la regardait ainsi ? Comment pouvait-elle ne pas croire sa contrition sincère et ses paroles dignes de foi ?

— Moi aussi, je veux vous rendre heureux,

murmura-t-elle en se haussant sur la pointe des pieds pour l'embrasser.

Il faisait nuit et Madoc se tenait dans une chambre comme celle qu'il partageait avec Roslynn, mais elle était différente. Le lit avait disparu, bien qu'il ait toujours été là depuis son enfance. Les murs étaient dans l'ombre, et c'était comme s'ils n'existaient pas. Il n'y avait pas de croisée, pas de porte, la seule lumière provenait d'une unique bougie vacillante… quelque part.

Il entendit un sanglot à ses pieds et baissa les yeux.

Là, sur une paillasse, gisait Gwendolyn, des larmes ruisselant sur son visage d'une pâleur maladive. Ses cheveux étaient détachés, humides de sueur, et il y avait du sang.

Tant de sang.

— Promettez-moi, Madoc, chuchota-t-elle faiblement tandis qu'un bébé pleurait non loin. Promettez-moi…

— Je le promets, murmura-t-il en s'agenouillant près d'elle et en prenant sa main molle dans la sienne, sentant la vie s'échapper d'elle avec le sang que l'on ne pouvait arrêter.

Un homme apparut dans l'ombre en face de lui : Trefor, vêtu pour la bataille en cotte de mailles et surcot noir, un sourire sarcastique sur les lèvres.

— Tu as rompu ta promesse, Madoc, bien que cela lui ait pris ses dernières forces pour te demander ta parole.

Trefor n'était pas là le jour où Owain était né, le jour où Gwendolyn était morte.

Son frère leva son épée et la pointa sur Madoc.

— Tu as rompu ta promesse faite à une femme mourante. Tu ne mérites pas de vivre.

Lloyd, un gobelet à la main, sortit de l'ombre à son tour et vint se placer à côté de Trefor.

— Beau neveu que vous êtes, qui ne tient pas ses promesses, se moqua-t-il. Et moi qui vous croyais meilleur que cela.

Madoc pivota, prêt à fuir leurs accusations, mais où ? Et comment ? Il n'y avait pas de porte, pas de croisée, seulement de l'obscurité.

Puis Roslynn apparut comme par magie, un agneau ensanglanté dans les bras et du dégoût dans les yeux.

— Vous avez rompu votre promesse, dit-elle, la voix creuse et sans vie comme si elle était en train de mourir, elle aussi. Vous avez rompu la promesse que vous avez faite à une femme que vous disiez aimer.

— Vous ne comprenez pas ! s'écria-t-il avec désespoir. Je…

— Vous n'avez pas tenu parole, répéta-t-elle sur le ton d'une incantation en retournant dans l'ombre, tandis que les cris du bébé se faisaient de plus en plus forts. Vous disiez que vous l'aimiez et vous vous êtes parjuré. Vous disiez que vous l'aimiez et vous avez brisé…

En poussant un cri étouffé, Madoc se redressa. Haletant, il regarda autour de lui avec affolement. C'était sa chambre, celle où Gwendolyn était morte et où il avait fait sa promesse.

Mais il était dans le lit et, grâce à Dieu, Roslynn dormait paisiblement à côté de lui.

Se penchant en avant, il prit sa tête dans ses mains et s'efforça de calmer son cœur emballé.

Un rêve. C'était un rêve. Un mauvais rêve né des souvenirs, du désarroi et de la culpabilité, mais seulement un rêve.

Il inspira profondément à plusieurs reprises, puis quitta le lit, marchant avec précaution pour ne pas réveiller Roslynn. Il accueillit avec plaisir la froideur de l'air sur sa peau nue, car elle confirmait qu'il était éveillé, et que ce n'avait été qu'un cauchemar.

Il s'appuya de la main au montant de la croisée et prit une autre inspiration tandis qu'il se rappelait la Roslynn de son rêve qui le regardait avec dégoût, un agneau ensanglanté dans les bras. Femme honorable, elle le regarderait sûrement avec cette expression si elle découvrait un jour la vérité, et la promesse qu'il avait faite et n'avait pas tenue.

— Madoc ?

Il se tourna vers le lit.

— Je ne voulais pas vous déranger. Il est encore tôt. Rendormez-vous.

Au lieu de lui obéir, elle se redressa sur un coude et regarda vers la croisée.

— Pouvez-vous dire s'il va faire beau ?

Ne voyant pas de nuages cachant les étoiles, il parvint à lui sourire.

— Pas de pluie aujourd'hui, à mon avis. Une belle journée pour la fête.

— Bien, dit-elle en se rallongeant dans le lit. Revenez-vous vous coucher ?

— Non, répondit-il.

Il ne pourrait jamais se rendormir maintenant.

— Je pense que je vais aller faire un tour sur le chemin de ronde et m'assurer que les sentinelles sont réveillées.

— Pas dans cette tenue, j'espère, répondit-elle avec l'ombre d'un sourire sur son visage, tandis qu'elle parcourait des yeux son corps nu. Vous allez prendre froid.

— Cela pourrait causer un choc aux hommes, aussi, nota-t-il en riant, avant d'aller au coffre et d'en sortir des chausses noires.

Il hésita. Puisque la tonte avait été achevée la veille, il pourrait aussi bien s'habiller tout de suite pour le banquet. Les invités arriveraient à n'importe quel moment de la matinée.

— Allez-vous mettre ceci ? demanda Roslynn.

Il baissa les yeux sur la tunique en cuir qu'il tenait à la main. C'était son plus beau vêtement, pas celle qu'il portait tous les jours.

— Qu'a-t-elle qui ne va pas ?

— Votre tunique noire conviendrait mieux, celle que vous portiez à notre mariage.

— Elle ne me va pas bien.

— C'est du très beau drap.

— Elle est trop inconfortable.

— Vous avez plus l'air du noble seigneur que vous êtes quand vous la portez, insista Roslynn d'un ton aguicheur.

— Nul doute que j'aurais davantage l'apparence d'un noble, aussi, si je m'aspergeais de parfum à la façon des courtisans du roi, marmonna-t-il, agacé qu'elle laisse entendre qu'il n'avait pas l'air noble dans ses vêtements habituels.

Puis il se traita de sot. Quelle importance avait ce qu'il portait? C'était un jour pour la rendre fière de lui, pas pour causer plus de difficultés entre eux.

— Vous avez raison. Je me changerai plus tard.

— Merci, Madoc.

Elle paraissait si soulagée qu'il ne garda pas de ressentiment et alla embrasser sa joue à la peau si douce.

— Maintenant, reposez-vous, ma dame. Je suis sûr que tout a été bien préparé et que ce festin sera le meilleur qu'il y ait jamais eu à Llanpowell.

— Je l'espère, Madoc, répondit-elle en lui souriant, ses cheveux emmêlés étalés sur l'oreiller, ses yeux noisette brillant, son corps nu frissonnant sous la courtepointe...

Oh! Qu'importe que les sentinelles soient éveillées ou pas! Madoc n'avait plus du tout envie de sortir tout à coup...

Le soleil était déjà haut dans le ciel quand Madoc entra dans les baraquements, son cauchemar oublié dans la plaisante torpeur qui suivait l'amour.

Dans la grande pièce, certains de ses hommes étaient assis sur leur couchette, d'autres allongés, la tête reposant sur leurs mains croisées. Un foyer occupait le milieu, mais il n'était pas allumé à cette époque de l'année. Des crochets fixés au mur près des palettes retenaient des capes, des baudriers et des pièces d'habillement. Des bassines et des pichets étaient posés sur une longue table au fond de la salle, où du linge qui séchait était suspendu à d'autres crochets.

Tous les hommes bondirent pour se mettre au

garde-à-vous quand leur suzerain, qui tirait sur sa maudite tunique noire, ferma la lourde porte en chêne et se tourna pour leur parler.

— Asseyez-vous, dit-il, les pieds écartés et les mains nouées dans le dos. Ou restez debout si vous préférez. Je viens juste vous rappeler de vous conduire le mieux possible aujourd'hui. Mon épouse a beaucoup travaillé pour préparer ce banquet et j'ai dépensé beaucoup d'argent, alors vous feriez mieux de vous comporter comme de bons Gallois qui craignent Dieu. Pas de soûleries et pas de chansons paillardes sur des sirènes ou autre chose, d'accord ?

— La chanson de la sirène vous plaît pourtant ! protesta Ioan, la voix grave mais ses yeux bleu-vert pétillant de gaieté.

— Quelle impression auraient les Normands si mes hommes ne se conduisaient pas mieux que des butors dans une taverne ? répondit Madoc. Ecoutez, je suis très sérieux. Je veux que la journée se passe bien pour faire plaisir à mon épouse, d'autant plus qu'elle est…

Il s'interrompit juste à temps.

— Bon, c'est important pour elle, voilà tout.

Les yeux de Ioan s'élargirent et son sourire aussi.

— J'ai gagné le pari ! s'écria-t-il en jetant un regard de triomphe à ses compagnons. Payez-moi, et la prochaine fois que je vous dirai qu'une femme est enceinte parce qu'elle paraît un peu fatiguée et qu'elle a le visage un peu plus épanoui, peut-être que vous me croirez. Et maintenant, nous avons une autre raison de célébrer, pas vrai, Madoc ?

Hugh-au-grand-bec, qui se tenait près de la porte, s'exclama :

— Nous pouvons espérer un autre fils pour Llanpowell !

— Oui, oui ! crièrent les hommes en tapant des poings et en souriant jusqu'aux oreilles.

Madoc se crispa intérieurement. Quel idiot ! Mais malgré ce qu'il avait laissé échapper, il devait encore essayer de garder le secret de Roslynn le plus longtemps possible, comme elle le lui avait demandé.

— Ai-je dit qu'elle était enceinte ? demanda-t-il. Non, et vous auriez intérêt à ne plus faire de tels paris. C'est insolent, et si ce n'était pas la fête de la tonte aujourd'hui, j'envisagerais sérieusement de vous faire courir d'ici jusqu'en haut de la montagne.

Pour la plupart, les hommes rougirent ou prirent un air d'excuse, mais pas Ioan.

— Il n'y a pas de mal à souhaiter de bonnes choses, pas vrai, sire ? lança-t-il.

Madoc détestait mentir aux hommes qui donneraient leur vie pour les protéger, lui et sa famille.

— Je ne dis pas non plus qu'elle ne l'est pas…, mais plus de spéculations ni de paris. Je vous l'annoncerai quand dame Roslynn m'en donnera l'autorisation. Je ne veux pas la contrarier maintenant, ni lui faire penser que je ne sais pas garder une confidence.

— Parce que les femmes le peuvent ? demanda Hugh, sceptique.

— Eh bien, elle veut qu'il en soit ainsi jusqu'à ce qu'elle soit sûre de son état, répondit Madoc.

— Alors, je vais juste offrir des félicitations pour

quelque éventualité future, dit Ioan avec l'air d'un devin regardant dans une boule de cristal.

— Ioan, le prévint Madoc, un de ces jours vous irez trop loin et en direz trop. Maintenant, vous tous, prenez garde à ne rien laisser échapper.

— Nous ferons attention, hein, les gars ? lança Ioan. Madoc dormira dans les baraquements si sa femme découvre son indiscrétion, et il ronfle comme un sonneur !

— C'est faux !

— De toute façon, nous ne voulons pas que vous ayez des problèmes avec votre épouse. C'est ce que sont les femmes pour nous, une malédiction et une bénédiction tout à la fois.

— Oui ! approuva le jeune Gwillym avec enthousiasme. On ne peut jamais les satisfaire, ce n'est pas vrai ?

— Certains d'entre nous, les *hommes*, y parviennent, rétorqua Hugh. Reste à voir si tu y réussiras un jour.

Un cri provint des portes intérieures.

— Il semble que quelques-uns de nos hôtes soient pressés d'arriver ici, observa Ioan.

— Oui, c'est ce qu'il semble, dit Madoc en se tournant pour partir et en tirant de nouveau sur sa tunique. Rappelez-vous ce que je vous ai dit : une conduite exemplaire. Rendons la châtelaine fière de nous.

Soudain, Hugh, qui était allé à la porte pour voir ce qui causait tant d'agitation, pivota et jeta un regard alarmé à Madoc.

— Quoi ? demanda ce dernier en accélérant le pas pour le rejoindre.

Il comprit aussitôt.
Trefor ap Gruffydd se tenait au milieu de la cour de Llanpowell, l'air aussi hardi et arrogant que s'il était chez lui.

Chapitre 16

Par tous les diables, qu'est-ce que *Trefor* faisait ici ?

Quel toupet ! Car aussi sûr que Dieu avait fait Adam, Roslynn ne l'aurait certainement pas invité au banquet.

D'ailleurs, elle le lui avait dit.

Avait-elle changé d'avis ? se demanda Madoc. Avait-elle pensé que ce pourrait être une façon de ramener la paix entre eux ?

Il avança à grands pas vers l'intrus, contournant les tables et les bancs déjà sortis pour le festin. Trefor l'observait en ricanant, le visage hautain.

Cela faisait près de six ans que Madoc n'avait pas vu Trefor de près, mais il n'avait pas changé, ou du moins pas beaucoup. Même s'il était un peu plus négligé et si son visage était un peu plus creusé, il était toujours le bel homme qui pouvait faire se pâmer de désir toutes les femmes entre ici et les îles Hébrides avec ses brillants yeux bleus, à l'iris cerclé de noir.

Ce n'était pas sa belle allure qui avait pu lui faire franchir les portes extérieures de Llanpowell, cependant, alors comment avait-il fait ? Madoc se jura en silence de découvrir qui était de garde. Les sentinelles qui avaient laissé entrer l'intrus le regretteraient.

Puis il remarqua le drapeau blanc, de trêve, enfilé dans la ceinture de son frère. Voilà comment il avait pu passer les portes : ses hommes respectaient ces symboles.

Trefor n'était pas venu seul. Rhodri et plusieurs autres hommes, des hors-la-loi et des brigands à en juger par leur aspect, se tenaient sur le côté près des écuries. Des soldats de Llanpowell, ainsi que les gardes postés sur les remparts, les surveillaient, visiblement prêts à attaquer si Madoc en donnait l'ordre.

— Salutations, Madoc, dit Trefor avec un signe de tête insolent quand il arriva près de lui. Je vois que tu attends de la compagnie, et en grand nombre.

— Oui, mais tu n'as pas été invité.

Du moins l'espérait-il.

— Depuis quand un frère a-t-il besoin d'une invitation pour venir dans la maison de son père et de son grand-père? rétorqua Trefor, indiquant ainsi à Madoc qu'il *n'avait pas* été invité.

Si cela avait été le cas, il n'aurait pas manqué de s'en vanter.

Il s'approcha encore de lui, de telle sorte qu'ils se retrouvent nez à nez, les yeux dans les yeux.

— Quoi, un homme n'a pas le droit de rendre visite à sa demeure ancestrale, celle qui devrait être la sienne, un jour de fête, quand tous les voisins sont les bienvenus? continua Trefor.

— La demeure que tu as perdue par ta conduite déshonorante, riposta Madoc.

— Le domaine que tu m'as volé, ainsi que la femme que j'aimais.

— Tu l'as perdue toi-même quand tu es arrivé en retard et ivre à ton mariage, débarquant tout droit d'un bordel.

Trefor fit passer son poids d'une jambe sur l'autre, comme un homme se préparant à se battre.

— Je n'ai jamais dit que c'était là que j'avais passé la nuit.

— Tu étais certainement trop soûl pour te rappeler aujourd'hui tes propres paroles, mais tu en étais assez sûr ce jour-là, répondit Madoc.

Il fit rouler ses épaules pour détendre ses muscles, comme il le faisait toujours avant un combat.

— Et tu ne te souviens sûrement pas non plus de l'horreur dans les yeux de notre mère, ou de l'expression honteuse de notre père.

— Ce que je sais, c'est que tu tenais ton excuse pour prendre enfin ce qui était à moi, accusa son frère en portant la main à la poignée de son épée. Tu avais attendu cette chance toute ta vie, espèce de *mochyn* égoïste, sournois et calculateur !

Madoc se saisit de la sienne.

— Qu'es-tu d'autre qu'un voleur et un scélérat, qui s'introduit sur mes terres pour me voler mes moutons et tuer mon bélier ? lança-t-il en retour. Ou bien vas-tu le nier, aussi ?

— J'ai tué ce bélier, c'est vrai. Une belle bête, je dois dire, comme l'épouse que John t'a envoyée, à ce que m'a dit Rhodri. Si j'avais su que John donnerait de telles récompenses à ses laquais, Madoc, j'aurais pu me vendre à lui moi aussi. D'après Rhodri, c'est la plus belle gueuse normande qu'un homme peut espérer bai…

La fureur de Madoc explosa et, dans un grondement de rage, il poussa violemment son frère. Ils atterrirent avec rudesse sur les pavés. Madoc frappa Trefor partout où il le pouvait, jusqu'à ce que Ioan et Hugh l'écartent de force. Plusieurs soldats se tenaient autour d'eux, leur glaive tiré, et d'autres entouraient les hommes de Trefor.

— Le drapeau blanc de trêve, Madoc, lui rappela Hugh, les dents serrées. Vous vous déshonorerez si vous le tuez sans autre forme de procès.

— Oui, vous avez raison, maugréa Madoc, même s'il était toujours enragé.

Rhodri aida Trefor, le nez en sang, à se remettre debout.

— Oui, tu serais bien capable de déshonorer une demande de trêve, pas vrai ? lança son frère, sarcastique.

Sa lèvre enflait et une ecchymose se formait déjà sur son menton.

— Fais taire ta bouche puante et va-t'en ! ordonna Madoc. Prends ces vauriens, quitte Llanpowell et ne reviens jamais. Ou alors, Dieu m'en soit témoin, je te tuerai pour de bon, cette fois.

Trefor eut un rictus en essuyant le sang de son visage du dos de la main.

— Tu sors de tes gonds, petit frère. Ton caractère, ton bouillant caractère… Tu n'as jamais pu le dominer, n'est-ce pas ?

— Sors de mon château avant que je ne te jette dans mes cachots et ne te livre à la justice du roi.

Les yeux de Trefor brillèrent de malveillance tandis qu'il écartait les bras.

— Quoi, tu me traînerais devant un tribunal normand ? Que dirait oncle Lloyd ? Où est-il, à propos ?

Madoc n'en avait aucune idée et s'en moquait.

— Qui est-ce, Madoc ? demanda Roslynn en descendant les marches de la grand-salle.

Elle portait la belle cotte rouge de leur mariage. Ses cheveux découverts étaient lâchés dans son dos et descendaient plus bas que sa taille.

La fierté et le triomphe envahirent Madoc lorsqu'il la vit, et il rengaina son épée d'un geste satisfait.

— Allons, mon frère, laisse-moi te présenter à mon épouse. Roslynn, voici mon frère aîné, Trefor ap Gruffydd, seigneur de Pontymwr.

— Salutations et bienvenue, dit-elle.

Sa voix était aussi douce que du miel, ses manières aussi charmantes que celles d'une femme pouvaient l'être.

— Vous ne m'aviez pas dit que vous vous ressembliez tant, Madoc, hormis que votre frère a les yeux bleus.

Madoc eut le plaisir de voir briller une lueur d'envie dans les yeux de Trefor. Son frère s'inclina devant Roslynn.

— Je suis ravi de vous rencontrer enfin, ma dame, dit-il.

Il eut l'effronterie de lui décocher ce sourire par lequel il avait séduit tant de femmes.

— Comme je n'ai pas été invité au mariage, j'ai pensé que je pourrais venir à la célébration de vos noces, aussi tardive qu'elle soit.

— Beaucoup de gens n'ont pas été invités à la

cérémonie, répondit fraîchement Roslynn. L'escorte du roi avait hâte de retourner à la Cour.

Elle glissa à Madoc un sourire qui lui donna envie de la prendre dans ses bras et de l'embrasser avec toute la passion qu'elle éveillait en lui.

— Et mon seigneur et moi étions assez pressés aussi.

Trefor eut un sourire sarcastique en mesurant Roslynn du regard.

— Certes, vous ne pouviez faire attendre le laquais de John, ni tarder à obéir à ses ordres. Cela aurait pu irriter ce sot cupide et cela ne se fait pas d'agacer le roi d'Angleterre, n'est-ce pas ?

— Mon frère va partir sur-le-champ, déclara Madoc.

— A moins qu'il ne plaise à la dame que je reste ? s'enquit Trefor avec la même impudence outrageuse.

— Je vous demande pardon, mais je ne pense pas, répondit-elle calmement. Il est infortuné que vous ayez choisi ce jour pour rendre visite à votre frère, car bien que je sois sûre que vous auriez beaucoup à vous dire, nous attendons du monde et Madoc ne pourrait vous accorder l'attention que vous méritez. Une autre fois, peut-être ?

Une autre fois ?

— Jamais, gronda Madoc. Mon frère ne sera *jamais* le bienvenu ici.

— Cela a été un plaisir, bien que bref, ma dame, dit Trefor en s'inclinant de nouveau.

— Va-t'en ! ordonna Madoc. Avant que je ne commande à mes archers de te prendre comme cible d'entraînement.

— A condition qu'ils te comprennent, Bouche marmonnante, rétorqua Trefor.

Il se tourna pour aller à l'un des pitoyables chevaux qui attendaient près des écuries. Puis il sauta en selle et, suivi de ses hommes, franchit les portes du château.

Lorsqu'ils furent partis, les gardes pivotèrent pour surveiller l'extérieur des murailles tandis que les soldats retournaient à leurs tâches et les serviteurs, silencieux et affectés par la scène, se remettaient aux préparatifs du festin.

L'épaule douloureuse, du sang coulant d'une entaille près de son oreille, Madoc se tourna vers Roslynn.

— Vous ne l'aviez pas invité au banquet, n'est-ce pas ?

— Bien sûr que non, répondit-elle. Mais…

— Il n'y a pas de « mais » avec Trefor ! Il n'aura plus jamais l'autorisation d'entrer dans ce château ! *Jamais !* Je ne veux même plus entendre mentionner son nom !

Elle pâlit un peu en hochant la tête.

— Comme vous voulez, Madoc. Laissez-moi voir cette coupure.

— Ce n'est rien, grommela-t-il en essuyant le sang de sa main.

— Vous avez déchiré votre tunique. Vous voudrez sûrement vous laver et vous changer avant d'aller chercher Owain.

— Je ne vais pas le chercher.

Ce petit pli qu'il connaissait bien apparut entre les sourcils de Roslynn.

— Vous avez certainement le temps de…

— J'ai changé d'avis. Ce sera trop d'excitation pour lui et ce ne sont pas les meilleures circonstances pour que vous fassiez connaissance, dit-il d'un ton sec, avant de pivoter sur ses talons et de quitter sa femme.

De maintes façons, la fête de la tonte à Llanpowell fut tout ce qu'une célébration de ce genre devait être. La nourriture était excellente, abondante et, pour les nobles, exotique. Beaucoup d'entre eux n'avaient jamais mangé d'anguilles cuisinées à la cervoise, de mouton préparé de cette façon, de soupe de poireaux agrémentée de ce mélange d'herbes et de légumes. Il y avait du bœuf rôti, du sanglier et des cailles cuisinés de façon experte, des ragoûts savoureux et plusieurs sortes de pains, dont certains présentaient des formes élaborées. En plus des flans et des douceurs, des fruits cuits et des tartes s'ajoutaient au menu et tant de vin et de cervoise coulaient dans les gobelets que c'était un miracle que tout le monde ne soit pas ivre avant que les tables ne soient débarrassées.

Les divertissements étaient également variés, excitants et amusants, des jongleurs que Roslynn avait engagés aux bardes et aux danseurs, sans parler du magicien qui sortait des oiseaux vivants de sa barbe.

Roslynn aurait dû être heureuse, fière et satisfaite du résultat de ses efforts.

A la place, elle était assise, se sentant misérable, à côté de Madoc qui frémissait toujours de rage et avait à peine prononcé un mot depuis le début du repas. Même si elle savait que cette rencontre avec son frère en était la cause, elle ne pouvait étouffer son appréhension à l'idée qu'il trouve quelque chose qui n'allait pas dans le banquet, et qu'il se remette en fureur.

Elle était déçue pour d'autres raisons, aussi.

Elle avait attendu avec joie de faire la connaissance de son fils, espérant établir des liens d'amitié avec lui avant que son propre enfant ne naisse, mais Madoc avait brusquement changé d'avis.

Et à en juger par la façon dont plusieurs des hommes de la garnison ne cessaient de la regarder, souriant comme s'ils partageaient une confidence, elle pensait que Madoc leur avait parlé de son état, bafouant sa promesse de garder le secret entre eux.

Aussi, en dépit de tous ses espoirs et de ses préparatifs soigneux, de tout le temps que cela lui avait pris, de tous les problèmes et les inquiétudes que ce banquet lui avait causés, la fête était gâchée pour elle avant même qu'elle n'ait commencé.

Lorsque les derniers plats furent desservis, son époux sombre et silencieux quitta la table haute pour aller rejoindre Ivor et quelques petits nobles gallois dans une autre partie de la grand-salle.

Roslynn remua nerveusement sur sa chaise, tentée de se retirer jusqu'à ce que Lloyd se glisse dans le fauteuil vide de Madoc.

— Une belle affaire que celle-là ! dit-il en guise de compliment. Mais j'ai tellement honte de mon neveu que je pourrais en cracher par terre !

— Il est regrettable que Madoc et son frère en soient venus aux coups, et que Madoc soit encore si courroucé à ce sujet, répondit Roslynn.

— Madoc n'a rien fait de mal, rétorqua Lloyd, visiblement déconcerté qu'elle ait pensé qu'il se référait à son époux. Il aurait dû réduire Trefor en chair à pâté, vu la façon dont il s'est conduit. Non, c'est de Trefor que j'ai honte. Je regrette de ne pas l'avoir corrigé plus souvent, quand il était petit. Oui, et avec une grosse ceinture en cuir ! Il était trop gâté et il l'est toujours.

— Les querelles de famille sont une mauvaise chose, agréa le père de Roslynn, qui était assis à la place d'honneur à la droite de Madoc. Elles finissent souvent par causer du malheur à toutes les parties concernées.

Quels que soient ses propres doutes, Roslynn ne voulait pas que ses parents s'inquiètent à son sujet, pas après tout ce qu'elle leur avait fait traverser.

— Je suis sûre que tout ira bien entre Madoc et moi, dit-elle pour les rassurer.

— Trefor n'a jamais rien fait de pire que de tuer ce bélier avant le mariage, confirma Lloyd. Néanmoins, venir ici ce matin aussi hardi que la ribaude d'un roi… Par tous les diables, qu'est-ce qu'il a donc, à harceler son frère de la sorte ?

Il secoua la tête.

— Madoc va devoir le tuer, m'est avis, avant qu'il ne puisse y avoir la paix.

— Sûrement pas ! se récria dame Eloïse, faisant écho aux pensées de sa fille depuis sa place à côté de son époux. Quoi qu'il se soit produit entre eux, ils restent des frères. Que l'un tue l'autre… ce serait un terrible péché.

— Oui, mais Trefor ne laisse guère de choix au pauvre Madoc. Quant à un frère monté contre un autre, regardez John et le sien, répondit Lloyd, en prenant le gobelet à moitié plein de Madoc pour le vider. C'est un exemple pour vous. Chacun à l'affût de tout ce qu'il peut prendre à l'autre. Toutefois, je n'aurais jamais pensé voir un tel conflit dans ma propre famille. C'est une pitié, et Trefor en est à blâmer.

Roslynn chercha son époux des yeux. De l'autre côté de la grand-salle, et sans jeter un seul regard dans la direction de son épouse, Madoc continuait à converser avec ses amis.

Roslynn porta une main à son front.

— Si vous voulez m'excuser, ma tête me fait souffrir. Trop d'excitation et de bonne chère, je pense.

Sa mère fut près d'elle en un instant.

— Ce n'est rien, dit Roslynn en réponse à son interrogation muette. La journée a été longue, voilà tout. Je suis sûre que j'irai bien demain matin. Je vous en prie, restez et profitez des divertissements.

Grâce au ciel, ou peut-être parce qu'elle voyait que cela ne servirait à rien, sa mère ne protesta pas et n'insista pas pour l'accompagner.

Quand Roslynn quitta la grand-salle, elle s'arrêta pour prendre congé des hôtes les plus importants des domaines voisins. Elle n'eut pas un regard pour son époux, et espérait même qu'il ne se rendrait pas compte de son départ. Elle n'avait pas envie d'être seule avec lui tant qu'il ne s'était pas calmé.

Une fois dans leur chambre, elle ferma la porte et s'y adossa un moment avant de pousser un soupir las et d'aller à sa table de toilette. Elle s'assit lourdement sur le tabouret avant de retirer son coûteux voile de soie.

— Etes-vous souffrante ?

Elle sursauta en entendant la voix de Madoc. Elle

se retourna prestement. Il était debout sur le seuil et la regardait d'un air soucieux.

— Simplement fatiguée, répondit-elle en souhaitant qu'il s'en aille, même s'il ne semblait plus furieux.

Elle était vraiment harassée et avait envie de dormir. Ou du moins, de ne pas avoir affaire à son époux pour le moment.

— En êtes-vous sûre ? insista-t-il.

— Je sais comment je me sens, Madoc, répondit-elle avec impatience. De grâce, retournez dans la grand-salle et célébrez avec vos amis. Je suis sûre qu'ils voudront tous vous féliciter pour l'enfant que nous allons avoir.

Elle retint son souffle lorsqu'elle s'avisa de ce qu'elle avait dit et à quel point elle avait paru grincheuse. Elle ne devrait pas le réprimander alors qu'il avait été si courroucé un peu plus tôt. Sinon, il risquait de se remettre en colère, et contre elle, cette fois.

— Seuls quelques-uns le savent, marmonna-t-il, même s'il y avait une confirmation coupable dans ses yeux lorsqu'il entra dans la chambre et referma la porte. Je ne le leur ai pas dit de but en blanc, croyez-moi, mais je suis trop transparent. Ioan a deviné. Ceux qui sont au courant ont reçu l'ordre de ne rien dire à personne d'autre.

Elle se leva et alla à la croisée, incapable de se contenir malgré la nécessité de se montrer prudente.

— Rien n'est jamais votre faute, n'est-ce pas, Madoc ? demanda-t-elle en se tournant vers lui. Vous avez toujours une excuse pour tout.

Il plissa les paupières.

— J'ai une *explication*, corrigea-t-il. Ou bien

pensez-vous que Trefor dit la vérité et que je n'ai qu'une *excuse* pour posséder Llanpowell ?

— Je ne sais que penser, répondit-elle, s'efforçant en vain de contenir sa frustration. Vous assurez que vos actions se justifient, néanmoins lorsqu'il vous vole, vous agissez comme si vous vous sentiez coupable.

— Vous ne comprenez pas.

— Vous avez raison, je ne comprends pas, déclara-t-elle, ses émotions prenant le dessus malgré ses efforts pour les réprimer. Je ne comprends pas ce qui s'est passé entre votre frère et vous. Je ne comprends pas votre petit jeu. Je ne comprends pas pourquoi vous avez envoyé votre fils grandir ailleurs, alors que vous aimiez sa mère.

Madoc la contempla, le visage aussi figé et grave que l'effigie d'un martyr. Seuls ses yeux laissaient deviner ses émotions, ils étaient brûlants, mais pas de désir, de fureur.

— Si vous pensez que je fais ces choses-là parce que j'y prends *plaisir*, ou parce que j'ai le choix, vous ne comprenez pas, en effet. Et vous ne me connaissez pas.

Le cœur s'emballant, la panique s'emparant de nouveau d'elle, Roslynn s'éloigna de lui à reculons. Elle n'avait pas connu la véritable nature de Wimarc avant qu'il ne la révèle après leur mariage, alors qu'elle était liée à lui pour la vie. Visiblement, elle ne connaissait pas Madoc ap Gruffydd, non plus.

— Par tous les saints, Roslynn, pourquoi me regardez-vous ainsi ? demanda-t-il. Combien de fois devrai-je vous dire que je ne vous ferai pas de mal ?

— Comment puis-je en être sûre ? demanda-t-elle dans un murmure.

Elle noua ses mains devant elle, désirant lui faire confiance mais terrifiée à l'idée que ce puisse être une autre erreur désastreuse.

Soudain, le courroux de Madoc disparut comme la flamme d'une chandelle sur laquelle on aurait soufflé. Les yeux pleins de remords, il tendit les mains vers elle dans un geste de supplication.

— Parce que...

Une expression différente s'inscrivit alors sur son visage, un mélange de surprise et de certitude.

— Parce que je vous aime, *fy rhosyn*.

Elle ferma les yeux. Dire qu'elle avait tant désiré l'entendre prononcer ces mots.

Mais à présent elle avait vu la façon dont il avait attaqué son frère, la rage et la violence explosive dont il était capable. Elle avait été témoin de son humeur sombre et maussade après coup.

Elle ne pourrait plus jamais se sentir en sécurité ici.

— Wimarc prétendait m'aimer aussi, dit-elle d'une voix basse. Et il m'a battue jusqu'à ce que je ne puisse plus bouger.

— Mais il ne pensait pas ces mots, lui! protesta Madoc. J'ai été plus furieux que je ne l'avais jamais été aujourd'hui, et cependant je ne vous ai pas frappée. Je vous le répète, je ne le ferai jamais.

Certes, il n'avait pas levé la main sur elle. Il ne lui avait pas porté de coups, ne l'avait pas jetée à terre, ni fait quoi que ce soit pour la blesser physiquement. Il ne lui avait pas non plus lancé de terribles insultes.

Mais le mal était fait. Après ce qui s'était passé ce jour-là, elle ne pourrait jamais être sûre qu'il ne passerait pas sa colère sur elle, un jour. Qu'il ne sortirait pas de ses gonds et ne la frapperait pas, que ce soit de ses poings ou de ses paroles.

Ce serait comme marcher chaque jour au bord d'un précipice plein de dangers invisibles qui la guettaient.

Elle avait déjà vécu cet enfer avec Wimarc, et elle s'était juré de ne plus jamais le revivre.

— Laissez-moi, Madoc, dit-elle. Je ne peux supporter d'être près de vous en ce moment.

Il la fixa comme si c'était elle qui l'avait frappé.

— Roslynn…

— Ferez-vous ce que je demande, ou non ?

Frappé de plein fouet par ses paroles, il la quitta sans un mot.

Lorsqu'il fut parti, Roslynn se laissa glisser sur le sol de pierre froid et se couvrit le visage de ses mains. Elle savait ce qu'elle devait faire, ce qu'elle s'était juré de faire.

Plus jamais, elle ne vivrait dans la crainte permanente de subir les violences de l'homme dont elle partageait la vie. Plus jamais elle ne redouterait qu'il cède à la brutalité et la frappe, alléguant qu'elle l'y avait poussé. Elle ne vivrait pas constamment anxieuse, constamment effrayée.

Alors, elle devait partir, comme elle n'avait pas eu le courage de le faire la première fois.

Chapitre 17

— Par saint Daffyd, sainte Bridget et tous les saints du pays de Galles, que diable s'est-il passé entre votre épouse et vous ? demanda Lloyd d'un ton échauffé, en tirant son neveu de sa paillasse recouverte d'une couverture dans la grand-salle. Elle quitte Llanpowell !

Madoc donna un coup de pied pour que son oncle lâche sa cheville.

— Nous nous sommes disputés, marmonna-t-il, se mettant debout en chancelant.

Il avait la bouche aussi sèche qu'un tonnelet vide depuis six mois, la tête douloureuse et l'estomac…

Mieux valait ne pas considérer son estomac et la quantité de cervoise qu'il avait avalée en essayant de ne pas penser à Roslynn, à Gwendolyn, à Trefor ou à Owain. Cette seule idée lui donnait la nausée.

— Elle vous quitte, Madoc ! cria presque Lloyd, faisant grogner et remuer les hommes qui dormaient encore autour d'eux. Elle rentre chez elle avec ses parents, c'est ce qu'elle a dit à Bron qui est venue me trouver en larmes parce qu'elle avait trop peur de vous le dire, la pauvre fille.

Cela ne pouvait pas être vrai. Roslynn ne le quitterait

pas. Il l'aimait. Il le lui avait dit, et si elle ne l'aimait pas encore, de son côté, il était sûr de lui plaire. En outre, elle portait son enfant.

— Elle ne peut pas s'en aller.

— Eh bien, c'est ce qu'elle dit, en tout cas. Et *aujourd'hui*, espèce de crétin au tempérament emporté ! *Elle fait ses bagages !*

L'expression de Roslynn lorsqu'elle lui avait dit de partir la nuit dernière et le ton de sa voix revinrent à Madoc avec la force d'un coup.

Ses propres douleurs et contusions oubliées, espérant ardemment que son oncle se trompe, il le laissa et se rendit immédiatement à leur chambre, grimpant l'escalier quatre à quatre comme il l'avait fait lors de sa seconde nuit de noces, courant derrière sa femme.

Il ouvrit la porte et constata avec désarroi que Lloyd avait raison : Roslynn faisait ses bagages.

— Vous vous en allez ?

— Oui. Je retourne à Briston avec mes parents, répondit-elle, aussi calme qu'une nonne tandis qu'elle le regardait avec une détermination qui le désespéra.

— Même si je vous fais des excuses ?

— Vous m'en avez déjà fait, Madoc. Mais combien de fois encore vous emporterez-vous ? Combien de fois encore aurai-je peur que *cette fois*, vous soyez assez hors de vous pour me frapper ?

— Je vous l'ai dit, je ne lèverai jamais la main…

— C'est ce que vous dites, et nul doute que vous le croyez. J'aimerais le croire aussi. Mais je vous ai vu attaquer votre propre frère comme si vous étiez prêt à le tuer de vos mains nues, alors comment puis-je en être certaine ? C'est impossible, hélas, et je ne vivrai pas avec cette incertitude. Plus jamais.

Quel nouveau châtiment était-ce là ? s'écria Madoc en lui-même. N'avait-il pas déjà assez souffert pour ses péchés ? Ne lui avait-il pas donné sa parole qu'elle n'avait rien à craindre avec lui ? Ne lui avait-il pas montré à quel point il tenait à elle ?

Et pourtant ce n'était pas suffisant.

— Vous ne me ferez *jamais* confiance, quoi que je fasse ? demanda-t-il.

Elle se détourna et se remit à ses bagages.

— Non.

Puis elle lui refit face et le chagrin qu'il lut dans ses yeux, bien plus dur à supporter que de la colère, le toucha en plein cœur.

— Ce n'est pas facile pour moi, Madoc. Je tiens beaucoup à vous, bien plus que je ne l'aurais jamais cru possible. Je souhaiterais de tout mon cœur que les choses puissent être différentes. Et vous avoir rencontré avant Wimarc. Mais ce n'est pas le cas.

Elle s'interrompit un instant, avant de reprendre d'une voix triste :

— Peut-être que si vous étiez un homme au tempérament égal, nous pourrions envisager de mener une vie heureuse ensemble. Mais alors vous ne seriez pas Madoc ap Gruffydd. Et je ne suis pas assez sotte pour croire que vous pourriez être différent, même si vous vous y efforciez. En bien ou en mal, vous êtes comme vous êtes, Madoc, et je suis comme je suis.

Il avait sa fierté et il ne la supplierait pas, se dit-il, mais il ne la laisserait pas non plus partir facilement. Pas Roslynn, la femme qu'il aimait. Il s'approcha d'elle lentement, avec précaution, comme il l'avait fait la première fois où il l'avait embrassée.

— Vous prétendez que vous tenez à moi, mais vous me quittez.

— Je tiens à vous, mais je *dois* vous quitter.

Il tendit la main pour caresser sa joue lisse, le contact de sa peau le réchauffant, comme toujours.

— Si vous tenez vraiment à moi, comment pouvez-vous partir ?

— Ne me touchez pas, Madoc, dit-elle en reculant. Plus jamais. Si vous le faites, je pourrais faiblir. Nous pourrions même faire l'amour et, alors, je pourrais décider de rester. Mais très vite, les doutes et la crainte reviendraient et je me détesterais d'avoir faibli. Je serais toujours sur mes gardes, redoutant que vous ne vous mettiez hors de vous et ne me fassiez du mal.

Elle leva la main pour le faire taire avant qu'il ne puisse protester.

— Oui, je sais que vous avez juré de ne pas le faire et que vous le pensez.

Elle alla à lui et prit ses mains dans les siennes, levant les yeux vers son visage ravagé.

— J'ai vécu dans la peur auparavant et je ne vivrai plus jamais ainsi, même avec vous, déclara-t-elle.

Tout comme il ne serait plus jamais capable de se tenir dans une tourbière, craignant d'être enseveli dans la boue. Madoc comprenait sa réaction, même s'il ne l'admettait pas.

— Alors, il n'y a rien que je puisse dire ou faire pour vous amener à rester ?

Elle secoua la tête.

— Non.

Les choses auraient été plus faciles si elle l'avait frappé d'un coup de poignard. Pourtant, il ne voulait pas renoncer. Pas encore.

— Vous portez mon enfant, Roslynn.

Elle alla au lit, prit sa cotte rouge et se mit à la plier.

— Vous pourrez venir le voir dans le domaine de mes parents. Vous y serez le bienvenu. Mon père vous expliquera comment vous y rendre.

Combien de fois pourrait-il le faire ? se demanda-t-il amèrement. Une fois ou deux par an ?

— Selon la loi, ce sera *mon* enfant, Roslynn, pas le vôtre, déclara-t-il calmement.

Elle se tourna lentement vers lui, la cotte pendant de ses mains.

— Vous me prendriez mon enfant ?

— Si vous me prenez pour un monstre, qu'est-ce qui m'en empêcherait ? demanda-t-il, l'amertume, le chagrin et la douleur enflant en lui.

— Rien, murmura-t-elle. Mais je pensais…

— Quoi ?

— Que vous ne vous soucieriez pas de l'endroit où se trouverait votre enfant, à partir du moment où il vivrait et serait bien soigné.

— Pourquoi donc…

Madoc se tut tandis que la réponse le frappait comme le coup de pied d'un destrier.

Owain.

Elle pensait que cela ne lui coûterait pas d'être éloigné de son enfant parce qu'il faisait élever Owain loin de Llanpowell.

Parce qu'elle ignorait la vérité.

Parce qu'il ne pouvait supporter d'en parler, de

révéler la chose terrible qu'il avait faite, la promesse qu'il avait brisée. Pas même maintenant.

Dieu lui vienne en aide. Dieu lui donne la force d'endurer cela. Et de ne pas supplier, car comme elle avait sa détermination, il avait sa fierté.

— Partez, alors, marmonna-t-il en posant la main sur le loquet. Faites-moi prévenir quand le bébé sera né.

— Madoc.

Il hésita, mais ne se retourna pas.

— Avez-vous des idées de prénoms pour notre enfant ? demanda Roslynn, derrière lui.

Il avait envie de gronder comme une bête, de hurler vers le ciel et de s'arracher les cheveux.

— Appelez-le comme vous le jugerez convenable, Roslynn, dit-il en ouvrant la porte et en sortant.

« Et vivez », pria-t-il en silence tandis qu'il descendait lentement l'escalier.

Il sembla à Roslynn qu'à peine quelques secondes s'étaient écoulées entre le moment où Madoc l'avait quittée et celui où elle se retrouva dans la cour, regardant charger ses bagages dans un chariot. Cette fois, cependant, ce n'étaient pas sire Alfred et ses hommes qui attendaient de l'escorter. C'étaient son père et sa mère, laquelle était déjà dans le grand et lourd chariot peint de couleurs vives qui allait les ramener à Briston.

Il ne pleuvait plus, mais le ciel était d'un gris morne et il y avait plusieurs grandes flaques à éviter, aussi devait-elle garder les yeux rivés sur le sol. Cela lui rendait plus facile d'esquiver les regards de ceux qui l'observaient. Comme des vagues lointaines, elle entendait les murmures d'Hywel, qui se trouvait sur le seuil de la cuisine avec Lowri, Rhonwen et d'autres servantes.

Lloyd se tenait à l'entrée de la grand-salle, marmonnant à l'intention de Bron, et plusieurs des soldats et autres serviteurs de Llanpowell les observaient depuis le chemin de ronde, les baraquements, les écuries et autres dépendances, tous chuchotant entre eux.

Juste comme elle atteignait le chariot, Roslynn aperçut du coin de l'œil Ivor debout près de l'armurerie, un sourire narquois et satisfait sur le visage.

Si Madoc avait été là, elle l'aurait pris à l'écart et, quoi qu'il se soit passé entre eux, elle lui aurait parlé sur-le-champ de ses soupçons et du fait qu'il ne fallait pas se fier à l'intendant. Elle lui aurait dit qu'il ne devait pas prendre ce qu'Ivor lui disait pour argent comptant. Qu'il devait vérifier les comptes avec soin et inspecter toutes les livraisons faites par des marchands.

Mais Madoc n'était pas là, et elle ignorait complètement où il était.

Elle songea à parler à Lloyd et écarta cette idée. Il douterait probablement d'elle et elle ne voulait pas essayer de justifier ses soupçons dans la cour, aux yeux de tous. D'ailleurs, elle n'en avait pas le temps.

Néanmoins, elle ne laisserait pas Ivor voler Madoc. Elle écrirait à son époux en arrivant à Briston. Elle s'assurerait que la lettre lui soit remise en mains propres. Elle lui devait bien cela.

Et s'il choisissait de ne pas la croire, au moins elle aurait essayé.

Son père, qui n'avait pas encore enfourché son

cheval, ouvrit la portière du chariot et l'aida à monter. Ce n'était pas un mode de transport particulièrement reposant, mais sa mère avait rendu l'intérieur aussi confortable que possible, avec quantité de coussins, après avoir insisté pour qu'elle ne monte pas à cheval. Roslynn ne se souciait pas assez de la façon dont elle partirait pour protester.

Elle n'avait pas non plus expliqué à ses parents pourquoi elle souhaitait partir avec eux. Et ils n'avaient rien demandé. Peut-être, ayant vu l'attitude revêche de Madoc au banquet, ou du fait de sa farouche confrontation avec son frère, étaient-ils parvenus à leurs propres conclusions. Peut-être sentaient-ils aussi qu'elle était trop bouleversée pour être interrogée, et attendraient-ils qu'elle leur donne une explication d'elle-même.

Son père referma bien la portière et lui décocha un sourire encourageant.

— Quelques jours à passer, et vous serez en sécurité à la maison, dit-il avant de rejoindre son cheval.

La maison. Leur maison, autrefois la sienne.

Elle promena les yeux sur les murailles et les bâtiments de Llanpowell, devenus familiers pour elle. En moins d'un mois, ce château était devenu sa demeure, parce que Madoc s'y trouvait.

Elle se détourna de la fenêtre lorsque son père donna l'ordre du départ et que le lourd véhicule cahotant se mit en branle, tiré par quatre énormes chevaux de trait. Sa mère passa un bras autour d'elle, la réconfortant sans un mot.

— Bon voyage, ma dame ! cria Bron en courant

au chariot et en agitant les bras avec frénésie. Dieu vous bénisse !

— Oh, mère…, murmura Roslynn.

Elle posa la tête sur l'épaule de dame Eloïse, submergée par le chagrin qui s'abattait de nouveau sur elle.

Roslynn s'éveilla en sursaut lorsque le chariot s'arrêta dans une secousse. Elle s'était endormie, même s'il faisait encore jour.

— Mère, qu'est-ce que…

— Chut ! commanda sa mère, de la peur dans les yeux et dans la voix.

Le corps tendu, elle se pencha en avant et écarta le rideau en cuir qui couvrait la fenêtre pour regarder avec précaution à l'extérieur. Roslynn fit immédiatement la même chose de l'autre côté.

Malgré la vue restreinte, elle aperçut un groupe de cavaliers qui se tenaient au milieu de la route, leur barrant le chemin.

Et ils étaient conduits par Trefor ap Gruffydd.

Elle se rabattit prestement en arrière, de crainte qu'il ne l'aperçoive. Trefor n'avait jamais vu ses parents. Peut-être pensait-il simplement voler de riches Normands. Néanmoins, qu'il s'agisse de vol ou d'autres motifs, ils pouvaient être en danger.

— Avez-vous une autre arme que votre couteau de table ? demanda-t-elle doucement à sa mère.

— Non. Et vous ?

Roslynn secoua la tête.

— Nous sommes en sécurité, déclara sa mère, la

bouche pincée par la détermination. Votre père et ses hommes nous protégeront.

A l'instant où elle finissait de parler, une main glissée dans un gantelet écarta le rideau en cuir du côté de Roslynn et le visage de Trefor, si semblable à celui de Madoc à part ses perçants yeux bleus, apparut dans l'ouverture.

— Salutations, mes dames.

Il haussa les sourcils en reconnaissant Roslynn.

— En particulier à vous, dame Roslynn.

Son cheval s'agitait nerveusement sous lui, mais cela ne semblait pas le déranger.

— Puisque vous avez profité de l'hospitalité de mon frère, vous devez venir profiter de la mienne.

Dame Eloïse répondit la première, prenant son air le plus digne.

— Merci pour l'invitation. Cependant, nous préférerions poursuivre notre voyage.

Un sourire fendit le visage de Trefor, une imitation cruelle de celui de Madoc.

— Je suis navré de vous décevoir, mais vous allez rester avec moi quand même.

Roslynn et sa mère répondirent en même temps et avec les mêmes mots, même si elles se référaient à des personnes différentes.

— Mon époux…

Trefor les interrompit d'un rire âpre, qui n'avait rien à voir avec le rire doux et grave de Madoc.

— Vos époux ? L'un se terre dans son domaine comme un crapaud dans un trou, et l'autre sait qu'il n'a pas intérêt à se battre quand ses hommes et lui sont surpassés en nombre à trois pour un.

Il élargit les yeux avec une feinte surprise.

— Vous semblez choquée, dame Roslynn. Pensiez-vous que je n'avais que la troupe que j'ai amenée avec moi le jour du banquet ? Comme si j'irais à Llanpowell avec tous mes hommes !

Il prit une expression sinistre.

— Et comme j'en ai beaucoup plus avec moi maintenant, vous allez m'accompagner à Pontymwr.

— Où vous avez sans doute l'intention de nous rançonner, brigand que vous êtes, l'accusa Roslynn.

Trefor haussa de nouveau les sourcils.

— C'est une idée. Je n'y avais pas pensé.

Roslynn s'efforça de ne pas paniquer.

— Qu'alliez-vous faire, alors ? demanda-t-elle, tandis qu'une réponse sinistre lui venait à l'esprit.

Elle ne serait pas la première femme à être utilisée pour se venger d'un époux.

— Eh bien, organiser une petite visite pour la jeune épousée de mon frère, répondit Trefor avec un sourire aussi froid que la mer du Nord. Et pour ses charmants parents également. A présent, nous ferions mieux de nous mettre en chemin. Les routes peuvent être traîtresses, une fois la nuit tombée.

Il leva la main, cria quelque chose en gallois et le chariot s'ébranla.

Roslynn tendit la main pour prendre celle de sa mère.

— Soyez courageuse, ma fille, dit dame Eloïse, même si son visage était pâle et tiré.

Roslynn parvint à lui adresser un sourire qui se voulait réconfortant.

— Je le serai. Après tout, je suis la fille de dame Eloïse et de sire James de Briston, non ?

*
* *

Roslynn avait supposé que Pontymwr serait comme Llanpowell, en plus petit et peut-être moins bien entretenu.

Elle était loin du compte. Le château, s'il pouvait être appelé ainsi, ne faisait même pas la moitié de celui de Madoc. Il ne comportait qu'une muraille loin d'être aussi haute et, même s'il y avait un chemin de ronde de bois sur le pourtour, il ne comportait pas de tours, pas même près des étroites portes. Une fois à l'intérieur des remparts, il était aisé de voir que le seul bâtiment en pierre était le donjon rond, qui paraissait très ancien.

Au contraire de Llanpowell, la cour n'était pas pavée et elle était pleine de trous boueux. Les quelques bâtiments de bois, dont les écuries, avaient l'air de pouvoir s'effondrer à tout moment.

Malheureusement, il y avait beaucoup d'hommes sur les remparts et dans la cour, indiquant à Roslynn que Trefor devait dépenser la majeure partie des revenus de son domaine, quels qu'ils soient, à employer des soldats. A en juger par leur allure et leurs tenues, c'étaient tous des mercenaires.

La portière du chariot s'ouvrit et Trefor se pencha à l'intérieur.

— Par ici, je vous prie, dit-il en tendant la main à Roslynn, s'attendant visiblement qu'elle la prenne.

Mais elle aurait préféré toucher une sangsue.

Elle l'ignora et saisit le cadre de la portière pour descendre. Sa mère fit de même.

Si leur réaction contraria Trefor, il n'en montra rien

tandis qu'il les guidait sur les marches arrondies qui formaient la base du donjon. Le père de Roslynn les suivit pendant que leurs soldats étaient accompagnés jusqu'à un autre bâtiment croulant, sous l'œil attentif de Rhodri et des autres hommes.

Ils seraient en sûreté, se dit Roslynn pour se rassurer. Même si Trefor souhaitait forcer son frère à se battre, il ne voudrait sûrement pas s'attirer l'inimitié des Normands en tuant un noble normand, sa famille et son escorte.

Le premier étage du donjon, auquel on accédait par l'escalier extérieur, servait de grand-salle. Des toiles d'araignées pendaient aux poutres éraflées et noires de suie qui soutenaient un autre étage au-dessus. Les jonchées graisseuses sentaient la nourriture avariée, cette puanteur se mêlant à une odeur de laine et de chiens mouillés. Roslynn en eut un haut-le-cœur. Une volée de marches à l'aspect branlant conduisait au deuxième étage, le dernier.

D'autres hommes se trouvaient à l'intérieur, se prélassant comme s'ils étaient les égaux de Trefor. Ils jetèrent des regards concupiscents à Roslynn jusqu'à ce que le seigneur de Pontymwr les regarde d'un air sévère et leur ordonne de s'en aller. Ils obéirent lentement, en fronçant les sourcils et en traînant les pieds, et Roslynn respira un peu mieux.

Trefor fit signe à ses prisonniers de s'asseoir sur deux bancs à côté d'une table abîmée au fond de la salle, puis ordonna à une femme négligée d'un âge indéterminé, qui se tenait debout près de la porte, la bouche ouverte, de leur apporter du vin.

— Pas aussi luxueux que Llanpowell, n'est-ce pas?

demanda Trefor en fronçant les sourcils. Néanmoins, c'est mieux qu'une hutte dans les bois… ou une tombe.

Un frisson parcourut le dos de Roslynn à ses dernières paroles.

— Vous mesurez que ce serait un acte de guerre si vous nous tuiez, déclara son père. Le roi John le considérerait certainement comme tel.

Trefor rit, son rire paraissant encore plus dur et plus âpre dans le froid bâtiment de pierre.

— Vous pensez que j'ai peur de John ? rétorqua-t-il. Un Gallois ne pourrait jamais être effrayé par un Normand, en particulier un Normand comme lui. S'il me prend Pontymwr, je me réfugierai aisément ailleurs.

Il désigna d'un signe de tête les murs autour de lui.

— Vous n'avez plus grand-chose à perdre quand ce qui vous revenait de droit par la naissance vous a été volé.

La servante aux jupes déchirées, au corselet taché, ses cheveux bruns sales et emmêlés lâchés sur ses épaules, apparut avec un plateau qui supportait un simple pichet de cuivre et quelques tasses. Elle s'approcha en biais, bouche bée tandis qu'elle regardait les trois Normands avec des yeux ronds.

Trefor lui prit le plateau des mains et parla d'un ton brusque en gallois. Elle fit une courbette et décampa.

— Vous devez excuser Myfanwy, dit-il en posant le plateau au bout du banc et en versant du vin dans quatre chopes. Elle est un peu simplette et elle n'a jamais vu un seigneur normand et sa dame de près.

Il leur tendit les gobelets, que Roslynn et ses parents posèrent à côté d'eux sans y toucher.

Trefor eut un sourire narquois.

— Pas assez bon pour vous, hein ? Eh bien, peut-être pas, en effet, mais c'est le mieux que j'ai.

Il vida sa chope d'un trait, avant de s'essuyer la bouche du revers de la main.

— Messire et ma dame, vous allez monter dans ma chambre, à l'étage au-dessus. Je veux parler seul à seule avec l'épouse de Madoc.

Chapitre 18

Le père de Roslynn se leva pour protester, mais Trefor l'empêcha de parler.

— Je suis chez moi, c'est moi qui donne les ordres, déclara-t-il abruptement. Ou si vous ne voulez pas aller dans ma chambre…

Ses lèvres s'incurvèrent en un sourire mauvais.

— Eh bien, votre fille et moi irons à votre place. Je pensais que vous seriez inquiets si je l'emmenais dans un endroit qui comporte un lit, même s'il est inutile de s'inquiéter à ce sujet. Je suis un homme plus honorable que Madoc.

Roslynn n'en croyait rien.

— Si vous êtes aussi honorable que vous le dites, pourquoi nous avez-vous enlevés ? demanda-t-elle.

— Honorable en ce qui concerne les femmes, du moins, rectifia-t-il. Contrairement à votre époux.

— Que voulez-vous dire ?

Trefor jeta un coup d'œil à ses parents.

— Je vous l'expliquerai quand nous serons seuls, ma dame, ou pas du tout.

Dame Eloïse se leva avec dignité.

— Nous allons faire ce que vous dites. Mais si

vous faites du mal à notre fille, la vengeance de mon époux ne sera rien comparée à la mienne, dit-elle avant de se diriger vers l'escalier.

Sire James la suivit, lançant un regard menaçant par-dessus son épaule.

Lorsqu'ils furent partis, Trefor prit le gobelet de son père et le vida avant de s'asseoir en face de Roslynn.

— Je peux voir d'où vous tenez vos manières, dit-il. Tudieu, votre mère se comporte comme une reine et vous comme une princesse. Peut-être aurais-je dû aider John, moi aussi, comme Madoc. Alors, le roi pourrait me récompenser avec une épouse de qualité.

— Que voulez-vous me dire que vous ne pouviez dire en présence de mes parents ? demanda Roslynn.

Trefor se leva abruptement. Il fit quelques pas, puis se tourna face à elle.

— Je vais vous dire la vérité sur votre époux.

— Vous auriez pu le faire sans les éloigner.

— C'est déjà assez pénible de vous voir me regarder avec vos grands yeux.

— Si je vous dérange à ce point, gardez votre souffle et laissez-nous partir.

— Bon sang, ce que vous êtes froide ! Vous devez glacer mon frère jusqu'à la moelle.

— S'il vous plaît de le penser…, répondit-elle en posant les mains sur son ventre.

Le regard de Trefor alla à ses doigts noués en un geste protecteur.

— Peut-être pas tout le temps, rectifia-t-il.

Elle en avait trop révélé sans le vouloir, se dit Roslynn, comme Madoc avec ses hommes, mais il était trop tard pour le regretter, maintenant.

Trefor l'étudia en penchant la tête de côté.

— Pourquoi l'avez-vous quitté ? Ou bien en avait-il assez de vous et vous a-t-il renvoyée ?

Elle ne répondit pas. Elle ne dirait rien de ce qui s'était passé avec Madoc à cet homme.

— Vous espérez me faire croire que vous êtes juste partie pour une petite escapade avec votre famille, alors que vous êtes mariée depuis un mois à peine ?

— Peu m'importe ce que vous croyez. Et si vous n'avez rien à me dire à propos de mon époux, finalement, laissez-moi au moins être avec mes parents.

— Fort bien, ne me dites pas pourquoi vous l'avez quitté. Cela n'a pas d'importance, de toute façon.

— Combien de temps avez-vous l'intention de nous garder ici ?

— Jusqu'à ce que j'obtienne une rançon, comme vous l'avez si intelligemment suggéré.

— Si les choses sont telles que vous le soupçonnez, et que Madoc m'a renvoyée, vous ne pouvez attendre qu'il paye une rançon pour moi.

— Oui, c'est vrai, réfléchit Trefor en passant une main sur son menton, d'un geste qui rappela plus Lloyd que Madoc à Roslynn.

Etait-ce pour cela qu'elle n'était pas effrayée ? se demanda-t-elle. Pour cela que la panique ne lui étreignait pas le cœur ? Parce qu'il ressemblait tant aux hommes de Llanpowell ?

Quelle qu'en soit la raison, elle n'avait pas peur. Elle était simplement en colère.

— Alors je dirai juste à Madoc que vous avez décidé de rester avec moi, pour notre plaisir mutuel.

Roslynn commença à se lever.

— Espèce de répugnant butor ! Comment osez-vous ?

— Asseyez-vous, ma dame.

Elle n'obéit pas.

— *Asseyez-vous*, ma dame.

— Ou quoi ? Vous m'y forcerez ?

— Oui, je le ferai.

— Ce qui prouve que vous n'êtes que l'enfant gâté et l'individu puéril que Madoc a dit que vous étiez.

— Voilà qui est fameux, venant de lui ! Mais il n'est pas surprenant que vous le croyiez, s'il vous a dit un tas de mensonges sur moi.

— Vous n'êtes pas venu ivre à votre mariage, après avoir passé la nuit avec une ribaude, en vous en vantant ?

Trefor rougit.

— J'étais ivre et je me suis conduit comme un sot, mais Madoc en a profité pour prendre la femme que j'aimais et les terres et le château qui auraient dû être à moi, comme il l'avait toujours voulu.

— Et qu'en est-il de Gwendolyn, que vous disiez aimer ? demanda Roslynn. Etait-elle censée croire à votre amour, après la façon dont vous l'aviez humiliée ?

Les yeux de Madoc auraient étincelé de colère ; le regard de Trefor devint aussi froid que de la neige sur une rivière gelée.

— Si elle m'avait aimé comme elle le disait, elle n'aurait jamais épousé Madoc. Elle m'aurait pardonné.

— Comme vous avez pardonné à votre frère ? rétorqua-t-elle.

Il fronça les sourcils.

— Vous ne connaissez que sa version des choses, ma dame, pas la mienne.

— Fort bien, dit Roslynn en se rasseyant. Je vais écouter votre version.

Il hésita un instant, puis se laissa tomber sur le banc en face d'elle.

— Madoc vous a-t-il dit pourquoi je me suis soûlé ? A-t-il expliqué pourquoi je suis allé avec cette ribaude, à vous ou à quelqu'un d'autre ?

Il souffla.

— Non, il ne l'a pas fait, reprit-il, répondant à sa propre question, bien qu'il sache pourquoi. J'ai bu plus que de raison parce que, la veille de mon mariage, j'ai vu le *si honorable* Madoc embrasser Gwendolyn — et elle lui rendre ses baisers. Je suis allé avec une autre femme par dépit, parce qu'ils m'avaient trahi tous les deux. Pourquoi n'aurais-je pas couché avec une ribaude, après ce qu'ils avaient fait ? Le jour du mariage, ivre de boisson et de douleur, je suis venu dans la grand-salle pour accuser mon frère et révéler leur duplicité à tous les gens rassemblés pour la cérémonie. Je n'ai pas été capable de le faire, finalement, mais je m'en suis pris à Madoc, à mots couverts. Et il savait de quoi je parlais.

Il sourit à Roslynn avec une froide satisfaction.

— Mon honorable frère a passé cela sous silence, n'est-ce pas, ma dame ? Il ne l'a pas dit à notre père non plus, ni à quelqu'un d'autre, si bien que toute la disgrâce est retombée sur moi. De cette façon, il a eu Gwendolyn, et notre père m'a déshérité.

— Si ce que vous dites est vrai, déclara lentement Roslynn, ne voulant pas prendre ce qu'il disait pour argent comptant, et si Gwendolyn vous a trahi également, peut-être était-il aussi bien que vous ne l'épousiez pas. Mais vous auriez pu vous confronter à eux quand vous les avez surpris. Ou sinon, vous auriez pu aller trouver votre père vous-même, pour lui relater l'incident, et annuler le mariage. Vous auriez pu vous conduire honorablement et garder au moins Llanpowell.

Trefor souffla de nouveau avec dérision.

— Vous ne comprenez pas, n'est-ce pas ? *J'aimais* Gwendolyn, et j'aimais aussi mon frère. Alors, quand je les ai vus et que j'ai compris qu'ils m'avaient trahi, je n'ai pas été capable de *réfléchir*. Ils m'avaient brisé le cœur, comme ils avaient brisé ma confiance.

Il la regarda d'un air dédaigneux.

— J'oublie que les Normands ne comprennent rien à l'amour.

— Je comprends plus que vous ne pouvez l'imaginer, rétorqua Roslynn, commençant à éprouver un peu de sympathie pour lui, malgré ce qu'il avait fait. Je comprends en particulier que l'on puisse faire des erreurs au nom de l'amour. J'en ai fait moi-même, j'ai commis de terribles erreurs qui ont affecté ma famille parce que j'étais amoureuse, ou croyais l'être. Mais c'est moi qui en ai payé le prix le plus lourd. Je n'ai pas essayé d'apaiser ma fierté blessée en faisant du mal à quelqu'un d'autre. C'est pourquoi j'ai fait ce que John commandait et suis venue ici pour épouser votre frère, sans protester. Je voulais épargner à ma famille davantage de tracas et de honte. Mais vous, vous vous conduisez comme un enfant, volant les moutons de votre frère.

Le regard de Trefor se fit glacial.

— Il a menti à ce sujet aussi. Je n'ai rien fait d'autre

que de chercher justice et réparation. C'est lui qui m'a volé le premier et comme j'ai peu de moutons, je lui en ai repris un nombre égal. C'est tout ce que j'ai fait. Si ce n'est pas la vérité, pourquoi n'a-t-il pas fait appel à la justice de son bon ami, le roi John ?

— Parce qu'il ne veut pas être responsable de votre mort si vous êtes convaincu de vol, répondit Roslynn, se demandant quelle était la vérité, en réalité.

Elle ne pouvait croire que Madoc puisse être aussi mesquin et vindicatif, aussi cupide et ambitieux. Il avait un caractère emporté, il éprouvait certainement de la colère envers son frère, mais il n'était pas un voleur, elle en était sûre.

Pourtant, elle commençait aussi à croire que l'amer ressentiment de Trefor était en partie justifié.

Peut-être la vérité se trouvait-elle entre les deux, pensa-t-elle, cachée sous des malentendus et des sentiments blessés.

— Si ce que vous dites est vrai, pourquoi n'avez-vous pas accusé votre frère devant un tribunal, vous non plus ?

— Parce que Madoc possède Llanpowell et qu'il est plus puissant que moi. Sa parole aurait certainement plus de poids que la mienne.

Roslynn avait vu assez de rois et de cours pour se rendre compte que Trefor pouvait avoir de bonnes raisons de penser ainsi.

— Et le bélier noir ? demanda-t-elle. Madoc vous a-t-il volé et tué un bélier ?

— Il m'a volé bien plus le jour de mon mariage, rétorqua Trefor. Il m'a volé la femme que j'aimais.

Il se leva et mit Roslynn debout, la froideur de ses yeux remplacée par la chaleur d'un désir coléreux.

— Par Dieu, je devrais le faire souffrir autant que j'ai souffert à cause de lui.

La panique envahit Roslynn à l'idée de ce qu'il pourrait faire, mais elle s'évanouit rapidement, dominée par la certitude que même si Madoc n'était pas là, il pouvait encore la protéger.

— Que pensez-vous que Madoc vous fera si vous agissez ainsi ? rétorqua-t-elle.

— Cela vaudrait peut-être la peine de le découvrir, grommela Trefor en l'attirant à lui.

Pas question !

C'étaient la colère et la fierté qui l'habitaient maintenant. Elle était dame Roslynn de Llanpowell, et elle se battrait pour protéger son honneur.

Elle attrapa l'épée de Trefor et la tira de son fourreau d'un geste si preste qu'il ne se rendit compte de ce qu'elle avait fait que lorsqu'elle pointa la lame sur sa poitrine.

— Si vous me touchez, je vous tuerai ! prévint-elle. Laissez-nous partir, ou par tous les saints du ciel, je vous passerai par le fer !

Même si Trefor écartait les bras en un geste de reddition, il ne paraissait pas effrayé. Il paraissait... plein de respect et d'admiration.

— Je n'en doute pas, dit-il, mais vous semblez penser que je devrais avoir peur de mourir. Or il se trouve que non, puisque Gwendolyn est partie avant moi.

Il commença à abaisser ses bras.

— Et je n'ai aucune difficulté à vous laisser partir, étant donné que je n'ai jamais projeté de vous garder, vous, vos parents ou vos hommes, ni de vous faire de mal. Je ne suis pas un assassin. Je ne me suis même pas attaqué à vous par dessein. J'allais vers le sud pour une autre affaire. Vous rencontrer a juste été une coïncidence et c'est seulement pour agacer Madoc que je vous ai amenés ici quand j'ai compris qui vous étiez. Je me rends compte à présent que c'était une erreur.

— Oui, c'en était une, dit Roslynn en tenant toujours la lourde épée pointée sur lui.

— Je vous donne ma parole, qui a autant de prix pour moi que celle de Madoc en a pour lui, que vous et votre escorte serez en sûreté ici, déclara Trefor. Vous êtes mes hôtes et demain vous serez libres de partir, sains et saufs, comme j'en ai toujours eu l'intention. Il fait trop sombre pour voyager maintenant. Et je promets que je ne vous toucherai plus jamais.

Ses bras tombèrent sur ses côtés.

— Mais lorsque Madoc apprendra ce que j'ai fait, je suppose que mes jours seront comptés.

Elle abaissa enfin l'épée.

— Si je lui dis ce que vous avez fait, il pourrait bien vouloir vous tuer, en effet.

Les yeux étonnants de Trefor s'élargirent.

— Vous pourriez ne pas le lui dire ?

— Je le *devrais*, répondit-elle. Hormis que, dans ce cas, Madoc et ses hommes attaqueraient sûrement Pontymwr et que des gens innocents risqueraient de mourir. Quoi qu'il se soit passé entre vous deux et Gwendolyn, c'est une piètre raison pour que d'autres hommes perdent la vie.

Trefor secoua lentement la tête.

— Par Dieu, Madoc est vraiment un sot s'il vous a renvoyée. Si vous étiez mon épouse…

Roslynn battit des cils tandis que l'image de Trefor vacillait devant elle. Et les murs en pierre du donjon se mirent à vaciller aussi. L'épée devint soudain trop lourde pour qu'elle la tienne, et elle tomba de ses mains tandis que Roslynn plongeait dans les ténèbres.

Posté sur les remparts extérieurs, Madoc fixait la route qui menait à Llanpowell avec stupéfaction. Un soldat portant la bannière de sire James de Briston était en tête d'un cortège qui venait vers le château, suivi par le chariot qui avait emporté Roslynn loin de lui. La colonne n'avançait pas vite, ce qui indiquait qu'ils n'avaient pas dû être attaqués en route ou se retrouver en danger, alors que pouvait signifier ce retour à part que Roslynn avait décidé de revenir auprès de lui ?

— Ouvrez les portes ! cria-t-il en courant à une échelle qui se trouvait non loin de là et en la descendant précipitamment.

Il fonça vers les portes et s'arrêta en trébuchant, s'avisant tout à coup de quoi il devait avoir l'air aux yeux de ses gardes — le seigneur de Llanpowell excité comme un jouvenceau parce que son épouse avait changé d'avis.

Peu lui importait ce que Roslynn pouvait penser de son enthousiasme, mais il devait considérer sa garnison et ses serviteurs, les parents de sa femme et les hommes de leur escorte. Mieux vaudrait pour sa fierté qu'il accueille formellement son épouse et sa famille dans la cour, et qu'il garde sa joie et son soulagement pour le moment où Roslynn et lui se retrouveraient seuls.

Résolu à se montrer plus digne, il repartit vers les portes intérieures à une allure plus posée, en rajustant sa tunique tandis qu'il marchait.

Apparemment, la nouvelle du retour de Roslynn était déjà parvenue à la maison le temps qu'il arrive dans la cour, car son oncle Lloyd attendait déjà, sautant d'un pied sur l'autre comme un jeune garçon impatient.

— C'est vrai, n'est-ce pas ? lança-t-il lorsqu'il aperçut Madoc. Elle revient. Je savais que ce n'était qu'un petit éclat de colère, mais je ne pensais pas qu'elle changerait d'avis aussi vite. Un peu obstinée, je me disais, mais regardez, elle arrive !

— Oui, elle arrive, répondit Madoc en essayant de paraître calme, et en se demandant s'il dupait quiconque.

Il n'avait pas dormi de la nuit, repassant mentalement en revue toutes les choses qu'il avait dites et faites de travers, encore et encore, et pas seulement celles qui concernaient Roslynn.

— Vous n'allez pas vous montrer buté de votre côté, n'est-ce pas ? demanda anxieusement son oncle, en lui jetant un coup d'œil méfiant. Elle a eu le temps de se calmer, de réfléchir et de revenir à ses sens. Vous devriez vous montrer gracieux, généreux, et revenir aux vôtres.

Inquiet que Roslynn puisse toujours être contrariée par ce qui s'était passé, Madoc décida d'avertir son oncle que tout n'allait peut-être pas encore tout à fait bien entre eux, même s'il était prêt à faire tout ce qu'il pourrait pour y arriver.

— Vous ne savez pas à propos de quoi nous nous sommes disputés, dit-il.

Lloyd s'empourpra.

— Eh bien non, je ne le sais pas, mais ce n'est pas sérieux au point que vous ne puissiez pas arranger les choses, n'est-ce pas ? Regardez, Madoc, elle revient à vous. Pour une femme aussi fière qu'elle, ce n'est pas une petite concession.

Rassuré par ces paroles, Madoc se permit un petit sourire.

— Oui. Et donc, bien sûr, je vais me montrer magnanime et l'accueillir à bras ouverts.

Et l'emmener dans leur chambre, la serrer contre lui, la dévêtir…

Ivor surgit alors précipitamment des écuries.

— Qu'est-ce que j'entends ? demanda-t-il en rejoignant Madoc et Lloyd. Est-il vrai que dame Roslynn et ses parents reviennent ?

— Oui. Ils doivent déjà être dans la cour extérieure, répondit Lloyd en jubilant. Qu'est-ce que je vous disais ? Une petite querelle d'amoureux, rien de plus.

Cela avait été plus sérieux, mais si c'était ce que son oncle et les autres croyaient, Madoc n'allait pas leur ôter leurs illusions. Ivor, cependant, était plus perspicace, et plus sceptique.

— J'espérais naturellement que cette brèche pourrait être comblée, dit-il lentement, même si, je le confesse, je pensais que cela prendrait plus longtemps. Dame Roslynn m'a toujours paru être une jeune femme assez entêtée et pleine de défi.

— Elle l'est, et il n'est donc pas étonnant que nous nous soyons disputés. Je m'attends que nous

nous querellions encore, répondit Madoc, même s'il souhaitait de tout son cœur que cela ne se reproduise pas. Néanmoins, comme elle est mon épouse, je suis sûr que je peux compter sur vous pour la traiter avec tout le respect qui lui est dû, même quand nous ne sommes pas d'accord.

— Elle a mon respect, bien sûr, déclara Ivor, mais j'espère aussi qu'elle ne va pas être l'une de ces épouses qui courent se réfugier chez leurs parents chaque fois qu'elles se disputent avec leur époux.

Madoc n'écoutait déjà plus. Sire James venait d'entrer à cheval dans la cour et le chariot cahotait derrière lui.

Il avait l'intention de rester où il était, comme si Roslynn et ses parents étaient des visiteurs de rang comme les autres. Il ne voulait pas se comporter en amoureux éperdu. Néanmoins, en dépit de son désir d'apparaître sous le jour d'un noble calme et réservé, les aspirations de son cœur le poussèrent à marcher vers le chariot aussi vite qu'il le put sans se mettre à courir.

— Messire James, bon retour à Llanpowell, dit-il, parvenant au moins à garder une voix posée, et ce malgré l'expression tendue du Normand qui semblait penser que sa fille faisait une erreur en revenant chez lui.

— Ce n'a pas été mon choix, déclara platement le père de Roslynn. Votre frère nous a arrêtés sur la route au sud d'ici et nous a forcés à l'accompagner à sa forteresse, puis…

— Où est Roslynn ? demanda Madoc alors qu'une peur comme il n'en avait jamais éprouvé s'emparait de lui.

Si son frère lui avait fait du mal, s'il n'avait fait que la toucher...

— Je suis là, Madoc, répondit-elle faiblement de l'intérieur du chariot.

En deux enjambées, il rejoignit le véhicule et ouvrit la portière.

Roslynn était appuyée contre sa mère. Elle paraissait pâle et épuisée, et une autre pensée vint à Madoc, sinistre et terrible.

Si Trefor l'avait déshonorée, il mourrait avant la fin de la journée.

— Je vais bien, Madoc, dit-elle en se levant pour sortir du chariot, avant que sa mère ne la retienne.

— Vous ne devriez pas marcher, déclara dame Eloïse à sa fille.

Puis elle s'adressa à Madoc, et ses paroles lui firent l'effet d'un nœud coulant se refermant autour de son cœur.

— Elle saigne. Aidez-moi à la porter jusqu'à un lit.

Chapitre 19

Plus terrifié que s'il faisait face à cent adversaires, Madoc se pencha à l'intérieur du chariot et souleva Roslynn dans ses bras. Elle ne résista pas. Son acceptation silencieuse et son air apathique lui donnèrent envie de pleurer de désarroi. Elle lui rappelait trop Gwendolyn sur la fin, saignant, épuisée et mourante.

— Doucement, doucement, recommanda inutilement dame Eloïse alors qu'il ressortait du chariot.

Roslynn se blottit contre lui tandis qu'il la portait jusqu'à la grand-salle, suivi de ses parents et d'oncle Lloyd, inhabituellement silencieux.

— Lloyd, occupez-vous des hommes de sire James. Et je veux plus de gardes, partout, ordonna Madoc tout en priant en lui-même que Roslynn et l'enfant aillent bien.

Une fois dans la grand-salle, il cria à Bron d'apporter des linges propres et de l'eau chaude dans la chambre, et à Lowri d'aller chercher des braises pour le réchaud. Il demanda à Rhonwen du pain et du vin aux épices, et envoya une autre servante chercher la sage-femme.

Malgré ces ordres, le temps qu'il arrive à leur lit une troupe de serviteurs anxieux s'agglutinait derrière lui.

Il déposa Roslynn avec précaution sur le matelas de plumes et regarda son visage bien-aimé, si pâle, prêt à s'excuser pour les actions de son frère, les siennes, celles du roi, prêt à tout pour soulager sa douleur.

— Roslynn-fy-rhosyn, je…

— Laissez-nous, l'interrompit sa mère, prenant les choses en main comme si elle était chez elle. Ma fille a besoin de se reposer.

Sa fierté émoussée par ses craintes pour la santé de Roslynn et par l'autorité de dame Eloïse, Madoc ne discuta pas.

— Je vous enverrai la sage-femme dès qu'elle arrivera, dit-il.

Tandis que les femmes s'attroupaient autour du lit comme une volée d'oiseaux inquiets, il quitta lentement la chambre, le pas lourd.

Lloyd se précipita vers lui dès qu'il entra dans la grand-salle.

— Inutile d'être aussi abattu, mon neveu, lui assura-t-il d'un ton excité, en gallois. Son père dit que ce n'est pas suffisant pour menacer sa vie ou celle du bébé.

Madoc s'avisa alors qu'il ne voyait pas le noble normand.

— Où est sire James ?

— Il s'occupe de ses chevaux, aux écuries, répondit Lloyd. Il m'a dit que Trefor a fait appeler un médecin et une sage-femme lorsque Roslynn s'est évanouie de nouveau et que dame Eloïse lui a appris que sa fille était enceinte. Tous deux ont assuré qu'elle n'avait pas perdu l'enfant et qu'il y avait tout espoir qu'ils aillent bien.

La surprise de Madoc que son frère se soit donné ce mal fut rapidement remplacée par une fureur croissante.

— Il est bon qu'il ait pris ces précautions, car si quelque chose était arrivé à Roslynn pendant qu'elle se trouvait à Pontymwr, je l'aurais attaqué avec toutes les forces que j'aurais pu réunir et je l'aurais tué moi-même.

Il marqua une pause.

— Et il a encore à répondre de l'avoir enlevée, ajouta-t-il, très sérieux.

Trefor était allé beaucoup trop loin, cette fois. Roslynn était bien plus précieuse pour lui que ses moutons, ou même que sa propre vie.

— Oui, je suppose que vous avez raison, marmonna Lloyd en caressant pensivement sa barbe.

— Vous *supposez* ? se récria Madoc. Ce qu'il a fait est criminel et j'ai l'intention de le faire payer.

— Mais elle est revenue saine et sauve, sans que du mal lui ait été fait. Et Trefor reste votre frère.

— Vous le défendez, maintenant ? demanda Madoc, incrédule, en mettant les mains sur ses hanches.

— Eh bien, il est vrai qu'il a commis une mauvaise action, Madoc. Plus d'une, s'empressa-t-il d'ajouter en voyant l'expression de son neveu. Mais il aurait pu la laisser partir sans faire la dépense d'un médecin et d'une sage-femme.

Madoc se moquait bien des frais engagés par son frère.

— Et il y a plus, continua son oncle. Votre frère et ses hommes les ont escortés tout le long jusqu'ici, et Trefor a envoyé une avant-garde pour s'assurer que la route était libre et combler les ornières. Il n'était pas non plus obligé de faire cela, Madoc.

— Il n'avait pas à l'emmener à Pontymwr, pour commencer, rétorqua Madoc, pas du tout enclin à reconnaître des mobiles généreux à son frère.

Si quoi que ce soit était arrivé à Roslynn à cause de l'acte vindicatif de Trefor, il pensait ce qu'il avait dit : il l'aurait pourchassé et tué.

— C'est bon, n'en parlons plus, reprit Lloyd. Le médecin a dit que même si le bébé et elle ne sont pas en danger pour le moment, un long voyage n'est pas envisageable. Les cahots du chariot ou les secousses d'une chevauchée ne seraient pas bons. Il a déclaré qu'elle pouvait rentrer à Llanpowell, mais que cela devait être le seul trajet qu'elle ferait jusqu'à la naissance du bébé.

Il regarda Madoc, qui gardait un air renfrogné.

— Vous comprenez ce que je dis, jeune sot à la tête chaude ? Elle ne peut pas partir maintenant. Elle devra rester à Llanpowell jusqu'à la naissance.

Ainsi, il aurait plus de temps pour arranger les choses entre eux, se dit Madoc. Mais si la perte de leur enfant était le prix à payer pour leur réconciliation ?

Madoc arpentait l'estrade de long en large. Son oncle somnolait sur sa chaise et sire James buvait une décoction à l'odeur atroce qui était censée guérir sa toux, quand dame Eloïse descendit leur dire que Roslynn dormait paisiblement et qu'il ne fallait pas la déranger.

Madoc hocha la tête, et lui offrit ainsi qu'à son

époux l'hospitalité de sa grand-salle avant d'aller trouver Ivor.

Lorsque Madoc arriva devant le cabinet de travail d'Ivor, ce dernier n'était pas à l'intérieur. Il se trouvait probablement à l'armurerie où il passait une grande partie de son temps.

Alors que Madoc traversait la cour pour s'y rendre, Ivor tourna le coin des écuries et se hâta aussitôt vers lui.

— Par tous les saints, Madoc, est-ce vrai ? s'exclama-t-il en désignant le chariot qui se trouvait toujours près des portes, même si les chevaux de sire James avaient été dételés et rentrés. Votre épouse et ses parents ont été emmenés de force à Pontymwr, mais Trefor les a laissés partir et ils sont revenus ici parce que dame Roslynn ne va pas bien ?

— Oui.

Ivor prit une inspiration sifflante.

— Dieu nous garde, Madoc. Je suis désolé.

— J'ai besoin de vous parler. En privé.

L'intendant hocha la tête et ils se rendirent ensemble à son cabinet de travail, ne disant pas un mot tandis qu'ils traversaient la cuisine. Hywel et les autres serviteurs s'arrêtèrent dans leurs tâches pour les regarder avec curiosité, jusqu'à ce qu'Ivor ouvre la porte avec sa clé.

Alors, le cuisinier sursauta comme s'il était tiré de sa torpeur.

— Que faites-vous ? cria-t-il à son personnel. Nous avons un repas à préparer et des hôtes sont de retour, par-dessus le marché !

Ses aides se remirent aussitôt au travail.

Ayant ouvert la porte, Ivor se mit de côté pour laisser

passer Madoc, puis le suivit à l'intérieur et poussa le verrou. Il s'empressa de frotter un silex et d'allumer l'épaisse chandelle posée sur la table.

— Pensez-vous que nous avons un espion à Llanpowell ? demanda Madoc sans préambule, debout au milieu de la pièce.

— Un espion ? répéta Ivor d'un ton méfiant.

— Oui. Est-il possible que quelqu'un du château fournisse des informations à Trefor ? Sur les va-et-vient de nos visiteurs, sur les endroits où se trouveront mes patrouilles ?

L'intendant se ressaisit vivement.

— Non, je ne le pense pas, affirma-t-il. Votre garnison et vos serviteurs vous sont loyaux, Madoc. Je gagerais ma vie dessus.

Madoc l'aurait fait aussi, jusqu'à ce jour-là.

— Vous êtes certain qu'il n'y a pas un serviteur cupide, un soldat mécontent ou quelqu'un d'autre qui soit prêt à vendre ces informations ?

— Oui, répondit Ivor, même s'il paraissait un peu moins sûr de lui. Ecoutez, Madoc. Même si quelqu'un était tenté d'agir ainsi, il mesurerait ce que vous lui feriez s'il était pris. Et comment Trefor pourrait-il se permettre de débourser la somme nécessaire pour faire prendre un tel risque à un homme ? Les revenus de Pontymwr lui suffisent à peine à engager et à nourrir ses mercenaires, alors soudoyer quelqu'un…

C'était exact et cela réconforta quelque peu Madoc, même s'il remarqua que son intendant paraissait toujours soucieux.

— Si vous soupçonnez quelqu'un d'une telle activité, même si vous n'avez pas de preuves, prévenez-moi, dit-il.

— Bien sûr, acquiesça Ivor.

Il hésita un instant, puis regarda Madoc avec une expression interrogatrice.

— Ne pensez-vous pas que cette histoire est assez étrange ?

— Je ne me serais jamais attendu que Trefor fasse quelque chose d'aussi hardi, alors qu'ils avaient une escorte de soldats normands, répondit Madoc.

— Cela aussi, agréa Ivor. Mais il semble étonnamment généreux de sa part de faire quérir un médecin et une sage-femme qu'il peut mal se payer.

— Nul doute qu'il redoutait les conséquences si quelque chose était arrivé à ma femme, et à juste titre.

L'intendant prit une expression compatissante.

— Peut-être avait-il une autre raison, et je ne parle pas d'amabilité. Et peut-être avait-elle une raison aussi d'aller à Pontymwr.

Madoc fronça les sourcils, déconcerté.

— Quelle sorte de raison ? Elle a été enlevée, emmenée de force, contre son gré.

— Vraiment ?

— Bien sûr ! rétorqua Madoc, offusqué par ce que son intendant insinuait. Vous pensez que Roslynn ou ses parents me mentiraient à ce sujet ? Qu'elle aurait eu un sinistre motif de vouloir rencontrer mon frère ? Et si c'était le cas, ce que je ne crois pas un instant, pourquoi seraient-ils revenus ici ?

— Parce qu'elle est tombée malade et ne pouvait pas aller plus loin, et que votre château est plus confortable. Mais peut-être que cela sert les intérêts de

John de vous garder montés l'un contre l'autre, et que ce prétendu enlèvement avait pour but d'enflammer votre querelle. Peut-être n'a-t-elle été envoyée là-bas que pour causer des troubles, ou peut-être avait-elle quelque chose à dire à Trefor.

L'intendant marqua une pause pour laisser ses paroles pénétrer l'esprit de Madoc.

— Que savons-nous *réellement* d'elle, Madoc ? insista-t-il. Même maintenant, à quel point connaissez-vous vraiment votre épouse ?

Madoc croisa les bras.

— Je refuse de croire que Roslynn soit de mèche avec mon frère, ou qu'elle participe à quelque mission secrète pour le roi.

Pas sa Roslynn. Pas la femme qui avait été si chaude et si aimante, si passionnée et si déterminée à être une châtelaine exemplaire.

L'expression d'Ivor s'adoucit de sympathie.

— Je ne dis pas qu'elle trahirait votre confiance avec plaisir ou même simplement de son plein gré, Madoc. Mais qui sait ce qu'elle a été obligée d'accepter de faire pour le roi afin de ne pas être accusée de trahison et condamnée avec son époux ? Ou afin de montrer sa gratitude ?

Son regard vacilla.

— Même si j'hésite à le dire, je ne suis pas le seul à Llanpowell à me demander... Eh bien, sans mettre votre virilité en doute, Madoc, elle s'est rapidement retrouvée enceinte, non ?

Non. Il ne croirait pas cela non plus, se dit Madoc, outré.

— Gwendolyn a très vite conçu, elle aussi, fit-il

remarquer, la voix aussi dure que du fer, sa colère s'échauffant.

— Nul ne doute que vous êtes le père d'Owain, mais Gwendolyn n'était pas une Normande venant de la cour de John, insinua Ivor, perfide.

Ce fut comme si le cœur de Madoc se changeait en pierre, jusqu'à ce qu'il se rappelle l'affirmation fervente de Roslynn que l'enfant était le sien.

Non, il ne croirait pas qu'elle lui avait menti, qu'elle avait pu le regarder dans les yeux et lui parler d'un air si sincère tout en lui mentant.

— Je n'accuserai pas mon épouse d'adultère, déclara-t-il fermement, en contenant son courroux. Je suis certain que l'enfant qu'elle porte est le mien, et c'est ce que vous devriez dire à quiconque prétend autre chose.

Il pensa à une autre preuve de son innocence.

— Et je ne pense pas non plus qu'elle soit coupable d'une trahison avec Trefor, bien que cela puisse être le cas de quelqu'un d'autre. Mon frère savait déjà où seraient mes patrouilles avant que Roslynn n'arrive à Llanpowell.

— Fort bien, Madoc, dit Ivor en s'adossant à la table. Néanmoins, tout comme vous ne pensez pas qu'elle vous a trahi, je ne mets pas en doute la loyauté de vos serviteurs ou de votre garnison. Il se peut que Trefor ait réussi à voler vos moutons par chance, alors que vos patrouilles étaient ailleurs, ou parce que ses hommes surveillent la frontière de votre domaine.

Il s'interrompit un instant.

— Mais si vous êtes certain que votre épouse n'est pas allée de son plein gré chez Trefor…

— Je le suis.

— Alors, le temps est sûrement venu d'arrêter les agissements de votre frère.

— Oui, agréa Madoc d'un air sombre. Le temps est venu.

— Etes-vous devenu fou ? protesta Ioan quand Madoc alla aux baraquements pour informer ses hommes de son plan. Vous devez nous prendre avec vous. Vous ne pouvez pas vous rendre à Pontymwr tout seul. Vous serez tué.

L'expression sinistre de Madoc ne changea pas, pas plus que sa décision.

Si Trefor n'avait pas laissé partir Roslynn, ses parents et leur escorte, s'il n'avait pas fait quérir un médecin et une sage-femme pour s'occuper d'elle, si quelque chose de sérieux était arrivé à son épouse ou à sa famille, il aurait aussitôt rassemblé ses hommes et attaqué Pontymwr sans pitié ni remords. Il aurait vraiment abattu son frère de sa propre main.

Mais comme Trefor les avait tous renvoyés sains et saufs, il lui donnerait un dernier avertissement, lui accorderait une dernière chance de faire la paix et de mettre fin à cette querelle.

— J'irai avec un drapeau blanc, dit-il.

Il toucha le linge qu'il avait pris dans la cuisine en la traversant après avoir quitté Ivor.

— Je ne pense pas que Trefor — aussi peu honorable soit-il — serait capable de profaner cette demande de trêve.

— Et si vous vous trompez ? demanda Hugh-au-grand-bec. Que se passera-t-il ?

— Alors, je mourrai, répondit Madoc. Mais pas sans me défendre. Je ne suis pas sûr de l'honneur de mon frère au point de ne pas prendre une dague dans ma ceinture.

— Mais, Madoc…, commença Ioan.

— Je suis le seigneur de Llanpowell, le coupa Madoc, et c'est moi qui donne les ordres ici. J'irai seul à Pontymwr et aucun d'entre vous ne doit me suivre. Est-ce clair ?

Ioan et les autres acquiescèrent avec réticence.

— Que dirons-nous à votre épouse si vous ne revenez pas ? demanda doucement Hugh.

— Que je souhaite qu'elle aille bien et que j'ai confiance qu'elle élèvera un bel enfant.

Chapitre 20

Le soleil était bas dans le ciel lorsque Madoc approcha du grossier rempart de pierre qui entourait la forteresse de son frère. Dix hommes de Trefor le suivaient, du premier qui lui avait lancé un défi alors qu'il chevauchait sur la route boueuse et caillouteuse menant à Pontymwr, jusqu'au dernier qui s'était joint à la troupe quelques yards auparavant.

Que ce soit à cause du drapeau blanc, du fait qu'il n'était apparemment pas armé ou parce qu'il était le frère de Trefor, Madoc n'en était pas sûr, mais en tout cas il n'avait pas été attaqué.

Il ne reconnaissait aucun des hommes qui avançaient derrière lui et ne pensait même pas qu'ils soient gallois. Visiblement, Trefor engageait des mercenaires sans se soucier de savoir d'où ils venaient, et Madoc n'avait aucune idée de la façon dont il les payait. Pontymwr n'était pas un grand domaine et ne devait pas rapporter beaucoup de revenus, même si son frère aurait pu en obtenir davantage en passant moins de temps à voler des moutons et à entretenir ses rancœurs.

Il passa devant une chaumine, guère plus qu'une hutte en réalité, sur la porte de laquelle se tenait une femme silencieuse. Les quelques poulets décharnés qui se trouvaient dans la cour grattaient en silence la terre pour trouver de la nourriture.

Contrairement à Llanpowell, il n'y avait quasiment pas de bois, seulement des arbres tordus et disséminés, des genêts, des fougères et des tourbières, et Madoc dut combattre la terreur que l'odeur de terre molle et boueuse éveillait toujours en lui.

Quant à la forteresse, elle méritait à peine de porter ce nom.

Il atteignit les portes percées dans l'unique muraille extérieure et elles s'ouvrirent avant même qu'il n'annonce son arrivée. Par l'ouverture, il aperçut Trefor qui se tenait au milieu de la cour, guère plus grande que la grand-salle de Llanpowell, les mains sur les hanches et la mine renfrognée.

Presque au même moment, la pluie se mit à tomber. Madoc ne tressaillit pas tandis qu'il pénétrait à cheval dans la forteresse de son frère, pas même lorsqu'il démonta et que les portes se refermèrent derrière lui avec un bruit menaçant.

— Qu'est-ce que tu veux ? demanda Trefor, détournant l'attention de Madoc des bâtiments en mauvais état qu'il inspectait avec curiosité.

Outre le donjon en pierre rond et très ancien, il y avait quelques autres constructions de bois pourrissant qui paraissaient calées les unes contre les autres et réparées au hasard.

Madoc regarda son frère qui avait causé tant de problèmes et de douleur depuis six ans. Il lutta pour contrôler sa rage, afin de faire ce qu'il était venu faire et s'en aller, pour ne plus jamais revoir Trefor.

— Je suis venu te remercier de m'avoir renvoyé mon épouse et ses parents.

Trefor plissa les paupières.

— Elle va bien ?

— Assez bien.

La pluie se mit à tomber plus fort et Trefor s'essuya le visage d'une main avant de marmonner avec réticence, comme la courtoisie le voulait :

— Tu es le bienvenu dans ma grand-salle.

S'il n'avait pas commencé à pleuvoir, Madoc serait resté où il était et aurait laissé entendre à tous ceux de Pontymwr ce qu'il avait à dire. Mais vu les circonstances, et parce que son frère pourrait penser qu'il était effrayé s'il refusait, il inclina la tête et suivit Trefor dans le donjon lugubre et enfumé. Les croisées n'étaient que de simples meurtrières, et il n'y avait pas d'ouverture pour laisser sortir la fumée des réchauds qui ne suffisaient pas à réchauffer la salle glaciale.

A l'intérieur se trouvaient d'autres hommes aux visages rudes qui se mirent debout lorsqu'ils entrèrent, la main sur le pommeau de leur épée, de la suspicion et de la haine dans les yeux. Il y avait également quelques femmes à l'aspect de souillons qui décampèrent, y compris une jeune femme qui avait des cheveux de la couleur de ceux de Gwendolyn. Peut-être Trefor avait-il trouvé en elle une consolation pour la perte de sa promise, pensa-t-il.

Trefor fronça les sourcils tandis qu'il se laissait tomber sur un banc éraflé, près du plus grand réchaud, et faisait sèchement signe à Madoc de prendre place sur un autre banc abîmé en face de lui.

Madoc ne s'assit pas, et la mine de Trefor s'assombrit encore.

— Ce n'est pas aussi beau et propre que ta grand-salle, sans doute, mais je n'ai pas une jolie épouse normande pour mener ma maison, dit-il d'un ton acerbe. Je n'ai pas d'épouse du tout, grâce à toi.

— Ce n'est pas ma faute, répondit Madoc, et je ne suis pas venu pour rappeler le passé ou t'écouter te lamenter. Je suis venu te dire que c'est une bonne chose qu'aucun mal n'ait été causé à mon épouse du fait de tes actions, sinon je t'aurais tué. Si tu reviens sur mes terres une fois de plus, Trefor, si toi ou l'un de tes hommes remettez un pied dans mon domaine, nous vous combattrons. C'est seulement parce que tu as fait quérir un médecin et une sage-femme pour Roslynn que je te donne cet avertissement, au lieu d'attaquer Pontymwr sur-le-champ avec tous mes hommes.

Madoc ignora les grommellements de ceux qui les entouraient et le bruit des épées qu'ils dégainaient. Il regarda la lèvre supérieure de Trefor se relever avec dédain.

— Quoi, tu viens me déclarer la guerre ouverte ? lança son frère. Je te croyais plus susceptible de courir te plaindre au roi normand. Tu es le laquais de John, après tout.

Madoc dut faire appel à tout son contrôle pour ne pas se jeter sur lui et l'expédier à terre, comme il l'avait fait auparavant.

— Je ne suis le laquais de personne. Je suis le seigneur de Llanpowell.

— Tu es mon petit frère, répondit Trefor, les jointures de ses doigts blanchissant tandis qu'il agrippait le bord du banc, comme s'il était sur le point de se jeter lui-même sur Madoc. Mon petit frère jaloux et envieux. Bouche marmonnante, qui m'a rendu toute l'attention que je lui ai portée, toutes les leçons que je lui ai données, en volant ce qui était à moi. Tu as eu Gwendolyn, tu as eu Llanpowell, tu as même eu un fils avec elle, par Dieu ! Et maintenant tu as une nouvelle épouse pour t'en donner d'autres, pendant que je n'ai que cette pile pourrie de débris et quelques moutons puants !

— Je n'ai rien pris qui était réellement à toi, rétorqua Madoc. Tu as perdu Gwendolyn par tes propres actions et ton domaine à cause de ce que tu as fait. Je n'ai pas joué de rôle là-dedans.

Trefor se leva abruptement. Madoc resta ferme, et ils se retrouvèrent nez à nez.

— J'aimais Gwendolyn, et toi tu ne l'as jamais aimée ! accusa Trefor, son attitude habituellement froide remplacée par une fureur égale à celle de Madoc. Tu la voulais simplement parce qu'elle était mienne !

Il leva le poing. Madoc se raidit, les pieds écartés, attendant le coup tout en tâtonnant vers sa dague pour se défendre.

C'était ainsi que Roslynn avait dû attendre maintes fois, pensa-t-il, craignant la fureur d'un homme cruel, plus fort et plus grand qu'elle. Pas étonnant, alors, qu'elle ait peur de lui lorsqu'il était en colère. Pas étonnant non plus qu'elle soit incapable de l'aimer.

Trefor ne cogna pas. Il abaissa lentement son poing et secoua la tête.

— Je ne vais pas te frapper, Bouche marmonnante.

Contrairement à toi, je peux contrôler ma colère. Et je ne vais pas rendre ta jolie épouse veuve pour la deuxième fois, alors qu'elle est enceinte. Tu devrais la remercier de t'avoir sauvé la vie, quand tu rentreras chez toi. Maintenant, sors de ma forteresse, quitte mes terres et ne reviens plus jamais.

Madoc prit une grande inspiration hachée, tout en se forçant à réprimer sa colère.

— Et toi, reste à l'écart de mon domaine, ou bien meurs.

Il ne pouvait y avoir de réconciliation entre eux, se dit Madoc, et il n'en voulait pas, finalement. Ni maintenant, ni jamais. Trefor était trop hargneux.

— Traite bien ton épouse, Bouche marmonnante, sinon un jour elle reviendra peut-être à Pontymwr pour retrouver le meilleur de nous deux, lâcha Trefor d'un ton sarcastique, tandis que Madoc passait entre les hommes qui s'écartaient devant lui.

Il s'arrêta sur le seuil.

— Toi, tu n'as ni épouse ni fils pour porter ton nom, lança-t-il durement.

Puis il sortit, laissant son frère seul et amer dans sa forteresse sale et pleine de courants d'air.

— Il est allé seul à Pontymwr ? murmura Roslynn, regardant son père avec horreur.

Dire qu'elle avait été si heureuse et si soulagée d'être de retour à Llanpowell, surtout quand Madoc l'avait prise dans ses bras. Et maintenant, elle se réveillait pour découvrir la folie qu'il avait commise.

— C'est ce que l'homme nommé Ioan m'a dit,

confirma son père. A ce que j'ai compris, votre époux s'est montré inflexible et a refusé une escorte.

— Peut-être les choses ne sont-elles pas aussi graves entre Madoc et son frère que vous le pensez, suggéra dame Eloïse.

Elle se trouvait aussi dans la chambre de Roslynn, assise sur le tabouret près du lit.

— Son frère nous a bien traités et a fait tout ce qu'il a pu pour vous quand vous vous êtes évanouie, poursuivit-elle. Peut-être Madoc est-il allé le remercier.

Roslynn aurait aimé le croire, mais connaissant la nature impétueuse de Madoc, elle en était incapable.

— Depuis combien de temps est-il…, commença-t-elle.

— Assez longtemps pour être revenu, annonça Madoc lui-même, de la porte.

Dieu merci ! Elle aurait pu se pâmer de nouveau, de soulagement, en le voyant se tenir sain et sauf devant elle.

— Je présume que dame Roslynn se sent mieux ? demanda-t-il.

Il parlait d'une façon si froide, si formelle, comme si elle était n'importe quelle visiteuse tombée malade chez lui ! Et le pire de tout, c'était qu'elle ne pouvait dire ce qu'il éprouvait. Elle avait toujours été capable de déchiffrer ses émotions, mais là, c'était comme s'il parlait à travers un voile épais dissimulant ce qu'il pensait.

A quoi pouvait-elle s'attendre après l'avoir quitté ? pensa-t-elle, affligée.

— Beaucoup mieux, répondit-elle.

— Bien. J'aimerais vous parler en privé, Roslynn.

Toujours si froid, si distant. Qu'était-il advenu de son tempérament fougueux ? Comment était-il devenu en si peu de temps si sévère, si réservé ?

N'était-ce pas ce qu'elle souhaitait ? la taquina sa conscience. Une attitude calme, des manières dénuées de colère… mais apparemment de toute autre émotion, aussi.

Elle acquiesça d'un signe de tête et ses parents s'en allèrent aussitôt, tandis que Madoc venait se poster au pied du lit telle une effigie sombre et silencieuse.

— Vous êtes allé voir Trefor, dit-elle, décidant de parler la première s'il ne le faisait pas.

— Pour le prévenir que si ses hommes ou lui remettent le pied sur mes terres, il le regrettera. Car la prochaine fois, j'agirai.

Elle percevait sa ferme résolution, entendait la détermination inflexible de sa voix grave, et elle sut que la menace était authentique. Pour finir, Trefor l'avait poussé trop loin.

Mais même si son frère lui avait causé du tort plus d'une fois, pour quelque raison que ce soit, elle détestait penser qu'elle porterait une part de responsabilité si des hommes de Llanpowell mouraient dans une telle attaque, en particulier Madoc.

— Nous avons été bien traités, comme des hôtes, dit-elle. Nous tous, notre escorte comprise.

— S'il en avait été autrement, mon frère serait déjà mort et ses hommes avec lui. Mais je ne suis pas venu parler de Trefor, déclara Madoc. A ce que j'ai compris, voyager pourrait être mauvais pour vous et l'enfant, et vous devez rester à Llanpowell.

Il ne le lui demandait pas, il le constatait froidement.

Serrant les draps dans ses mains comme s'ils étaient une corde qui la tirerait du puits profond de son désespoir, Roslynn décida qu'elle ne perdrait pas cette occasion de lui parler de son frère, pour essayer de faire sortir un peu de bien de la ruine de leur mariage.

— Trefor dit qu'il a pris vos moutons seulement parce que vous l'avez volé le premier et que, comme vous, il ne cherche qu'une juste réparation.

Madoc croisa ses bras puissants.

— C'est un mensonge, ou une autre des excuses dont il se sert pour se défendre. Il appelle aussi mon mariage avec Gwendolyn un vol et le fait que j'aie hérité de Llanpowell une spoliation.

Roslynn bougea pour se redresser dans le lit.

— Ne se peut-il pas que vous ayez été tous les deux volés par quelqu'un d'autre ? suggéra-t-elle. Ne se peut-il pas que quelqu'un se serve de votre querelle pour dissimuler ses méfaits ? Vous vous êtes contentés de vous accuser mutuellement au lieu de chercher un autre coupable possible.

— Personne d'autre que Trefor n'oserait voler ce qui appartient à Llanpowell, affirma Madoc.

— Ne voulez-vous pas au moins considérer la possibilité que Trefor soit innocent et qu'un tiers soit à blâmer ?

De la colère brilla dans les yeux de Madoc, mais cette fois Roslynn fut heureuse de la voir. Mieux valait le Madoc qu'elle connaissait que ce froid étranger.

— Trefor ment, il essaie seulement de créer plus de problèmes entre nous, répondit-il. Et il y réussit, si vous faites passer sa parole avant la mienne.

— Ce n'est pas ce que je fais, mais vu ce qu'il

dit, je serais encline à croire qu'il y a une troisième personne en jeu, qui tire parti de votre querelle.

Elle s'empressa de continuer avant que son époux ne sorte en trombe de la chambre, comme il semblait sur le point de le faire.

— Trefor m'a dit autre chose : que la veille de son mariage avec Gwendolyn, il vous a vu en train de l'embrasser.

Le visage de Madoc s'empourpra et son corps se raidit.

— Voilà la preuve qu'il n'est qu'un scélérat et un menteur ! Je n'ai jamais embrassé Gwendolyn avant que le prêtre n'ait béni notre union.

Une idée soudaine vint à Roslynn.

— Avez-vous embrassé *quelqu'un* ce jour-là ?

— Non, sinon je…

Il s'interrompit et parut soudain pétrifié.

— Par tous les saints, murmura-t-il avec la voix d'un fantôme dans un sépulcre, ses bras retombant sur ses côtés. Il y a bien eu une femme. Elle se nommait Haldis. C'était la cousine de Gwendolyn.

Il chercha le tabouret à tâtons et s'assit, l'air abasourdi.

— Trefor a cru qu'il s'agissait de Gwendolyn ?

— Il déclare aussi qu'il avait l'intention de vous dire ce qu'il avait vu quand il est arrivé à son mariage.

— Par Dieu, non, il ne l'a pas fait !

Madoc se releva brusquement et la regarda d'un air incrédule.

— Il ne cessait de dire qu'il savait ce que j'avais fait. Et pour autant que je le sache, je n'avais rien fait de mal ! Je ne pensais même plus à ce qui s'était passé la veille. Ce n'étaient que quelques baisers dans l'ombre, parce que j'étais jeune et un peu ivre, qu'Haldis ressemblait à Gwendolyn et qu'elle m'a laissé faire. Trefor aurait dû savoir que je ne le trahirais jamais de cette façon-là, *jamais!* Comment a-t-il pu seulement le *penser*?

— Parce que vous aimiez Gwendolyn. Vous me l'avez dit vous-même et il devait le savoir, aussi. Vous n'êtes pas très bon pour cacher vos sentiments, Madoc.

Il était trop ouvert, trop honnête. Les autres voyaient ce qu'il ressentait, en bien ou en mal.

— Il aurait dû savoir que sur mon honneur je ne l'aurais pas touchée, pas alors qu'il l'aimait et qu'ils allaient se marier, protesta Madoc comme si elle était son juge. Et Gwendolyn ne l'aurait jamais trahi non plus. Elle l'aimait trop.

— Pourtant, elle vous a épousé très rapidement.

— Oui, parce que…

Il s'éloigna, puis revint avec une expression de rage et d'angoisse mêlées.

— Parce qu'il l'avait couverte de honte, ainsi que nos familles. Si seulement il nous avait fait confiance, ou s'il avait exprimé clairement ses soupçons, j'aurais pu lui dire qu'il se trompait. Dieu nous assiste tous, j'aurais pu le prouver : Bron aurait pu témoigner pour moi, et mon oncle Lloyd aussi. Il m'a vu avec Haldis et s'est mis à nous taquiner, disant que nous serions les prochains à être mariés. C'est à ce moment-là que je l'ai quittée pour aller me coucher.

Roslynn le contempla un moment, l'air grave.

— Maintenant que vous connaissez la vérité, ne pouvez-vous trouver dans votre cœur la force de lui pardonner?

A son désarroi, l'expression de Madoc devint aussi dure que du silex, aussi inflexible que du fer.

— Non. Il a détruit le bonheur de Gwendolyn et beaucoup du mien, il a causé du chagrin et de la disgrâce à nos parents, tout cela parce qu'il s'est trompé et nous a crus capable d'un tel déshonneur.

— Oui, il a commis une erreur ce soir-là et en a eu le cœur brisé, dit posément Roslynn. Mais vous en avez commis une aussi en prenant aussi rapidement sa place…

— Quoi ? s'écria-t-il avec colère. Vous me blâmeriez encore ?

— N'auriez-vous pas pu attendre au moins un jour ? Pouvez-vous me jurer sur la vie de votre fils qu'il n'y avait pas de rivalité entre vous, pas d'ambition, que vous n'avez jamais vu une chance de tirer profit de la situation ?

— Non ! Je l'ai fait pour Gwendolyn, pour mes parents et pour l'alliance entre nos deux familles. Uniquement.

— *Et parce que vous l'aimiez*, insista-t-elle, déterminée à lui faire voir que si Trefor avait des torts, il en avait aussi. Parce que vous la convoitiez et que Trefor lui-même vous avait donné la chance de l'avoir.

— Entendu, je la convoitais, répliqua-t-il. Je pensais qu'elle était la créature la plus jolie et la plus douce que Dieu avait jamais créée. Cela vous fait-il plaisir de l'entendre ? Je la voulais et je l'ai épousée, et je l'ai regretté à l'instant où les vœux ont été échangés.

Les bras raides, il fixa Roslynn d'un regard dur.

— Je sais que votre première nuit de noces a été atroce. Maintenant, je vais vous parler de la mienne.

Il désigna un endroit à côté d'elle.

— Elle est restée là à sangloter toute la nuit, et chaque nuit qui a suivi, parce qu'elle regrettait de m'avoir épousé et qu'elle aimait toujours Trefor. Elle ne m'a jamais aimé et ne m'aurait jamais aimé. Et puis elle est morte… avec *son nom* sur les lèvres.

Il reprit sa respiration.

— Alors ne me demandez pas de pardonner à Trefor, parce que je ne le peux pas et ne le ferai pas. Peu m'importent quelles erreurs il a faites, d'autres ont payé pour lui, et Gwendolyn est morte.

Madoc croisa les bras et la regarda avec un mépris qui lui brisa le cœur.

— Est-ce pour cela qu'il vous a enlevée, pour faire de vous son avocate ? Ou y avait-il une autre main là-dedans, une main royale ?

Roslynn réprima ses larmes, car elle ne voulait pas qu'il la voie pleurer.

— Je ne suis l'avocate de personne, déclara-t-elle avec froideur pour contrebalancer sa colère incandescente. Et que voulez-vous dire par une main royale ? Suspectez-vous que John m'a envoyée à votre frère, qu'il voulait que je lui parle ? Pourquoi, alors qu'il m'a envoyée à vous pour être votre épouse ?

— Pour causer des dissensions entre nous, pour nous pousser à nous attaquer l'un l'autre jusqu'à ce que nous soyons détruits tous les deux, dit Madoc en reculant. Pour faire de vous notre Hélène de Troie.

— Non, il m'a envoyée pour être votre récompense, ainsi que sire Alfred l'a dit. Je ne savais même pas que vous aviez un frère avant mon arrivée.

Le regard fulminant de Madoc vacilla un instant.

— Pensez-vous que je mens ? demanda-t-elle.

— Non, répondit-il brusquement en se dirigeant vers la porte.

Avant qu'il ne puisse l'ouvrir, sire James fit irruption dans la chambre, suivi de sa femme.

— Je me moque que vous soyez ou non son époux, vous êtes resté ici assez longtemps. Ma fille doit se reposer, le médecin l'a dit.

— Eh bien, qu'elle se repose, dit Madoc en s'inclinant avec raideur. Vous êtes tous les deux les bienvenus ici jusqu'à ce que Roslynn puisse voyager ou que le bébé soit né.

— Je dois rentrer dans mon propre domaine, répondit sire James. Toutefois, mon épouse restera jusqu'à la naissance.

— Comme vous voudrez.

Madoc jeta un coup d'œil à Roslynn, le regard indéchiffrable.

— Dans l'intérêt de votre santé, ma dame, je pense qu'il vaudrait mieux que nous dormions séparés, dorénavant.

Le cœur brisé, ses espoirs anéantis, elle ne vit pas de raison de protester.

— Oui, je pense aussi que ce serait mieux pour nous deux, agréa-t-elle.

Chapitre 21

— Ah, vous voilà, dit Lloyd à Madoc quelques semaines plus tard, lorsqu'il trouva finalement Madoc sur l'aire de tannage, en aval du château.

Son neveu se tenait près des cuves de chaux dans lesquelles les peaux de vache étaient immergées jusqu'à ce que les poils se détachent et que la graisse devienne blanche et facilement visible. La puanteur était assez forte pour mettre les larmes aux yeux de Lloyd, même si celle des fosses de purin qui se trouvaient un peu plus loin était encore pire.

Toutefois, l'odeur ne semblait pas déranger Madoc. Rien ne semblait le toucher, ces temps-ci. Malgré le retour de sa femme et sa bonne santé depuis les premiers jours inquiétants de sa grossesse, c'était comme s'il n'était qu'à moitié vivant. Pourtant, cette période aurait dû être heureuse pour tout le monde à Llanpowell. Trefor avait cessé de voler ; les prix de la laine, des peaux de mouton et du cuir étaient élevés ; et il y aurait bientôt un autre héritier à Llanpowell.

— Nous aurons plein de laine et de parchemin cette année, pas vrai ? observa Lloyd en regardant son neveu avec méfiance, et en essayant de comprendre une fois de plus ce qui se passait dans son cœur.

Au bout d'un moment, n'obtenant pas de réponse, il reprit :

— Ivor dit que nous aurons du beau cuir souple pour les justaucorps. Vous en aimeriez peut-être pour des gants ? Ou une nouvelle ceinture pour votre épouse ?

Madoc soupira. Il soupirait beaucoup ces temps-ci.

— Vous vouliez quelque chose, mon oncle ?

— Non, rien de particulier, répondit le vieil homme en promenant les yeux autour de lui. Je pensais juste venir voir ce que vous faisiez. Nous aurons de bons revenus cette année, n'est-ce pas ? Nous n'aurons pas à nous inquiéter d'avoir faim l'hiver venu.

— Oui.

Son neveu se mit à marcher vers le tas d'écorces de chêne et de saule que l'on utilisait pour le tannage, et Lloyd trotta derrière lui.

— Alors c'est pour mars, donc, aux dires de la sage-femme. Une époque bien occupée de l'année pour une naissance, je dirais.

Madoc ne répondit pas. Il regarda dans la cuve de tannage, qui contenait plusieurs couches de peaux et les produits nécessaires.

— Dame Roslynn semble aller bien, grâce au ciel, continua le vieux Gallois. Et être en forme pour diriger la maison, avec l'aide de sa mère, bien sûr. J'aime bien dame Eloïse. Elle ne se mêle pas de ce qui ne la regarde pas et ne prend pas des airs hautains. Parfois, elle me rappelle votre mère.

Madoc se redressa.

— Je sais que vous détestez venir sur l'aire de

tannage, mon oncle, alors je présume que vous avez quelque chose d'important à me dire. Eh bien ?

Lloyd décocha à son neveu un froncement de sourcils dépité.

— Je ne supporte pas de vous voir malheureux, c'est tout, et votre épouse non plus. Quel que soit le sujet de votre querelle avant qu'elle s'en aille, vous avez sûrement eu le temps depuis de vous calmer et de vous réconcilier. Ecoutez, elle est revenue et elle vit sous votre toit…

— Je ne discuterai pas de mon mariage, mon oncle. Ni avec vous, ni avec Ivor, ni avec quiconque, trancha Madoc.

Pas même si la tension entre lui et Roslynn était presque palpable, pensa-t-il, et alourdissait l'atmosphère du château.

— Si vous êtes encore fâchés, que se passera-t-il quand le bébé arrivera ? demanda Lloyd.

— Roslynn rentrera chez elle avec ses parents et emmènera l'enfant.

Il avait passé de nombreuses heures solitaires à penser à l'avenir, qui avait naguère paru si brillant et plein de promesses. Depuis le retour de Roslynn, il s'étendait devant lui, vide, morne et sombre.

Il préférerait qu'elle retourne chez ses parents et qu'elle emmène leur enfant avec elle plutôt que de la voir rester ici. Si elle restait, son désir d'être avec elle le conduirait sûrement au désespoir, à la rage et peut-être même à la folie.

Le visage de son oncle se défit.

— Vous ne pouvez pas penser cela. Quoi, je me disais en vous voyant travailler à ce berceau…

— Le bébé aura besoin d'un berceau. Il n'y a rien de plus là-dedans.

— Alors, pourquoi ne l'avez-vous pas fait fabriquer par le charpentier ? C'est ce que vous auriez fait si vous n'aviez pas de sentiments, aussi cessez de tourner autour du pot avec moi, Madoc ap Gruffydd. Vous l'aimez. Je le sais, Ivor le sait, tout le monde à Llanpowell le sait. Et elle tient à vous, aussi, en dépit de votre maudite querelle. Je le vois dans ses yeux quand elle vous regarde à votre insu. Pourquoi ne pouvez-vous pas vous excuser ou trouver le moyen de vous réconcilier avec elle ?

Madoc se tourna vers le vieil homme. Quand il répondit, sa voix était sourde mais ferme, son expression sombrement résolue.

— J'ai dit que je ne discuterais pas de mon mariage avec vous, ni avec n'importe qui. Si vous n'avez rien d'autre à dire, mon oncle, retournez à la grand-salle et à votre *braggot*. Nous en avons en quantité, d'après Ivor.

Lloyd rougit et parla comme quelqu'un qui, dégoûté, se lave les mains d'un problème.

— Fort bien, Madoc, je m'en vais. Mais c'est bien dommage, et je ne dirai pas autre chose. Nous avions tous nourri tellement d'espoirs pour vous, et maintenant… Enfin. C'est une pitié que vous soyez trop fier et trop entêté pour faire la paix avec votre épouse.

Madoc suivit des yeux son oncle qui s'éloignait d'un pas obstiné, marmonnant dans sa barbe. Il y avait tant de choses que Lloyd ignorait ou ne comprenait pas, pensa-t-il, et ne comprendrait jamais.

***

Par une grise journée de février, Roslynn se rassit sur sa chaise et tendit la main pour prendre son aiguille, grimaçant lorsqu'elle se pencha trop en avant. Elle posa une main sur son ventre rebondi.

— Cet enfant est certainement fort ! dit-elle à sa mère quand le bébé lui donna un coup de pied.

Dame Eloïse tenait généralement compagnie à sa fille, ces temps-ci. Roslynn ne voyait Madoc qu'aux repas, où il se montrait poli mais distant. Les premiers jours de bonheur de leur mariage lui semblaient à présent un rêve inaccessible.

— C'est bien, dit sa mère en souriant tandis qu'elle rangeait un autre coupon de tissu qu'elle avait acheté pour le bébé.

Roslynn avait essayé de lui dire qu'elles avaient déjà plus qu'assez pour habiller l'enfant pendant un an, mais chaque fois que dame Eloïse allait au marché, elle trouvait un autre morceau d'étoffe ou de galon qui lui semblait absolument nécessaire.

— La sage-femme dit qu'il y en a encore pour un mois, au moins, déclara Roslynn dans un soupir.

— Les premiers bébés arrivent tard, en général, même si vous êtes arrivée en avance.

Roslynn frissonna. Alors que le moment de la naissance approchait, elle avait de plus en plus de mal à ne pas s'inquiéter au sujet de l'accouchement, aussi changea-t-elle de sujet.

— Combien de paniers de poissons avez-vous comptés ?

Sa mère lui avait dit qu'elle avait vu la poissonnière apporter une livraison dans la cuisine.

— Dix, répondit dame Eloïse.

— Voulez-vous ajouter cette livraison à la liste, ou dois-je le faire ?

— Je vais le faire, déclara sa mère en allant chercher la feuille de parchemin sur laquelle elles inscrivaient les marchandises qui arrivaient, lorsqu'elles les voyaient.

Malgré sa brouille avec Madoc, Roslynn n'avait pas l'intention de laisser l'intendant le duper, même si parfois des marchandises étaient livrées lorsqu'elles étaient occupées ailleurs, ou si elles ne se rendaient compte qu'un peu tard qu'un marchand était arrivé. En dépit de ces manquements, il y avait déjà plus de vingt-cinq livraisons qui ne correspondaient pas au montant inscrit par Ivor sur sa liste de paiements, dans le cabinet de travail. Roslynn s'était arrangée pour le vérifier.

Elle avait pensé avertir Madoc au bout de cinq différences, mais cela ne lui avait pas paru suffisant pour prouver que son homme de confiance le trompait.

Elle avait de nouveau envisagé de le mettre au courant à dix mais alors, ils approchaient de Noël et elle avait décidé d'attendre que les festivités soient passées. Non pas qu'il y ait eu beaucoup de réjouissances à Llanpowell cette année, et certainement pas autant que d'habitude, suspectait-elle. Tout le monde avait paru anxieux et d'humeur plutôt morne, même Lloyd. Les problèmes qu'ils rencontraient dans leur couple semblaient déteindre sur la vie du château.

Son père avait envoyé un petit coffre de bois qui était à elle quand elle était enfant, ainsi qu'un hochet de bois plein de haricots secs. Roslynn avait cousu pour Madoc une nouvelle tunique avec la laine du bélier noir ; elle lui irait sûrement mieux que celle avec laquelle il s'était marié, mais il ne l'avait pas encore portée ni même essayée, elle l'aurait parié.

Le matin de Noël, elle avait trouvé près de leur lit un berceau en chêne joliment sculpté que Madoc avait fabriqué lui-même, lui avait dit Lloyd à la messe, plus tard. Elle aurait voulu remercier son époux, mais il avait été absent la majeure partie de la journée, même si l'air était glacial et s'il avait neigé. Lorsqu'il était rentré, le festin avait déjà commencé et elle n'avait pas eu l'occasion de lui parler en privé.

— Je pense que nous avons assez d'informations pour parler à Madoc de nos soupçons, dit Roslynn en écartant de son esprit ces souvenirs pénibles. Je ne pourrai pas faire beaucoup d'autres visites au cabinet de travail d'Ivor pour vérifier les comptes. Je passe à peine par la porte, maintenant.

— Et vous ne devriez pas vous promener partout, ajouta sa mère.

Bien que Roslynn n'ait plus saigné ni été souffrante depuis son retour à Llanpowell, dame Eloïse lui recommandait constamment la prudence. Elle avait écouté les conseils de sa mère et accepté son aide aussi souvent que possible pour diriger la maison. Par chance, peut-être parce que la mère de Madoc était normande, dame Eloïse était appréciée et respectée et les choses s'étaient bien passées, même avec Ivor.

Roslynn ignora une autre crispation de son ventre. Son bébé était très actif et de tels mouvements n'étaient pas inhabituels.

— Voulez-vous demander à Madoc de venir ici ? demanda-t-elle à sa mère.

— Bien sûr.

La bouche de dame Eloïse s'abaissa aux commissures, comme toujours lorsqu'elle était soucieuse.

— Je serai heureuse de rester avec vous.

— Merci, mais ce sera pénible à entendre pour lui, aussi je pense qu'il vaudrait mieux que nous soyons seuls.

Il pourrait se mettre en colère, toutefois elle ne pensait pas qu'il lui ferait du mal alors qu'elle était enceinte jusqu'aux yeux. S'il était capable de lui en faire, pour commencer.

Heureusement, bien qu'elle n'ait jamais dit exactement à ses parents pourquoi son époux et elle ne partageaient plus la même chambre, sa mère ne protesta pas. Néanmoins, Roslynn était certaine qu'elle ne serait pas loin. Elle resterait à proximité, pour le cas où sa fille jugerait nécessaire de l'appeler.

Quand sa mère fut partie, Roslynn prit le petit vêtement auquel elle travaillait.

Ces temps-ci, la chambre montrait peu de signes qu'un homme l'avait un jour partagée avec elle. Le coffre de Madoc avait disparu avant son retour de Pontymwr, et elle ne s'était jamais aventurée à demander où il était et où dormait son époux. Comme son père était rentré à Briston, elle dormait avec sa mère dans le grand lit, garni des draps et des couvertures de dame Eloïse. Sur la table de toilette se trouvaient quelques-uns de ses rubans et de ses épingles à cheveux, mais aussi des aiguilles, du fil et des morceaux de galon destinés aux habits qu'elle cousait pour le bébé.

Madoc frappa un coup sec à la porte avant d'entrer. Comme toujours, il sembla emplir la pièce de sa présence, mais aussi, comme toujours depuis qu'elle était revenue de Pontymwr, un mur de pierre paraissait les séparer.

L'expression indéchiffrable, il vint vers elle et prit la petite robe, l'examinant au faible soleil d'hiver.

— C'est tout petit.

Roslynn croisa les mains sur son ventre.

— Je suis sûre que ce sera assez grand.

Il posa le vêtement et haussa un sourcil interrogateur.

— Votre mère m'a dit que vous vouliez me parler.

Roslynn inspira profondément. Ceci n'allait pas être facile, même si elle était sûre d'avoir raison à propos d'Ivor et avait les preuves pour l'affirmer.

— J'ai une mauvaise nouvelle, déclara-t-elle sans préambule. Ivor vous vole, Madoc. Sans doute depuis longtemps. Il feint de payer pour plus de marchandises que vous ne recevez et garde la différence.

Elle tendit la liste que sa mère et elle avaient établie au cours des derniers mois.

— Ce sont les occasions dont nous sommes certaines, quand ma mère ou moi avons pu voir les marchandises déchargées et les compter. Ensuite, j'ai comparé le nombre que nous avions inscrit à celui enregistré par Ivor et aux sommes qu'il disait avoir payées. Comme vous pouvez le voir, les différences sont nombreuses.

Madoc prit la liste et parcourut des yeux les colonnes de marchandises et de chiffres.

— Je sais que vous le tenez pour votre ami et que vous lui faites confiance, mais il vous dupe, insista Roslynn. En vous dupant, cet homme vole aussi notre enfant sur son futur héritage, ou sur sa dot si c'est une fille.

— Ivor ne me volerait pas, dit Madoc à voix basse, en fixant toujours la liste. Pas Ivor.

— Vous avez la preuve entre vos mains. Il y a trop de différences pour que ce soient de simples erreurs. C'est un procédé qu'il a peaufiné au fil des mois. Il fait probablement cela depuis des années.

Madoc leva les yeux et lui tendit la main.

— Que vous disiez vrai ou non, je vais m'en occuper sur-le-champ. Et puisque vous l'accusez, je pense que vous devriez venir avec moi.

Roslynn n'avait pas prévu cela ; néanmoins, elle n'avait pas peur de se confronter à l'intendant, parce qu'elle avait raison et le savait.

Elle prit la main de Madoc et la serra fort pour se mettre debout. C'était la première fois qu'ils se touchaient depuis qu'il l'avait portée dans cette chambre à son retour de Pontymwr, et comme auparavant, comme toujours, le contact de sa chair contre la sienne la réchauffa et la transporta.

Et l'emplit aussi de regret.

Allant lentement pour la ménager, Madoc la guida dans l'escalier qui descendait à la grand-salle, en passant devant sa mère qui attendait. Madoc ne dit rien à dame Eloïse, et Roslynn secoua légèrement la tête pour l'empêcher de poser des questions.

Lloyd, assis près de l'estrade, se leva avec entrain lorsqu'il les vit.

— Eh bien, les voilà qui se donnent la main ! commença-t-il d'un ton excité, pour se taire quand Madoc lui décocha un regard de censure.

« Pauvre homme », pensa Roslynn, ayant pitié de lui pour ses espoirs gâchés. Il ne pourrait y avoir d'heureuses retrouvailles pour Madoc et elle, ni maintenant ni jamais, surtout après qu'elle lui avait démontré qu'un homme à qui il se fiait comme à un frère l'avait trahi et volé. Même si elle n'en était pas responsable, une partie de la colère et du désarroi de Madoc s'attacherait toujours à elle, parce qu'elle était celle qui lui avait révélé les manigances d'Ivor.

Ils entrèrent dans la cuisine où, comme d'habitude, le cuisinier et les servantes s'activaient. Ils interrompirent leurs tâches pour les regarder fixement.

— Ivor est-il dans son cabinet de travail ? demanda Madoc, sa voix résonnant dans le silence.

— Oui, sire, répondit Hywel.

Avec un signe de tête, Madoc et Roslynn se rendirent dans la pièce adjacente, laissant des murmures de spéculation sur leur passage, pendant qu'Hywel se plaignait au sujet des nobles qui ne cessaient de traverser sa cuisine.

La porte était ouverte et Ivor assis à sa table, un sac d'argent ouvert près de son coude, une feuille de parchemin déroulée devant lui. Une grosse bougie en cire d'abeille, qui crachotait dans le courant d'air froid, éclairait le cabinet.

Ivor leva les yeux et sourit largement.

— Madoc ! s'écria-t-il, écartant le rouleau de lui tandis qu'il se levait. Et ma dame ! A quoi dois-je cet honneur ?

— J'ai besoin de voir le décompte des paiements que vous avez faits aux marchands durant les six derniers mois, déclara d'emblée Madoc en frappant la table du parchemin que Roslynn lui avait donné, d'un geste brusque. Et mon épouse devrait s'asseoir.

— Je vais tout à fait bien, protesta-t-elle, espérant que la sécheresse de Madoc vis-à-vis de l'intendant signifiait qu'il était prêt à la croire. Je peux rester debout un petit moment.

— Je préférerais que vous vous asseyiez.

Ivor se montra l'obséquiosité personnifiée en poussant sa chaise vers elle. Comme elle ne voulait pas distraire Madoc de l'affaire en cours, elle fit comme il souhaitait sans protester davantage.

Pendant ce temps, Ivor rassembla plusieurs rouleaux et les posa sur la table, jetant de temps à autre des coups d'œil intrigués au parchemin que tenait Madoc.

— Quelque chose ne va pas, Madoc ? s'aventura-t-il à demander lorsqu'il eut fini.

— J'espère que non, répondit Madoc d'une voix contrôlée, même si l'on sentait la tension qui l'habitait.

Roslynn put voir cette même tension aux coins de sa bouche et dans les lignes de son front, tandis qu'il se mettait à comparer les listes.

— Que se passe-t-il, Madoc ? demanda l'intendant tandis que son maître examinait les décomptes. Qu'est-ce que cet autre parchemin ?

Madoc tourna tous les documents vers lui afin qu'il puisse voir et comparer par lui-même.

— Ceci est la liste établie par mon épouse des marchandises livrées. Ainsi que vous pouvez le voir, ses chiffres et les vôtres ne concordent pas.

Apparemment, vous avez payé pour plus de biens que nous n'en avons reçu.

Il regarda Ivor, les yeux brillant de colère.

— Comme ceci s'est produit maintes fois, j'ai du mal à croire qu'il s'agisse d'erreurs.

Ivor rougit et jeta un coup d'œil à Roslynn avant de s'adresser à Madoc.

— C'est *elle* qui le dit, et je constate qu'elle est la seule à fournir la supposée preuve.

Il inspira à fond, les narines frémissantes.

— Cette accusation n'a rien à voir avec vos marchandises et le prix que vous payez, ou avec des différences dans les comptes, Madoc, lança-t-il d'un ton vindicatif. Elle fait ces allégations et a fabriqué cette fausse preuve parce qu'elle ne m'a jamais aimé et a voulu que je parte dès le jour de son arrivée. En vérité, elle me déteste et veut que vous me détestiez aussi.

— Je n'avais aucune raison de me méfier de vous, rétorqua Roslynn, jusqu'à ce que je voie une différence qui m'a fait soupçonner que tout n'était pas juste dans les comptes de la maison. Si je vous accuse de mauvaises actions, c'est parce que j'ai de bonnes raisons pour cela, comme cette preuve l'atteste.

— J'ai mes listes aussi, ma dame, répliqua Ivor. C'est votre parole et vos documents contre les miens. Et si vous pensiez que j'étais un tel criminel, pourquoi attendre si longtemps pour le dire ? La première inscription que vous contestez remonte à des mois.

— Parce que vous étiez l'ami de Madoc, et que je ne voulais pas parler avant d'être certaine de ce que j'avançais et d'avoir plusieurs exemples de votre fausseté. Ma mère a également constaté...

— Votre mère ? releva Ivor d'un ton sarcastique. Votre mère *normande* ? Madoc doit croire sa parole contre la mienne, aussi ?

— Dois-je vous rappeler que je suis l'épouse de Madoc et la châtelaine de Llanpowell ? C'est mon devoir de vérifier les dépenses, un devoir que vous avez cherché à rendre difficile dès le début. Pourquoi, Ivor ? Si toutes vos transactions étaient honnêtes, pourquoi mettre des obstacles sur mon passage ?

— Oui, c'est juste, sur *votre* passage, comme si nous étions tous des enfants incapables avant votre arrivée ! Eh bien, ma belle dame normande, nous ne l'étions pas et nous n'avons pas besoin que vous interfériez dans nos affaires.

— Ce n'était pas de l'interférence. Je cherchais simplement à remplir les obligations d'une châtelaine.

— Vos obligations de châtelaine... Comme trahir votre premier époux ? lança Ivor, cinglant.

Roslynn rougit, mais ne voulut pas le laisser la réduire au silence.

— Wimarc de Werre était un homme brutal et pervers, et un traître au roi. Je le trahirais de nouveau si c'était nécessaire. Mais je ne trahirais jamais Madoc, qui est un homme de qualité, bien meilleur que Wimarc n'aurait jamais pu l'être. Il est exactement son contraire, car il ne voit que le bien dans son prochain et souhaite lui faire confiance, alors que Wimarc ne voyait que des sots et des dupes.

Elle s'arrêta un instant, la gorge serrée par l'émotion, avant de reprendre :

— Contrairement à Wimarc, encore, Madoc ne frapperait jamais une femme. Et s'il se met parfois en colère, il ne le cache pas avant de lâcher brusquement sa fureur dans une violence subite et imprévisible. Ses accès de rage sont brefs, ils ne durent qu'un moment et sont rapidement contrôlés. Une femme n'a pas à le craindre, alors qu'elle pourrait craindre maints autres hommes moins droits que lui.

Tandis qu'elle parlait, Roslynn se rendit compte de l'absolue vérité de ses paroles et mesura combien elle avait eu tort de douter de son époux, qui était resté silencieux à côté d'elle pendant tout ce temps.

Ivor oublié, elle se tourna vers Madoc, dont la poitrine se soulevait et s'abaissait comme s'il avait du mal à respirer. Et dans ses yeux, elle ne vit pas de la colère ou du désarroi, mais de l'espoir, un espoir sauvage et fougueux qui emplit son propre cœur de joie. Elle l'aurait volontiers enlacé, en cet instant, mais l'intendant était là et elle n'avait pas encore terminé.

— Vous êtes bien placé pour parler de trahison, Ivor, reprit-elle en se forçant à détacher son regard de Madoc. Depuis combien de temps volez-vous l'homme que vous appelez votre ami ? Depuis combien d'années ? Et pourquoi ? Pour être riche ? Parce que vous êtes jaloux ? Par vengeance, peut-être, parce que sa mère était normande et qu'il a aidé un roi normand ?

Ivor la fixa, de la panique couvant sous son mépris, et une vraie peur dans la voix lorsqu'il parla.

— Je ne volerais rien de ce que Madoc a ou désire, assura-t-il. Il est mon ami, presque mon frère.

Il se redressa pour faire face à son seigneur, qui était toujours silencieux.

— Dites-le-lui, Madoc, à moins que vous ne la croyiez, et pas moi ? Avez-vous si peu de foi en moi ? Mon travail assidu et mon amitié durant tant d'années ne comptent-ils pour rien ?

— Où allez-vous, Ivor ? demanda Madoc d'une voix basse. Où allez-vous pendant ces longs laps de temps où personne ne peut vous trouver ? J'ai toujours pensé que c'était pour retrouver une femme. J'en doute, maintenant.

Il fit un pas vers l'intendant, qui se mit à trembler.

— Peut-être vous aventurez-vous près de Pontymwr. Peut-être même rencontrez-vous mon frère pour lui parler de mes plans.

— Vous m'accuseriez de cela, aussi ? s'écria Ivor en reculant.

Il pointa le doigt sur Roslynn, qui n'avait pas envisagé que sa trahison pouvait aller encore plus loin.

— S'il y a un espion à Llanpowell, c'est elle !

— Une espionne, moi ? Certainement pas ! protesta-t-elle, atterrée. Si j'étais une espionne, j'aurais avidement recherché le lit de Madoc et un mariage avec lui, je n'aurais pas lutté contre cette union en dépit de l'inclination de mon corps et de mon cœur. Madoc, vous ne devez pas croire que j'avais un tel motif quand je suis arrivée ici.

— Non, je ne le crois pas car, comme vous le dites, vous étiez loin d'être encourageante.

— C'était sa façon d'enflammer votre désir ! s'exclama Ivor. Quel sot êtes-vous pour ne pas le voir ? Comment savez-vous, même, si l'enfant qu'elle porte est le vôtre ?

— Parce que je la connais, répondit Madoc. Je

sais qu'elle est une femme honorable, honnête, et qu'elle n'est pas l'espionne de John ou de quelqu'un d'autre. Mais vous, Ivor… Qui savait mieux que vous où seraient mes patrouilles et combien d'hommes elles comprendraient ?

Il s'interrompit pour prendre une profonde inspiration.

— Depuis combien de temps êtes-vous un chancre dans ma maison ? Dès le début, ou seulement après mon mariage avec Gwendolyn ? J'ai vu votre visage lorsque j'ai prononcé mes vœux ce jour-là, mais j'ai mis votre choc sur le compte d'une réaction naturelle à ce que Trefor avait fait, et au mariage hâtif qui en avait découlé. A présent, toutefois, je crois que j'ai vu autre chose, du désarroi, de l'angoisse et du désespoir, parce que vous aimiez Gwendolyn en secret.

Madoc fit une nouvelle pause, comme si la lourdeur de ses accusations contre son intendant et ce qui ne cessait de lui venir à l'esprit, dévoilant une vérité toujours plus sinistre, lui pesaient presque trop.

— Qui a dit à Trefor où j'étais, ce soir où j'avais rendez-vous avec Haldis ? Nous ne nous trouvions pas en vue de tout le monde, après tout. Qui d'autre surveille les allées et venues dans le château aussi soigneusement que vous ? Etait-ce sur vos indications que Trefor nous a surpris ? Lui avez-vous menti à lui aussi, en lui disant que j'étais avec Gwendolyn ? Par Dieu, je peux bien le croire. Et ensuite vous avez essayé de créer des problèmes entre Roslynn et moi, et vous y êtes parvenu. Pourquoi ? Me haïssez-vous toujours autant de vous avoir pris Gwendolyn ? Qu'ai-je fait d'autre pour vous causer du tort ?

Ivor, pâle et tremblant pendant que Madoc avançait vers lui, ouvrit la bouche comme pour parler, mais aucun son n'en sortit.

— Grâce à Dieu, Roslynn a découvert la vérité, reprit Madoc, et a eu la grandeur de cœur de me prévenir, malgré ce que vous avez fait pour ruiner notre bonheur. Elle n'est pas une femme mesquine et jalouse portant de fausses accusations, contrairement à vous.

Son expression se durcit, ferme et résolue.

— Au nom de notre ancienne amitié, car nous *avons* été amis, autrefois, je vous laisse la vie et votre liberté, mais vous allez quitter Llanpowell, Ivor, aujourd'hui même, et sans rien d'autre que les habits que vous avez sur le dos. Si jamais vous revenez, je vous ferai arrêter et condamner pour vol.

— Vous pensez ce que vous dites, murmura Ivor, incrédule, en devenant cramoisi. Vous croyez à *sa* parole avant la mienne ? Vous croyez à ces fausses preuves, si minces ?

— Oui, j'y crois, répondit Madoc. Maintenant, allez-vous-en ou vous aurez affaire à la justice du roi, et à la mienne.

Ivor passa en titubant devant lui pour gagner la porte.

— Ecoutez-moi bien, Madoc : vous regretterez ce jour et le jour où vous avez épousé cette sorcière normande.

Lorsqu'il fut parti, Madoc posa les mains à plat sur la table et courba la tête.

— Dieu me vienne en aide, murmura-t-il, se sentant malade même s'il ne doutait pas d'avoir fait ce qu'il fallait.

Quand Roslynn lui avait présenté sa liste et dit ce qu'elle soupçonnait, quand il l'avait regardée par lui-même et que toutes les vagues craintes, suspicions, réminiscences et impressions à moitié oubliées s'étaient coagulées dans son esprit pour désigner Ivor, la vérité s'était abattue sur lui comme la foudre.

Madoc releva la tête pour regarder Roslynn, son intelligente, généreuse et honnête épouse, et la vit se cramponner aux bras du fauteuil comme si elle craignait d'en tomber. Elle était blanche, ses jupes étaient trempées et une flaque s'était formée à ses pieds.

Chapitre 22

Peu de temps après, Roslynn était allongée sur une paillasse dans sa chambre et serrait la main de sa mère.

— C'est trop tôt ! s'écria-t-elle, angoissée. Le bébé ne peut pas arriver maintenant !

— Il arrive, dit la sage-femme.

Cette femme d'âge moyen, mince et sévère, avait été appelée d'urgence et maintenant, elle se tenait près de la table, remuant dans une coupe une potion qui devait émousser les douleurs.

— On ne peut pas l'arrêter, alors vous feriez mieux de rester tranquille et de vous reposer pendant que vous le pouvez, ma dame.

La main de Roslynn serra plus fort celle de sa mère tandis qu'elle regardait cette dernière, du désespoir dans les yeux.

— Mon enfant... est-ce qu'il ira bien, s'il naît avec autant d'avance ?

— Il pourra être en pleine santé, lui assura sa mère, même si les plis soucieux autour de sa bouche démentaient son ton apaisant. Vous étiez en avance et aviez tout ce qu'il fallait.

Une autre crampe crispa le ventre de Roslynn et elle lâcha un gémissement sourd pendant qu'elle l'endurait.

— Pas de sang, ma dame? demanda la sage-femme à dame Eloïse, en s'approchant avec le breuvage fait d'écorce de saule.

— Non.

Les deux femmes échangèrent un regard.

— Quoi? Qu'y a-t-il? demanda Roslynn, essoufflée par les douleurs.

— Tout va bien, dit sa mère en passant sa main fraîche sur son front.

Une autre crampe arriva et Roslynn se cabra et se tordit, faisant tomber la coupe de la main de la sage-femme.

— Allons, allons, ma petite, vous devez rester tranquille, ordonna cette dernière d'un ton un peu moins brusque. Cela pourrait durer longtemps.

Elle s'adressa à dame Eloïse.

— Il se peut que nous ayons besoin d'aide pour la tenir.

— Je resterai tranquille! s'écria Roslynn.

Elle ne voulait pas que les servantes la voient lutter ou entendent ses cris de douleur. Elle imaginait les regards qu'elles échangeraient et savait qu'elle ne pourrait les supporter en cet instant. Elles sauraient suffisamment compter pour se rendre compte que neuf mois ne s'étaient pas écoulés depuis son mariage.

Et Madoc… Qu'allait-il…

Elle grogna de nouveau et se mordit la lèvre, luttant pour ne pas hurler, pour endurer la douleur, pour souffrir en silence. N'avait-elle pas survécu aux coups de poing et de pied de Wimarc et appris à ne pas crier, à cacher le mal qu'il lui faisait ?

Et si Wimarc lui avait causé des dommages, en la frappant ? Si le bébé arrivait trop tôt à cause d'une blessure que son premier époux lui avait faite au ventre ?

Si elle était mourante ?

Elle devait dire à Madoc qu'elle regrettait beaucoup de choses, mais surtout de l'avoir blessé. De n'avoir pas été plus forte et plus courageuse, et de ne pas avoir cru qu'il pouvait se contrôler quand il était hors de lui. Elle voulait lui dire qu'il avait payé le prix, sans l'avoir mérité, des actions d'un autre homme, tout comme elle. Qu'elle regrettait d'avoir quitté Llanpowell et qu'elle voulait rester.

Parce qu'elle l'aimait et qu'elle avait besoin de lui.

— Mère, allez chercher Madoc, implora-t-elle alors qu'une autre douleur s'emparait d'elle comme un poing lui serrant le ventre. Je vous en prie, amenez-le !

— Je ne laisse pas entrer les époux, dit la sage-femme d'un ton sec. Ils ne font que se mettre dans mes pattes. Ou bien ils s'évanouissent, aussi forts qu'ils aient l'air. J'ai vu des hommes grands et robustes s'étioler comme…

— Mère, de grâce !

— Bien sûr. Comme vous voudrez, Roslynn, dit dame Eloïse en se levant. Tout de suite.

La sage-femme était sur le point de protester, quand elle vit le visage de dame Eloïse et ferma sagement la bouche.

*
* *

— Votre père n'a jamais aimé Ivor, vous savez, déclara Lloyd après avoir bu une autre gorgée de cervoise, pendant que Madoc arpentait l'estrade. Bien trop intelligent, avait-il coutume de dire. Mais vous l'aimiez bien et le garçon n'avait rien fait de mal, pour autant qu'il le sache, alors il a laissé faire, même si ce n'était pas un secret qu'Ivor n'aimait pas les Normands.

Tendant l'oreille pour guetter le moindre bruit venant de la chambre du dessus, Madoc but une gorgée de vin. Ivor détestait les Normands parce qu'il les blâmait de sa naissance précoce et de sa jambe abîmée. Et si son enfant était infirme parce qu'il naissait trop tôt ? Mars, avait dit la sage-femme. Le bébé aurait dû naître en mars, et l'on venait à peine de commencer février.

— Ecoutez, dit Lloyd en agitant sa chope. Le frère de Ioan est né un bon mois en avance et c'était un beau et grand bébé. Sa sainte mère disait toujours qu'il aurait causé sa mort s'il était arrivé à la date prévue. Elle aurait cru mettre au monde un bœuf! ajouta-t-il en gloussant, avant de boire de nouveau. Ah, que Dieu la bénisse, elle se posait là, la mère de Ioan.

— L'enfant est de moi, dit soudain Madoc, assez fort pour que tout le monde dans la grand-salle l'entende.

Les soldats, les serviteurs, Bron qui apportait du vin, son oncle... Nul ne devait douter qu'il avait confiance en l'honneur de son épouse et qu'il réclamerait le bébé comme sien.

— Quoi, personne ne dit le contraire, pas vrai ? demanda Lloyd, comme s'il était réellement surpris que quelqu'un puisse en douter. Vous l'avez mise enceinte lors de votre nuit de noces, j'en suis sûr, taureau que vous êtes. C'est ainsi que Trefor a été conçu. Votre père me l'a dit lui-même, et Trefor ressemble autant à Gruffydd qu'un fils peut ressembler à son père.

Un bruit de pas. Qui venait de la chambre. En un instant, Madoc fut au bas de l'escalier.

Dame Eloïse apparut, aussi anxieuse et soucieuse que lui, et il lui sembla que son cœur cessait de battre. Il avait vu cette expression sur le visage de la sage-femme quand Gwendolyn était mourante.

Il avait vécu avec la culpabilité, la honte et les remords depuis ce moment-là, alors qu'il n'était même pas amoureux à l'époque. Pas vraiment. Il l'admirait et la trouvait jolie et spéciale parce que Trefor l'adorait. Mais il ne l'avait jamais aimée. Il le savait maintenant avec certitude.

Il aimait Roslynn. De tout son cœur et de tout son être. Il l'aimerait toujours, et si elle mourait…

— Madoc, elle veut vous voir, dit dame Eloïse. Vous feriez bien de vous hâter.

— Roslynn… Elle n'est pas… n'est pas…

Il ne put le dire. Ne put même pas s'efforcer de le penser réellement. Pas sa merveilleuse et forte Roslynn. Si quelqu'un mourait… si quelqu'un méritait de mourir, c'était lui. Pas elle.

Sa belle-mère lui décocha un doux sourire et son cœur se remit à battre.

— Ma fille est une jeune femme forte et en bonne santé. Je suis sûre qu'elle traversera cette épreuve, et l'enfant avec elle. Mais elle veut vous voir, et je pense qu'il est nécessaire que vous y alliez.

Comme Madoc passait vivement devant elle, dame Eloïse mit une main sur son bras pour le retenir.

— Il y a un avantage à un travail précoce, sire. Le bébé sera plus petit. Pensez-y, et ne montrez pas vos craintes à Roslynn. Elle a besoin de votre force et de votre confiance en ce moment.

— Bien sûr, dit-il fermement, cette nécessité l'atteignant à travers le brouillard de sa terreur.

Il pouvait la soutenir, et il avait besoin de se rendre utile.

Lorsqu'il entra dans la chambre, il trouva Roslynn pâle et faible sur la paillasse, la tension du travail se lisant sur son visage. Malgré tout, elle parvint à lui sourire et même à murmurer son nom quand elle le vit.

Transporté et soulagé par ce sourire, il s'agenouilla prestement à côté d'elle et posa un baiser sur son front baigné de sueur.

— Roslynn, ma rose, ma douce, douce rose.

— Madoc, je…

Elle ferma les yeux et un petit gémissement s'échappa de ses lèvres pincées.

— Maintenant qu'elle vous a vu, vous pouvez quitter la chambre, sire, commanda la sage-femme.

Madoc ne l'avait même pas remarquée tant il n'avait d'yeux que pour son épouse.

Il se rappelait bien cette femme, lors de l'accouchement de Gwendolyn, avec ses manières autoritaires, ses cheveux gris fer recouverts d'un linge blanc, sa mince silhouette aussi droite qu'une lance et son regard sévère de général.

Il avait obéi sans protester quand Gwendolyn avait accouché et il devrait obéir maintenant. Pourtant, il hésita. Si les choses se passaient mal, il devait dire à Roslynn ce qu'il ressentait.

— Roslynn, ma rose, je vous aime. Je vous aime plus que ma vie.

Il ne put dire si elle l'avait entendu. Elle serrait sa main comme un étau.

— Madoc, dit-elle dans un souffle, alors qu'une autre douleur l'assaillait. Ne partez pas. Restez avec moi. S'il vous plaît.

Qu'elle ait entendu ou non sa déclaration qui venait du fond du cœur, si Roslynn voulait qu'il reste, il resterait. Et rien de ce que pourraient dire la sage-femme, la mère de Roslynn, le roi ou n'importe quelle armée ne pourrait le faire partir.

— Je serai là, Roslynn, dit-il.

La sage-femme ouvrit la bouche pour protester, puis elle secoua la tête et lâcha d'un ton sec :

— Fort bien, sire, mais ne vous mettez pas au milieu.

— Elle est très autoritaire, n'est-ce pas ? murmura Roslynn, les yeux mi-clos. Presque aussi arrogante que le seigneur de Llanpowell.

Le cœur de Madoc lui parut sombrer, jusqu'à ce qu'il voie ses lèvres se relever non en une grimace, mais en un nouveau sourire.

— Le seigneur qui m'aime.

— Oui, je vous aime, Roslynn. Par tous les anges du ciel, je vous aime.

— Je suis si heureuse d'être à la maison.

A la maison. Elle avait appelé Llanpowell « la maison ». Cela voulait sûrement dire…

Son visage se contracta soudain de douleur, elle réprima un cri et se cabra.

Madoc regarda la sage-femme avec désespoir.

— Faites quelque chose!

— J'ai fait tout ce que j'ai pu, répondit-elle. C'est entre les anges et elle, maintenant, et au bébé de faire son chemin.

Dame Eloïse s'accroupit de l'autre côté de la paillasse, aussi pâle que sa fille.

— Ce ne sera pas long, leur dit-elle à tous les deux. Il n'y en a plus pour longtemps, maintenant, et alors vous aurez un bébé à aimer et à chérir, et moi un petit-fils ou une petite-fille à choyer. Ton père va regretter de ne pas avoir été là.

Roslynn se détendit un peu et ouvrit les yeux.

— Madoc, je suis tellement désolée…

Grimaçant, elle se tordit et gémit de nouveau.

Gwendolyn avait été désolée aussi, avant de mourir.

Oh Dieu, Roslynn ne devait pas mourir, pria-t-il en lui tenant la main. Elle ne pouvait pas mourir. Il mourrait à sa place, si c'était le prix à payer pour qu'elle reste en vie.

— C'est moi qui suis désolé, dit-il avec ferveur. Désolé d'avoir été un sot entêté. Désolé de vous avoir effrayée et de vous avoir fait partir.

Elle battit des cils et serra sa main plus fort.

— Le bébé est de vous, Madoc. Je vous le jure sur ma vie, le bébé est de vous.

— Je n'en ai jamais douté, répondit-il, encore plus bouleversé de penser qu'elle puisse croire qu'il avait nourri de telles suspicions.

Il caressa sa joue pâle, ses cheveux humides.

— Après tout, ma dame, il suffit de voir comment vous avez reculé au moindre contact de ma part, au début, alors que je vous *plaisais*, dit-il pour essayer de la faire sourire et la convaincre qu'il avait confiance en elle. Ces freluquets de la cour du roi n'avaient aucune chance d'arriver jusqu'à votre lit.

— Pas la moindre chance, acquiesça-t-elle dans un murmure, avant qu'une nouvelle douleur ne s'empare d'elle.

Elle cria et lui serra la main à la briser, mais il ne bougea pas. Qu'elle lui brise les doigts si elle le devait.

La sage-femme était aux pieds de Roslynn.

— Laissez-la se cramponner à vous, ordonna-t-elle à Madoc et à sa belle-mère, même si ce n'était pas nécessaire. Maintenant, ma dame ! commanda-t-elle à Roslynn. Poussez ! Poussez fort !

— Lloyd ?

Lloyd releva la tête et cligna des paupières, essayant de se concentrer sur Ioan et de ne pas se rappeler le cri déchirant qui avait ébranlé le silence un instant plus tôt.

Il ne voulait pas savoir que Roslynn était morte. Il ne voulait pas voir Madoc avec l'air d'être mort, aussi, même si son corps ne le savait pas encore.

Pas une nouvelle fois.

— Allez-vous-en, marmonna-t-il en laissant retomber sa tête sur ses bras.

Ioan le secoua par l'épaule.

— Lloyd, ce Normand est revenu.

— Quel Normand ? Cette pique d'Alfred ?

— Non, le père de dame Roslynn.

Portant une main à sa tête douloureuse, Lloyd se redressa sur sa chaise.

— Quoi ? Ici ? Maintenant ?

Un autre cri étouffé déchira l'air et Lloyd eut envie de grogner lui-même, surtout quand sire James entra d'un pas guilleret dans la grand-salle comme s'il était juste venu en visite depuis l'autre côté de la colline voisine.

Jusqu'à ce qu'il se fige en entendant un nouveau hurlement qui venait d'en haut. Alors, il blêmit et parcourut la grand-salle d'un regard soucieux.

— Où est ma fille ? demanda-t-il.

— En haut, dans sa chambre, en train d'avoir le bébé, répondit Lloyd.

Sire James se tenait aussi immobile qu'un arbre par un jour sans vent.

— *Maintenant ?*

Oubliant sa tête douloureuse, Lloyd bondit sur ses pieds.

— Oui. Que pouvez-vous penser d'autre ? Que nous la torturons ?

— Je ne pensais pas…

Le Normand ferma la bouche et secoua la tête sans un mot.

Lloyd attrapa l'outre de vin presque vide et la lui porta.

— Buvez un coup et asseyez-vous. Ça peut encore durer des heures.

Sire James obéit en silence, finissant l'outre de vin en une longue goulée. C'était bien dommage, Lloyd en aurait bien bu encore un peu. Le Ciel savait qu'il en avait besoin.

Le Normand se percha sur le bord du banc le plus proche.

— Mon épouse est avec elle ?

— Naturellement.

— Depuis quand ?

— Depuis hier.

— Doux Jésus !

Sire James passa la main sur sa barbe.

— Et il y a une sage-femme ? Une bonne ?

— La meilleure à des lieues à la ronde. Madoc est avec elle aussi.

— Son *époux* est dans la chambre ?

— Personne ne nous a dit qu'elle était en danger, s'empressa de le rassurer Lloyd, comme il voulait se rassurer lui-même, ainsi que Bron, Ioan et tous ceux qui se trouvaient dans la grand-salle.

Il fit signe à la servante.

— Bron, apportez-nous une autre outre de vin. Et du pain. Et du fromage. Des gâteaux et des douceurs, aussi. Et faites installer les tables. C'est presque l'heure du sou…

Un cri comme il n'en avait jamais entendu le fit taire.

— Il faut que j'aille voir ma fille ! s'écria sire James en partant vers l'escalier.

Ne sachant trop que faire, Lloyd s'empressa de le suivre. Si la pauvre fille était en train de mourir…

Ils atteignirent ensemble le bas des marches et il y eut un moment de lutte tandis qu'ils essayaient tous les deux de monter le premier. Jusqu'à ce que Lloyd se ressaisisse et laisse le père de Roslynn le précéder.

Ils étaient à peine arrivés devant la chambre que la porte s'ouvrit brusquement et que Madoc apparut. Même s'il paraissait épuisé, il sourit quand il vit les deux hommes, qui sautillaient l'un derrière l'autre pour jeter un coup d'œil dans la pièce.

— Elle va bien, Dieu soit loué, dit-il avec joie et fierté. Cela a été une épreuve, mais elle l'a traversée et nous avons un fils. Un beau garçon en bonne santé.

Comme pour confirmer ses paroles, le vagissement d'un bébé emplit l'air et dame Eloïse sortit derrière lui avec un précieux paquet dans les bras.

— Le voici, James, dit-elle avec des larmes de bonheur et de soulagement dans les yeux. Est-ce qu'il ne ressemble pas à Roslynn ?

— Oui, un peu, je vous l'accorde, acquiesça Lloyd en scrutant le visage rouge du nourrisson par-dessus l'épaule de sire James. Mais il a le nez de Madoc. Et ses cheveux. Et son menton. Ses oreilles sont celles de son grand-père. Et cette petite bouche pourrait être la mienne.

— Madoc, dites-leur que Mascen est lui-même, lança Roslynn d'une voix lasse.

— Ma fille! s'écria sire James en s'élançant vers la chambre.

La sage-femme lui barra le passage.

— Pas d'autres visiteurs pour l'instant, surtout pas des hommes, commanda-t-elle en levant sa main usée par le travail. La dame a besoin de se reposer et le bébé aussi. Allez-vous-en et faites ce que font les hommes dans un moment pareil. Vous pourrez les voir demain.

Elle regarda Madoc.

— Vous aussi, sire, dit-elle en le poussant hors de la chambre.

Elle se tourna ensuite vers dame Eloïse.

— Ramenez l'enfant ici, ma dame. Et oui, je sais qu'il a vingt beaux doigts et orteils. Par tous les saints, on croirait que personne n'a jamais eu un bébé sain et bien formé, conclut-elle en faisant entrer la grand-mère dans la chambre et en fermant la porte derrière elles.

Lloyd se frotta les mains avec jubilation.

— Un autre garçon ! Voilà qui appelle des célébrations durant toute la nuit, m'est avis. Grâce à Dieu, nous avons quantité de cervoise et de vin.

Madoc secoua la tête et se dirigea vers l'escalier.

— Vous devrez célébrer sans moi, dit-il tandis que Lloyd trottait derrière lui, suivi de sire James. J'ai une promesse à tenir.

Hugh-au-grand-bec regarda Ioan alors qu'ils chevauchaient l'un à côté de l'autre dans le petit groupe d'hommes. Il était bien plus de midi, mais au lieu d'être confortablement installés dans la grand-salle, à boire à la santé du fils nouveau-né de leur seigneur, ils allaient vers le sud avec Madoc, en suivant une route peu fréquentée, et ils n'avaient aucune idée de l'endroit où ils se rendaient, ni pourquoi.

— Tu vas lui demander ce que nous faisons au juste ? dit-il à voix basse à son compagnon.

Le froncement de sourcils de Ioan s'accentua.

— Je n'ai pas envie d'être jeté à bas de mon cheval, marmonna-t-il en jetant un coup d'œil méfiant à leur suzerain. Il est plus qu'épuisé, alors ça doit être quelque chose d'important pour lui faire quitter Llanpowell un jour comme celui-ci.

— Oui, agréa Hugh. Grâce au ciel, nous avançons au pas, sinon il pourrait tomber de sa selle avant que nous sachions où nous allons. Mais par tous les saints, combien de temps allons-nous chevaucher ? Et qu'est-ce qu'on va manger ? On est partis si précipitamment qu'on n'a pas emporté un morceau de pain ni une goutte à boire.

Ioan soupira et hocha la tête.

— Bon, d'accord, je vais demander… et j'espère que tu apprécieras le sacrifice.

Sans attendre la réponse de Hugh, il talonna son cheval pour le faire sortir du rang et s'approcha de Madoc.

— Alors, sire, dit-il en feignant la bonne humeur. Pour où sommes-nous partis ?

— Je me demandais combien de temps il vous faudrait pour poser la question, répondit Madoc. Nous allons…

Une flèche passa en sifflant près d'eux, touchant presque Madoc à la tête. Poussant un cri d'alarme, les deux hommes tirèrent sur leur bride tandis que d'autres flèches volaient autour d'eux, l'une touchant Ioan au bras droit. Avec un grognement, la main crispée sur la flèche, il tomba à terre.

— Démontez ! Démontez ! cria Madoc en se jetant à bas de son cheval.

Dès qu'il fut à terre, il tira son épée et donna une tape sur le flanc de sa monture pour la faire partir au galop loin de l'embuscade. Puis, en se courbant, il courut à Ioan qui gémissait et se tordait.

— Par Dieu, pas mon bras droit ! marmonna son ami, les dents serrées, tandis qu'il crispait la main sur la flèche qui sortait de sa chair. Comment vais-je pouvoir boire ma cervoise ?

Si Ioan pouvait plaisanter, il ne devait pas être trop grièvement blessé, du moins Madoc l'espéra-t-il avec ferveur pendant qu'il évaluait prestement la situation. Leurs attaquants se trouvaient dans le bois sur la droite, ce qui leur offrait une bonne couverture. Les arbres étaient plus rares de l'autre côté, mais il y avait quelques gros rochers, assez grands pour les protéger des flèches et donner à ses hommes le temps de se regrouper.

— Aux rochers ! cria-t-il.

Attrapant Ioan par son bras indemne, Madoc le tira jusqu'au rocher le plus proche susceptible de les cacher.

— Crénom, vous essayez de me l'arracher ? gronda Ioan, alors qu'il aidait Madoc en poussant sur ses pieds.

— Ne me tentez pas. Vous êtes trop lourd, tel que vous êtes, répondit Madoc en haletant, tandis qu'il réussissait enfin à les mettre tous les deux à l'abri du rocher.

— Dieu merci, ils visent mal, dit Ioan, allongé par terre, le visage pâle, les lèvres bleues, la main toujours posée sur la flèche.

Une tache rouge s'agrandissait sur la manche de sa tunique.

— Hugh ! appela Madoc, en essayant de voir où

étaient ses hommes sans pour autant se changer en cible.

— Ici, Madoc! répondit Hugh. Et les autres aussi. Seul Ioan a été assez sot pour se faire toucher.

— Voilà bien l'amitié, grommela Ioan, les dents serrées.

— Restez ici, ordonna Madoc en se mettant à ramper vers Hugh et les autres, qui se trouvaient à une dizaine de pas.

— Je ne risque pas d'aller quelque part, maugréa Ioan.

— Ils se trouvent en hauteur, dit Madoc à Hugh tandis qu'ils se blottissaient derrière un tas de pierres. Le ruisseau que nous avons traversé tout à l'heure forme une vallée au-delà de la colline. Nous pouvons revenir en arrière, suivre le cours d'eau et les surprendre par-derrière. Le lit est formé de rochers, alors ils ne devraient pas nous entendre.

— S'ils sont encore là à ce moment-là, dit Hugh d'un ton dubitatif. Peut-être qu'ils vont bouger. Ou même s'en aller, ajouta-t-il avec espoir.

— Je pense qu'ils vont nous attendre comme dans un siège, déclara Madoc. Ils nous ont piégés et ils le savent.

— Nous n'avons rien à voler hormis nos habits et nos armes, maintenant que les chevaux sont partis.

— A mon avis, le vol n'était pas leur but, répondit sombrement Madoc, regrettant de ne pas avoir emmené plus d'hommes.

Cette flèche était passée trop près de sa tête pour

avoir été un avertissement, ou pour avoir voulu simplement les arrêter. Il en était certain.

— Quoi, un meurtre ? demanda Hugh dans un souffle.

— Oui.

— Trefor, d'après vous ?

— Peut-être, mais j'espère que non.

Pas maintenant, alors qu'il était prêt à tout dire à son frère.

Lorsqu'il avait tenu son fils nouveau-né dans ses bras, il avait compris que le moment était venu de révéler la vérité, quel qu'en soit le prix.

Même si cela signifiait qu'il pouvait perdre Roslynn pour toujours.

— Alors, vous pensez qu'ils veulent nous avoir à l'usure ? demanda Gwillym d'une voix altérée, en faisant de son mieux pour se montrer courageux.

— Pas si nous les attaquons, comme j'ai l'intention de le faire.

— Et Ioan ? demanda Hugh. Nous ne pouvons pas le laisser ici.

Hélas, Madoc n'avait guère le choix.

— Nous reviendrons le chercher dès que nous pourrons, promit-il.

— Je vais rester avec lui, offrit Gwillym. Je me montrerai de temps à autre, pour qu'ils pensent que nous sommes toujours ici.

Cela signifiait pourtant qu'il serait une cible, ou le dernier homme à affronter une mort certaine s'ils échouaient.

— Très bien, acquiesça Madoc en admirant son courage. Inutile de révéler votre présence trop souvent, et ne prenez pas de risques inconsidérés en essayant de jouer les héros.

Il décocha un sourire encourageant au jeune homme.

— Ça, c'est le rôle du seigneur.

Chapitre 23

Madoc leva la main pour arrêter ses hommes au fond de l'étroite vallée creusée par le ruisseau au courant impétueux. Ignorant du mieux qu'il pouvait l'odeur de terre humide et moussue, il indiqua le haut de la pente. A peine visible entre les fougères, les arbres et les buissons de houx, un homme à l'aspect grossier, vêtu d'un assortiment bigarré de cuir et de drap, mettait une flèche en place. Il avait les cheveux longs, gras et pas soignés, une barbe assortie et il était habillé plus piètrement qu'aucun des hommes de Trefor.

Peut-être ces hommes étaient-ils bien des voleurs, pas des assassins, et assez désespérés pour attaquer n'importe quels voyageurs, même des soldats en armes.

Madoc fit signe à Hugh de le rejoindre.

— Vous en voyez d'autres ? chuchota-t-il tandis qu'une brise agitait les feuilles au-dessus d'eux.

Hugh secoua la tête.

— Attendez ici, ordonna Madoc. Les autres aussi.

Il s'avança seul pour se faufiler le long du lit du ruisseau, gardant un œil sur le sol mouillé et glissant tout en cherchant du regard le reste des attaquants.

Finalement, il arriva sur un groupe d'hommes

rassemblés en un endroit, qui lui tournaient le dos. Ce n'était pas une manœuvre sage, pensa-t-il, d'être si près les uns des autres.

Il ne s'agissait probablement pas de soldats de métier ou de tueurs à gages, et donc ils n'avaient pas dû être engagés pour le tuer lui, en particulier, se dit-il avec soulagement tandis qu'il retournait auprès de Hugh et de ses hommes.

Il désigna Hugh, puis l'archer au-dessus d'eux, et donna un ordre silencieux. L'expression sombre et résolue, Hugh se glissa entre les fougères à la manière d'un serpent, rampant derrière l'homme. Il jeta les bras autour du cou de l'archer, le tira en arrière et le fit tomber sur le sol meuble avant qu'il ne puisse émettre un son.

Quand Hugh revint, Madoc conduisit ses hommes vers le groupe principal des attaquants et leur fit signe de se déployer, afin que leurs adversaires ne puissent pas s'échapper lorsqu'ils donneraient l'assaut.

Pendant ce temps, ignorant le danger qui les guettait au-dessous d'eux, les hommes qui se trouvaient sur la colline continuaient à tirer. Etant donné la quantité de flèches qu'ils avaient dans leurs carquois, ils auraient pu tenir des heures, ou jusqu'à ce que Madoc et ses hommes essaient finalement de fuir.

— Maudits soient-ils ! Quel genre de femmelettes sont-ils, pour se cacher derrière des rochers ? demanda une voix rauque depuis le centre du groupe. Je n'ai jamais aimé Madoc, mais je ne le tenais pas pour un lâche.

Rhodri.

Madoc reconnut sa voix, et ses hommes aussi. Et si Rhodri était là, cela signifiait que Trefor…

— Madoc s'est ramolli, c'est tout. Il est gâteux d'amour pour cette femme, comme je le disais.

Ivor. C'était Ivor, son ancien intendant.

Madoc étouffa une exclamation et ses hommes parurent aussi choqués que lui.

Que faisaient Ivor et Rhodri ensemble ici, à les attaquer ?

Hugh tira sur la manche de Madoc.

— Rhodri n'est pas un homme patient, dit-il à voix basse.

Madoc hocha la tête, comprenant. S'ils devaient attaquer les premiers, ils devaient le faire tout de suite.

Il parcourut du regard ses hommes alignés, et vit tous les yeux rivés sur lui. Il leva son épée, bondit sur ses pieds et fonça droit sur Ivor et Rhodri en poussant le cri de bataille de sa famille.

Les attaquants, qui étaient accroupis, pivotèrent vers le ruisseau. Ceux qui avaient des flèches prêtes les laissèrent voler. Un des hommes de Madoc tomba, une flèche dans le pied.

Madoc ne s'arrêta pas, pas plus que le reste de ses hommes. Leurs épées brandies, ils montèrent à l'assaut de la pente, sans faire attention aux feuilles piquantes du houx ni aux flèches qui volaient.

Madoc attaqua Rhodri en premier lieu. Le second de Trefor était un bon combattant, mais Madoc était meilleur que lui. Rhodri balançait son épée comme un homme coupe des épis, la maniant à la manière d'une faux. Ce geste pouvait tenir des hommes à distance et ce fut le cas de Madoc, un moment, mais cela signifiait aussi que Rhodri gardait son flanc exposé trop longtemps.

Attendant la meilleure occasion, Madoc hésita un instant puis s'élança, enfonçant sa lame dans le côté de son adversaire, l'arme puissante traversant du cuir, du drap, de la peau et des os jusqu'à ce que Rhodri tombe en poussant un hurlement.

Madoc n'attendit pas de le voir mourir. Il cherchait Ivor pendant que ses hommes bien entraînés avaient tôt fait de vaincre le reste de leurs ennemis, abattant avec facilité tous ceux qui essayaient de s'enfuir.

Ivor ne pouvait pas courir, et comme Madoc le connaissait depuis qu'ils étaient enfants, il savait où chercher sa cachette. Il alla à grands pas au buisson de houx le plus proche, se pencha et attrapa un pied botté à peine visible. Le buisson remua tandis qu'Ivor jurait, donnait des coups de pied et luttait, pendant que Madoc le tirait au-dehors.

Bien qu'Ivor n'ait jamais appris à manier une épée, il avait appris à se servir d'une dague et il était très bon. Madoc le savait, aussi se prépara-t-il à parer le mouvement de la dague d'Ivor avec son épée. Son geste envoya voler le poignard, et avant qu'Ivor ne puisse se retourner ou s'enfuir, il planta un pied sur sa poitrine.

Il plaça la pointe de sa lame sur la gorge de son ancien intendant et le regarda avec dégoût.

— Je vous faisais confiance, Ivor, comme je ne faisais confiance à personne d'autre. Je vous aimais comme un frère, même plus que le mien. Est-ce ainsi que vous me rendez cette affection, cette loyauté et cette confiance ? Cela me rend malade de voir à quel point j'avais tort de me fier à vous, et de penser que si Roslynn n'était pas venue à Llanpowell, j'aurais pu ne jamais connaître la vérité.

— Epargnez-moi vos blâmes et vos lamentations, gronda Ivor. Je suis écœuré d'entendre parler de vos problèmes, vous qui avez toujours eu tout ce qu'un homme peut désirer. Tuez-moi et finissons-en.

Madoc secoua sombrement la tête en ôtant son pied et en reculant, sa lame toujours sur la gorge d'Ivor.

— Sans procès ? Sans faire savoir à tout le monde, y compris Trefor, ce que vous avez fait, ce que vous êtes ? C'étaient ces hommes qui volaient mes moutons, n'est-ce pas ? Sous vos ordres, ceux de Rhodri ou de vous deux. Et c'était vous qui leur disiez où allaient être mes patrouilles, aussi, afin qu'ils ne se fassent pas prendre ?

— Je me suis ligué avec eux lorsque vous m'avez renvoyé de Llanpowell, répondit Ivor en s'asseyant, appuyé sur ses mains. C'était cela ou mourir de faim.

— Vous voulez me faire croire que c'était Rhodri qui les menait ? rétorqua Madoc, sceptique. Ou a-t-il été récemment chassé de Pontymwr, lui aussi ? Ce serait une excuse commode, hein ?

— Pitié, sire ! cria l'un des attaquants capturés alors que Hugh le traînait jusqu'à Madoc par le dos de sa tunique, avant de le jeter à terre.

Le voleur, qui était maigre comme un clou et marqué par la vérole, leva la tête. Il regardait de tous côtés d'un air désespéré en humectant ses lèvres gercées.

— Pitié, sire, implora-t-il encore. Epargnez ma vie et je vous dirai tout ! L'éclopé est notre chef, sire. Lui et cet autre scélérat que vous avez tué.

— Cet homme vendrait sa propre mère pour un demi-penny, Madoc, dit Ivor d'un ton sarcastique. Vous ne pouvez croire un mot de ce qu'il dit.

— Pourtant, vous êtes ici avec lui, observa Madoc, sa rage flambant maintenant que le combat était terminé. Hugh, liez les mains d'Ivor. Et celles de cet homme, aussi. Je veux entendre ce qu'il a à dire.

Regardant Ivor comme s'il puait comme du poisson pourri, Hugh obéit tandis que Madoc se tenait à côté, son épée prête. Lorsqu'il eut fini, Hugh poussa les deux hommes pour les faire asseoir par terre.

Madoc rengaina son épée et s'accroupit, nez à nez avec eux.

Le voleur lécha de nouveau ses lèvres sèches et parla sans attendre les questions de Madoc.

— Il nous a promis une fortune, sire. L'éclopé, je veux dire. Et Rhodri aussi. Ils disaient que si nous nous joignions à eux, nous serions riches, mais nous n'avons jamais vu une pièce. Ils gardaient tout pour eux, et si l'un d'entre nous se plaignait, ou parlait de partir et d'aller son propre chemin, l'éclopé disait qu'il vous enverrait après nous, vous ou votre frère, et que nous serions pendus. Ou qu'ils nous tueraient. Nous étions piégés par ces répugnants scélérats, c'est la pure vérité. C'est eux qui tramaient les vols de moutons, depuis des années.

— Tu ferais aussi bien de garder ton souffle, Guto, gronda Ivor. Rien de ce que tu diras ne fera de différence. Nous sommes quasiment morts, déjà.

L'ignorant, Guto se mit à genoux pour supplier Madoc.

— C'est la vérité, sire. Je voulais partir, mais je ne le pouvais pas.

— Vous serez jugé conformément à la loi, déclara le seigneur de Llanpowell.

— La loi normande, maugréa Ivor.

— D'une façon ou d'une autre, vous serez pendu, vous, dit Madoc à Ivor en se levant, et en s'efforçant de contrôler sa fureur.

— Pendant que vous passerez vos nuits avec cette traînée de Normande que John vous a donnée pour services rendus, persifla l'ancien intendant.

Le voleur se mit à gémir tandis qu'Ivor blêmissait, car l'expression de Madoc aurait terrifié n'importe quel homme.

— Ne parlez plus jamais de mon épouse ! ordonna-t-il. Vous n'êtes même pas digne de baiser l'ourlet de sa cotte.

Ivor lutta pour se lever.

— N'importe quel Gallois vaut dix Normands ! lança-t-il. Quant à elle…

Il cracha par terre.

— Voilà pour elle.

Madoc saisit la poignée de son épée. Il ne s'était jamais senti plus outragé, plus enclin à tuer un homme, mais même dans son courroux, il comprenait qu'Ivor cherchait justement à le mettre hors de lui.

— Vous voulez que je vous attaque, n'est-ce pas, Ivor ? demanda-t-il en comprenant ce que son ami d'antan essayait de faire. Vous voulez une mort rapide, c'est ça ?

Même si sa main le démangeait de lui donner ce qu'il désirait, il secoua la tête.

— Ce serait trop facile.

— Espèce de butor à la tête tournée par l'amour ! cria Ivor. Pion des Normands ! Pensez-vous que je vais vous laisser faire un spectacle de moi ? Que j'accepterai que des gens me lancent des quolibets et des moqueries quand j'irai à ma mort ? J'ai eu droit à assez de railleries quand nous étions enfants et que je valais mieux que vous deux !

Devant la fureur amère d'Ivor, Madoc reprit son calme, mais il restait déterminé à traduire son ancien homme de confiance en justice.

— On se moquait de moi aussi, Ivor.

— Oh, oui, le fils du seigneur, que l'on taquinait gentiment parce qu'il ne disait rien ou marmonnait quand il parlait, rétorqua Ivor. Ce n'était rien par rapport aux surnoms que l'on *me* donnait.

— On vous a donné une position de confiance et de responsabilités.

— J'étais votre maudit *clerc* ! hurla Ivor, de l'écume au coin des lèvres. C'était tout ce que j'étais et aurais jamais été, grâce aux Normands ! Et néanmoins, vous vous attendez à ma reconnaissance ! Pour lécher vos bottes, vous baiser les pieds et vous rendre grâce des miettes que vous me donniez, jusqu'à ce que vous me placiez sous le pouvoir d'une ribaude normande ! Je ne vous laisserai *plus jamais* me tourner en ridicule, que ce soit devant un tribunal ou ailleurs !

Alors, Ivor se mit à courir. Il courut comme un possédé, la tête basse, les mains liées — fonçant droit sur le tronc d'un chêne massif. Il y eut un terrible, odieux craquement quand sa tête le heurta, puis il tomba de côté, se tordant sur le sol.

— Ivor!

Madoc courut à lui et le fit rouler sur le dos. La tête d'Ivor se balança comme celle d'une poupée cassée et ses yeux fixèrent le ciel sans le voir. Du sang coulait de son nez et d'une entaille qu'il avait au front.

— Oh, Ivor, murmura Madoc en étreignant son ami et en le serrant contre lui.

Parce que autrefois il avait eu confiance en Ivor, et qu'ils avaient été comme des frères.

Madoc tenait toujours le corps d'Ivor quand Hugh reparut avec les chevaux, le cadavre de Rhodri jeté en travers d'une selle.

— Madoc? demanda-t-il, surpris.

— Ivor s'est tué, marmonna-t-il, encore trop choqué pour le croire tout à fait. Il s'est précipité sur…

Puis il se rappela qu'il était le seigneur de Llanpowell, prit une profonde inspiration et s'éclaircit la gorge.

— Ivor s'est donné la mort, répéta-t-il d'une voix plus forte, en déposant le corps sur le sol.

Atterré, Hugh se signa. Les quatre autres hommes de Llanpowell l'imitèrent.

— Hissez son corps sur un cheval et ramenez-le à Llanpowell avec Ioan, dit Madoc. Le reste des hommes viendra avec moi.

Car il n'avait pas encore achevé son voyage et il avait des excuses à faire.

*
* *

Le soleil se couchait tandis que Trefor se tenait dans la cour de sa forteresse et regardait de nouveau Madoc franchir les portes à cheval.

Mais cette fois, un petit garçon était assis devant Madoc, un petit garçon aux cheveux noirs qui avait environ cinq ans, avec des traits semblables à ceux de Madoc, et qui regardait d'un côté à l'autre comme un oiseau curieux.

Marchant vers eux à grands pas, Trefor leva la main.

— Tu es allé assez loin, frère. Que veux-tu ? Je n'ai pas posé un orteil sur tes terres depuis la fête de la tonte, une occasion mémorable.

— Je sais. Ce n'est pas ce qui m'a amené.

— Tu es venu te pavaner, maintenant que tu as un autre fils ? Je l'ai entendu dire. Les nouvelles vont vite, par ici.

— Qui te l'a dit ? Rhodri ?

— Ça se pourrait. Et tu as amené ton fils aîné, en plus. C'est sage à toi, frère, car je ne te ferai pas de mal devant l'enfant de Gwendolyn. Sinon, je te tirerais à bas de ton cheval et te passerais par le fer sur-le-champ.

— Tu pourrais essayer. Mais je ne suis pas venu me battre avec toi, ni me pavaner, dit Madoc en démontant.

Il leva les bras et souleva Owain de la selle. Avec le petit garçon qui se tenait près de lui, ouvrant de grands yeux et se posant visiblement des questions, il mit un genou à terre et courba la tête.

— Je suis venu implorer ton pardon, Trefor. Je t'ai causé un grand tort.

Plissant les paupières comme s'il s'attendait à une

feinte ou à un mauvais tour, Trefor recula d'un pas et saisit son épée.

— J'ai causé un grand tort à Owain, aussi, reconnut Madoc en ignorant le geste de son frère.

Il attira le petit garçon face à lui.

— Owain, j'ai fait une chose terrible en croyant agir pour ton bien. Parce que j'étais égaré par le dépit, la colère et le ressentiment. Je t'ai envoyé loin de Llanpowell et je t'ai menti. Je ne suis pas ton vrai père. Je t'ai tenu éloigné de lui, parce que je pensais qu'il ne méritait pas de t'avoir pour fils.

Madoc se releva et tourna l'enfant vers Trefor.

— Regarde-le bien, Trefor, et tu verras la vérité. Et la raison pour laquelle j'ai fait élever Owain ailleurs qu'à Llanpowell.

Trefor les fixa tous les deux, bouche bée, mais il regardait surtout le petit garçon qui lui rendait son regard avec une confusion égale à la sienne, de ses étonnants iris bleus bordés de noir.

— Trefor, Owain est ton fils, pas le mien, reprit Madoc. Gwendolyn était enceinte quand je l'ai épousée. Je n'ai jamais fait l'amour avec elle, pas une fois. Elle n'aimait que toi. Elle t'a toujours aimé.

Trefor chancela en arrière comme si Madoc lui avait porté un coup mortel.

Voyant le choc de son frère, ce fut comme si cinq ans de culpabilité et de remords s'abattaient brutalement sur Madoc. Il n'avait jamais été plus navré, sauf lorsqu'il regardait le petit Owain.

Qu'est-ce que cette révélation signifierait pour lui ? s'était demandé Madoc tout le long de la route. Mais quoi qu'il advienne à l'avenir, qu'Owain et

Trefor lui pardonnent ou non un jour, il ne doutait pas de faire ce qui était juste, ce qu'il aurait dû faire depuis des années, comme il l'avait promis à Gwendolyn.

— Je regrette tellement d'avoir agi ainsi, dit-il humblement, d'un ton contrit, ne gardant pas une once de fierté tandis qu'il se remettait à genoux.

Le fixant toujours avec une incrédulité stupéfaite, Trefor secoua la tête.

— Elle ne me l'a jamais dit. Si ce que tu affirmes est vrai, pourquoi ne me l'a-t-elle pas dit ?

— Elle n'était sûre de rien jusqu'après notre mariage. Je ne l'ai jamais touchée, Trefor, je le jure sur mon honneur. Elle était si bouleversée que je n'ai même pas essayé, que ce soit lors de notre nuit de noces ou après, parce que c'était toi qu'elle aimait, pas moi.

Madoc se tut un instant, avant de reprendre :

— Roslynn m'a dit ce que tu croyais avoir vu la veille de ton mariage. Gwendolyn et moi en train de nous embrasser. Ce n'est jamais arrivé. C'était avec Haldis que j'étais ce soir-là. Tu te rappelles Haldis, qui lui ressemblait tant ? Je n'aurais jamais embrassé Gwendolyn en sachant qu'elle allait être ton épouse. *Jamais.* Je pensais l'aimer, mais tu es mon frère et je ne t'aurais jamais trahi.

— Haldis ? répéta Trefor, toujours aussi incrédule. C'était Haldis que tu embrassais ? Oh, doux Jésus !

Les mains tendues, Madoc se leva et fit un pas vers son frère.

— Gwendolyn a regretté d'avoir accepté de m'épouser dès l'instant où les vœux ont été prononcés.

Elle a passé notre nuit de noces à pleurer pour toi, et chaque nuit qui a suivi. Elle n'a jamais été heureuse durant tout ce temps, hormis une fois.

Il regarda Owain, qui restait si silencieux et si immobile malgré ce qu'il venait d'apprendre.

— C'est le jour où elle a mis ton fils au monde, le jour où elle m'a fait promettre de te dire la vérité au sujet d'Owain. Elle est morte avec ton nom sur les lèvres, Trefor, en t'aimant toujours.

Trefor détacha les yeux de Madoc pour regarder son fils.

— Tu as brisé ta promesse et fait passer Owain pour ton fils alors qu'il ne l'était pas ? Tu as tenu mon fils éloigné de moi ?

— Oui, je l'ai fait, à ma grande honte et à mon grand regret, avoua Madoc. Je me suis dit que c'était pour épargner la honte à Gwendolyn, et à toi, et à notre famille. Pour préserver mon honneur, aussi. Et parce que je te jugeais indigne d'élever *son* fils après ce que tu avais fait. Mais au fond, c'était pour te blesser parce que tu l'avais blessée, et qu'elle m'avait blessé à mon tour en continuant à t'aimer. Même si j'ai cru bien faire, c'était en réalité une vengeance cruelle, Trefor, et je mérite ta haine.

Trefor l'ignora pour se rapprocher d'Owain et mettre un genou à terre devant lui, scrutant le petit visage méfiant et les grands yeux interrogateurs de l'enfant debout devant lui.

— Mon fils. *Mon* fils. Le mien et celui de Gwendolyn.

Puis il saisit le petit garçon dans ses bras et le serra contre lui.

— Oh, mon fils !

L'enfant se tortilla pour regarder Madoc.

— Papa ?

— Non, je suis ton oncle, rectifia gentiment Madoc. Voici ton papa. Je suis ton oncle et mon frère Trefor est ton père, qui t'aime.

— Tu n'as pas à avoir peur. Je ferai venir tes parents adoptifs pour qu'ils vivent avec nous ici, dit Trefor, montrant une sagesse à laquelle Madoc ne s'attendait pas, mais qui lui ôta un grand poids.

Il avait été inquiet que l'enfant ne soit dérouté par les lieux et les gens qu'il ne connaissait pas, s'il venait vivre à Pontymwr. Mais au fond, il n'avait pas douté que Trefor le traiterait bien.

Trefor se releva et, lorsqu'il refit face à Madoc, son visage avait repris cette expression dure qui lui était familière. Madoc s'attendit aux accusations, à la colère, au mépris et au dégoût. Il s'attendit que son frère le frappe de son poing, ou tire son épée.

Mais ni l'éclat de fureur ni les coups ne se produisirent. A la place, la rancœur de Trefor se dissipa, remplacée par le chagrin et des remords qui égalaient les siens.

— Je *devrais* te haïr pour ce que tu as fait, et récemment encore je l'aurais fait, mais tu m'as donné quelque chose que je n'aurais jamais espéré avoir — un fils avec la femme que j'aimais, et que j'ai perdue parce que j'étais un sot fier et entêté. Je me suis maudit un millier de fois depuis ce jour terrible où je l'ai perdue. Je t'ai maudit aussi, Madoc, mais au fond de mon cœur je savais que j'avais réagi brutalement, sottement et avec déshonneur. Je pensais que

Gwendolyn ne pourrait jamais me pardonner ce que j'avais fait. Or, tu m'as dit qu'elle m'a aimé jusqu'au bout, qu'elle n'a jamais été tienne, et c'est un autre cadeau dont je te remercie. Je te remercie aussi d'avoir préservé son honneur en faisant passer son fils pour le tien — même si tu n'aurais pas dû attendre aussi longtemps pour me dire la vérité.

Il marqua une pause.

— Nous avons fait tous les deux de terribles erreurs, Madoc. J'aurais dû lui faire confiance, et à toi aussi. Je n'aurais jamais dû croire Ivor ce soir-là, quand il m'a dit que tu étais avec Gwendolyn et m'a envoyé vous voir. J'aurais dû t'interrompre pour te demander des comptes — et je me serais aperçu de ma méprise. Mais j'ai préféré me retirer sans rien dire, fou de dépit et de douleur. Et tu connais la suite.

Ivor. Madoc avait deviné qu'il avait dû en être ainsi, mais cela faisait encore mal de l'entendre. Comme la haine, la jalousie et l'amertume de leur ami d'enfance avaient dû être profondes, même alors.

— Ivor était notre ennemi, Trefor, le tien et le mien, dit-il tristement.

Il regarda Owain, qui étudiait Trefor avec sérieux.

— Peut-être pourrions-nous aller dans ta grand-salle ? Il est trop tard pour que nous retournions à Llanpowell et j'ai encore beaucoup de choses à te dire.

— Oui, bien sûr, avec plaisir, répondit Trefor.

Il sourit à son fils et les années d'amertume disparurent de son visage, le faisant paraître beaucoup plus jeune.

— Tu as de la chance, Owain. Ma cuisinière fait les meilleurs gâteaux au miel de tout le pays de Galles et je sais qu'elle en a fait aujourd'hui, justement. Allons-nous en manger quelques-uns ?

Les yeux d'Owain s'illuminèrent comme des bougies tandis qu'il prenait la main de son père.

Chapitre 24

Roslynn sourit à sa mère tandis que dame Eloïse se penchait sur le berceau de son petit-fils et roucoulait une berceuse familière.

— Il est parfait, n'est-ce pas ? demanda-t-elle, tout à fait convaincue qu'il l'était.

— Je ne suis pas sûre que je dirais que le petit Mascen est *parfait*, répondit sa mère, la voix sérieuse mais son sourire creusant des fossettes dans ses joues. C'est l'enfant le plus criard que j'aie jamais entendu. Je crois qu'il serait capable de faire crouler les poutres avant d'avoir fini de hurler, et vous aurez souvent des raisons de souhaiter qu'il soit un peu plus calme.

— Non, il est parfait, et Madoc le pense aussi, rétorqua Roslynn, se remémorant la joie et l'émerveillement qui brillaient dans les yeux de Madoc quand il avait tenu son fils dans ses bras.

Toutes les douleurs et toutes les craintes qu'elle avait éprouvées lors de son accouchement s'étaient envolées lorsque la sage-femme avait mis leur fils dans les bras de son père.

Dame Eloïse se pencha et prit le nouveau-né dans le berceau.

— A moins que je ne me trompe beaucoup, il va se remettre à pleurer. Il se peut aussi qu'il devienne le bébé le plus vorace que j'aie jamais rencontré.

— Ainsi, il deviendra grand et fort comme son père, dit Roslynn en se préparant à le nourrir. Où est donc Madoc, à propos ? Est-ce qu'il dort toujours dans la grand-salle, après avoir célébré toute la nuit la naissance de son fils ? Ils m'ont paru très calmes, de fait. Je m'attendais que les chansons durent jusqu'à l'aube, au moins.

— Je pense qu'il nous faut d'autres linges, déclara dame Eloïse sans répondre, en mettant le bébé dans les bras de sa fille et en s'écartant. Pouvez-vous vous débrouiller pendant que je vais en chercher ?

— Oui, bien sûr.

— J'en ai pour un instant, dit sa mère avant de sortir en hâte de la chambre.

Pourquoi tant d'empressement ? se demanda Roslynn, intriguée. Et *où* était Madoc ? Il avait été si heureux et si fier, la veille ! Il aurait sûrement dû venir les voir plus tôt, elle et le bébé, pensa-t-elle avec un mélange de déception et d'impatience.

Elle regarda par la croisée pendant que son fils commençait à téter. L'aube était déjà loin. Madoc devait savoir qu'elle ne le quitterait plus jamais, maintenant. N'avait-elle pas insisté pour qu'il reste avec elle et qu'il tienne leur enfant ? Ne l'avait-elle pas regardé avec tout l'amour qu'elle avait dans le cœur ?

Il n'était pas responsable de la terreur qu'elle avait éprouvée en pensant à ce qu'il pourrait faire quand il était hors de lui. C'était la conséquence de son propre passé, si lourd de drames. C'étaient ses émotions à elle qui devaient être vaincues, plus que celles de Madoc, car même lorsqu'il se mettait en colère, il n'était jamais méchant ni cruel. Il ne lui ferait jamais de mal, elle en était sûre. Elle n'avait pas à avoir peur de lui, quelle que soit l'intensité de sa fureur, se répéta-t-elle.

Elle revint à sa préoccupation du moment. Peut-être était-il arrivé quelque chose qui l'avait retenu. Peut-être avait-il trop bu de vin ou de *braggot* et dormait-il encore quelque part.

Puis une soudaine appréhension la saisit.

Et si Trefor avait ouï dire que son frère avait eu un autre fils et avait fait quelque chose de terrible, par dépit ?

Elle s'empressa de se rassurer.

Non, cela ne se pouvait pas, sinon elle aurait entendu l'alarme et des hommes qui partaient à cheval.

Malgré ses efforts pour se réconforter, ses mains tremblaient lorsqu'elle prit le bébé contre son épaule et se mit à frotter doucement son petit dos. Elle se faisait des idées. Madoc allait sûrement bien. Aucun mal ne lui arriverait. Ni aujourd'hui, ni au cours des années à venir. Elle voulait le croire. Et elle arrangerait les choses entre les deux frères. Elle lui dirait ce dont elle avait pris conscience, reconnaîtrait qu'elle avait eu tort. Etant donné la façon dont il l'avait regardée la veille au soir, elle pensait qu'il lui pardonnerait, et ce serait de nouveau comme aux plus beaux moments de leur mariage.

Dès que sa mère reviendrait, elle lui demanderait d'aller chercher Madoc et de le lui amener.

La porte s'entrouvrit.

— Mère ? appela-t-elle vivement.

Ce n'était pas dame Eloïse. Deux têtes, l'une au-dessus de l'autre comme si elles étaient empilées, apparurent dans l'ouverture, celles de son père et de Lloyd, aussi curieux et intimidés que des petits garçons.

Si Madoc avait des ennuis, ils n'auraient sûrement pas cet air-là, se dit-elle.

— Vous êtes venus voir le bébé ? demanda-t-elle en souriant.

— Oui, et vous aussi, répondit Lloyd en se glissant dans la chambre. Comment allez-vous ?

— Je vais bien et je suis très heureuse.

Son fils fit un rot et elle le pencha en arrière, pour constater qu'il avait fermé les yeux. Il s'endormait déjà.

— Venez voir Mascen.

— Il est si petit, dit son père, impressionné.

— Il a la taille parfaite pour un nouveau-né, corrigea Lloyd en fronçant les sourcils, comme si l'observation de sire James était une insulte personnelle.

Après une pause, il admit :

— Enfin, il est un peu plus petit que s'il n'avait pas voulu faire son entrée dans le monde en avance et d'une façon théâtrale, mais Madoc était seulement un peu plus grand quand il est né, et il avait quinze jours de retard.

— Maintenant que j'y pense, Roslynn, remarqua sire James, vous faisiez à peu près cette taille et vous étiez en avance, aussi.

Il se pencha pour examiner le bébé avec attention.

— Quel beau petit-fils !

— Mon petit-neveu est une merveille, il n'y a pas à discuter, déclara Lloyd en poussant son compagnon de côté pour mieux voir le bébé. Regardez-moi ces lèvres, celles de Madoc, exactement, avec ce petit creux au milieu. Et il tient son nez de mon frère. Il sera même encore plus beau que son père, avec ce nez-là.

— Il n'y a rien à redire au nez de mon époux ! protesta Roslynn en riant.

— Ce n'est pas ce que j'ai dit, rétorqua Lloyd. Mais celui de son père était encore plus beau.

— C'est un très joli nez, accorda Roslynn. J'apprécierais de pouvoir le comparer à celui de Madoc en ce moment même. J'espère qu'il n'a pas bu trop de *braggot* et qu'il n'est pas tombé malade ?

— Non, il va bien, parfaitement bien, j'en suis sûr, comme Mascen, répondit vivement Lloyd.

Trop vivement.

Roslynn changea de position et tressaillit.

— *Où* est Madoc ?

Les deux hommes échangèrent un regard entendu, et la peur s'immisça dans son cœur.

— Est-il en danger ? Trefor est-il venu sur nos terres ? A-t-il été attaqué ? Ou bien est-il allé à Pontymwr pour se battre avec son frère ?

Le bébé se mit à pleurnicher et Lloyd tendit les mains pour le prendre.

— Allons, allons, vous avez dérangé ce petit bout d'homme, et sans raison. Votre époux va bien.

— C'est vrai, assura son père. Il est juste allé chercher Owain. C'est assez loin, aussi n'est-il pas étonnant qu'il ne soit pas encore rentré.

Soulagée et heureuse à l'idée de rencontrer enfin son beau-fils, Roslynn sourit.

— Oh, c'est merveilleux !

Lloyd lui rendit le bébé et se dirigea vers la porte.

— Nous ferions mieux de partir. Vous avez besoin de vous reposer, a dit cette mégère de sage-femme. Elle a probablement fini de manger, maintenant, et nous allons nous faire tancer vertement si elle nous trouve ici à son retour. Je vous enverrai Madoc dès qu'il reviendra. Il ne devrait pas tarder, à présent.

— Quand est-il parti ? demanda-t-elle.

Elle voulait être prête pour recevoir Owain, et avoir le bébé propre et prêt aussi lorsqu'ils arriveraient.

— Eh bien, hier, admit Lloyd. Mais il faut du temps pour arriver là-bas, et il n'a pas dû vouloir revenir de nuit, surtout avec un enfant.

— Non, en effet, acquiesça Roslynn.

A ce moment-là, du bruit provint du chemin de ronde.

— Ce n'est pas une attaque, dit tout de suite Lloyd. C'est Madoc qui doit rentrer.

Une expression soucieuse sur le visage, dame Eloïse s'empressa d'entrer dans la chambre, et le soulagement de Roslynn s'évanouit en un instant.

— Qu'est-il arrivé ? demanda sire James à son épouse tandis que Roslynn fixait sa mère, trop effrayée et angoissée pour parler.

Dieu fasse que Madoc aille bien, pria-t-elle ardemment. Sinon, elle vivrait jusqu'à son dernier jour avec ses regrets et ses remords de ne pas lui avoir fait confiance plus tôt, et de ne pas lui avoir dit tout ce qu'elle avait sur le cœur.

— Il n'est pas utile d'effrayer Roslynn, dit dame Eloïse à son époux, d'un ton sec. Ioan et un autre homme sont de retour, c'est tout. Madoc rentrera bientôt aussi, sans nul doute.

« Sans nul doute », avait-elle dit, ces trois mots n'apportant aucun réconfort à Roslynn, mais plus de peur encore.

— Mère, où est-il ? demanda-t-elle.

— Je n'en suis pas très sûre, répondit sa mère avec réticence.

— Mère, prenez Mascen, mettez-le dans son berceau et restez avec lui, déclara alors Roslynn d'un ton résolu. Je vais aller chercher mon époux, ou trouver quelqu'un qui pourra me dire où il est.

Les hommes parurent horrifiés, et dame Eloïse seulement un peu moins.

— Vous venez d'accoucher, dit-elle. Vous devez rester au lit.

— Dans ce cas, s'il vous plaît, faites-moi envoyer Ioan.

— Ce… euh… ne sera pas possible, je le crains, répondit sa mère d'un air embarrassé.

Plus déterminée que jamais, Roslynn tendit Mascen à sa grand-mère.

— Couchez le bébé, mère, et aidez-moi à m'habiller. Père, oncle, attendez-moi en haut de l'escalier, je vous prie. J'aurai besoin de votre aide pour descendre, mais je *découvrirai* ce qui est arrivé à mon époux.

Soutenue par sire James et Lloyd, Roslynn pénétra dans la grand-salle et vit tout de suite la palette installée sur l'estrade, et l'homme allongé dessus. Malade de peur, elle faillit se pâmer avant que Ioan ne se tourne vers elle.

— Haut les cœurs, ma dame ! lança-t-il d'un ton

jovial, même s'il était aussi blanc qu'une toison fraîchement lavée et si un linge ensanglanté entourait son bras droit. Je suis le seul à avoir été blessé.

— Comment ? demanda-t-elle en s'avançant lentement vers lui. Où ?

— Asseyez-vous et je vous le raconterai.

Quand elle se fut assise et que son père, Lloyd et plusieurs autres furent rassemblés autour d'eux, Ioan entreprit de leur relater l'embuscade dont ils avaient été victimes, la stratégie intelligente et payante de Madoc pour se débarrasser de leurs adversaires et la bravoure de Gwillym qui avait tenu à rester avec lui.

Lorsqu'il eut fini, Roslynn se remit à respirer avec plus de facilité.

— C'étaient Ivor et Rhodri qui conduisaient les brigands ? demanda Lloyd.

— Oui, je suis navré de le dire, et ils sont tous les deux morts, ce qui est encore plus regrettable, répondit Ioan. La mort rapide qu'ils ont connue a été un sort plus clément que ce qu'ils méritaient.

— Je le savais ! s'écria Lloyd en se frappant les genoux de ses mains. Je savais que Trefor ne pouvait pas être un voleur et un scélérat !

Roslynn le regarda avec surprise. Il avait plus d'une fois critiqué Trefor devant elle, et devant les autres également.

Mais Trefor, Ivor ou Rhodri étaient bien moins importants pour elle que son époux.

— Si Madoc va bien, et si vous étiez près de l'endroit où Owain est élevé, ne devraient-ils pas être rentrés, maintenant ?

— Nous le sommes ! annonça une belle voix grave.

Roslynn se tourna vivement. Elle avait écouté Ioan avec une telle attention qu'elle n'avait pas entendu s'ouvrir la porte de la grand-salle. Mais Madoc se tenait sur le seuil, souriant, avec un petit garçon à son côté et… *Trefor* de l'autre côté ?

Elle se leva en vacillant, se sentant encore faible. L'enfant était une réplique plus petite des deux hommes, mais ses yeux, bleus cernés de noir, étaient ceux de Trefor, sans l'ombre d'un doute.

Il n'avait pas les yeux de Madoc, mais ceux de Trefor. Se pouvait-il…

Le sang de Roslynn ne fit qu'un tour.

Cela voudrait dire que Madoc avait menti. Et l'avait dupée, elle, comme tout le monde à Llanpowell.

— Asseyez-vous, ma chère, lui commanda son père.

Avant qu'elle ne puisse le faire, Madoc vint prestement à elle et l'enlaça. Plongeant les yeux dans les siens, il comprit aussitôt son trouble et son choc.

— Oui, j'ai menti, Roslynn, confirma-t-il lorsqu'il s'assit et l'installa sur ses genoux, lui parlant comme s'ils étaient seuls et non dans la grand-salle, entourés de tous les autres. J'ai menti à tout le monde. Gwendolyn et moi n'avons jamais été véritablement mari et femme, parce que c'était Trefor qu'elle aimait, et qu'elle a aimé jusqu'au bout. Après notre mariage, elle n'a jamais pu supporter mon contact. Aussi savions-nous tous les deux de qui était l'enfant qu'elle portait, mais pour préserver son honneur et ma fierté, nous avons laissé croire à tout le monde que son enfant était le mien.

Il inspira profondément et serra avec force la main de Roslynn, la regardant avec des yeux débordant de remords.

— Après la naissance d'Owain, alors qu'elle se sentait mourir, Gwendolyn m'a demandé de dire la vérité et de conduire Owain à son père, et je lui ai promis que je le ferais. Sur le moment, je le pensais.

Il poussa un grand soupir qui ébranla sa robuste silhouette. Puis il baissa la voix en un murmure, mais elle était clairement audible dans la grand-salle silencieuse.

— Je n'ai pas tenu cette promesse. J'avais une foule d'excuses, comme protéger l'honneur de Gwendolyn, celui de sa famille, et ne pas remettre Owain à un père qu'en mon âme et conscience je jugeais irresponsable, mais au fond, je voulais surtout punir Trefor de ce qui était arrivé. Du malheur de Gwendolyn et du mien. Même si en apparence j'avais de bonnes raisons d'agir ainsi, j'ai été malhonnête et j'ai manqué à l'honneur envers mon frère, Roslynn. Pendant ces cinq ans, cette trahison a été comme une épine dans mon cœur, mais je ne méritais pas plus.

Il s'interrompit un instant.

— Même lorsque j'ai mesuré à quel point vous accordiez du prix à l'honnêteté et à la confiance, ma fierté ne m'a pas permis de vous faire cette confession. J'étais trop obstiné et trop égoïste pour vous le dire. Je savais que je vous perdrais si vous appreniez ma tromperie. Et puis je vous ai perdue quand même, pour d'autres raisons.

Il la regarda dans les yeux comme s'il voulait puiser en elle la force d'aller plus loin.

— Mais vous m'êtes revenue, et quand j'ai tenu notre enfant dans mes bras, ce que j'ai ressenti a été si fort que j'ai compris que je ne pouvais plus priver

Trefor de son fils, ni Owain de son père. C'était trop grave. Et je savais à ce moment-là que Trefor ne m'avait pas volé pendant des années, comme je l'avais cru. Alors je suis allé chercher Owain, puis je me suis rendu à Pontymwr, j'ai dit la vérité à Trefor et je l'ai supplié de me pardonner. Il l'a fait, parce que nous avions tous les deux été trompés par Ivor, qui avait provoqué tous ces drames par ses mensonges, et en souvenir de Gwendolyn que j'avais essayé de protéger.

Il inspira profondément.

— Maintenant, vous savez tout, Roslynn-fy-rhosyn. Je n'ai plus de secrets pour vous. Je ne m'attends pas que vous me pardonniez, mais je voulais que vous connaissiez toute la vérité.

Elle le dévisagea, des larmes dans les yeux.

— Si Trefor a pu vous pardonner, comment ne le pourrais-je pas ? murmura-t-elle. Vous ne m'avez causé que peu de tort, Madoc, et je comprends que vous n'ayez pu vous résoudre à me parler plus tôt. Votre querelle avec votre frère était trop vive et vous le blâmiez de trop de choses pour que vous puissiez décider de lui confier Owain, en effet. Et m'avouer que vous n'aviez jamais été l'époux de Gwendolyn était difficile pour un homme fier comme vous. Vous avez respecté votre frère bien plus que vous le dites, Madoc, en ne touchant pas à la femme qui l'aimait malgré l'amour que vous aviez pour elle.

Elle marqua une pause.

— De fait, c'est moi qui vous ai causé du tort en vous traitant comme un autre Wimarc, alors que vous n'êtes en rien comme lui. Je vous crois, Madoc, quand vous dites que vous n'avez plus de secrets pour moi. Je sais que je peux vous faire confiance, et que j'avais tort de vous craindre.

Elle reprit son souffle, le transperçant de son beau regard noisette.

— Aussi ne vous quitterai-je plus jamais, mon époux. Aussi longtemps que je vivrai, non seulement parce que je vous fais confiance et vous respecte, mais parce que je vous aime. De tout mon cœur, je vous aime.

Madoc écarquilla les yeux. La joie, l'espoir et le bonheur les firent étinceler tandis qu'il la serrait contre lui comme si elle était la chose la plus précieuse au monde.

— Je vous aime, ma rose, ma rose bénie, mille fois bénie. Je vous aimerai toujours.

Quelqu'un s'éclaircit bruyamment la gorge.

— C'est sûr, le garçon est le portrait de Trefor et les choses paraissent beaucoup plus claires à présent, déclara Lloyd.

Toujours sur les genoux de son époux, les bras passés autour de son cou, Roslynn sourit à Trefor qui se tenait, visiblement mal à l'aise, dans la grand-salle où il avait jadis été chez lui.

— Bienvenue, Trefor. Bienvenue ! Et à toi aussi, Owain, dit-elle au petit garçon silencieux qui regardait autour de lui d'un air impressionné. Je suis très heureuse de t'accueillir dans ce château.

Madoc appela Bron, qui sursauta comme si elle avait été plongée dans la stupeur.

— Bron, conduisez Owain dans la cuisine. Je pense qu'il appréciera probablement de la soupe et du pain.

— Ou des gâteaux au miel ? demanda l'enfant d'une

voix aussi claire que les premiers chants d'oiseaux au printemps.

— Oui, sire, répondit Bron en lui tendant la main et en lui adressant un sourire encourageant — ainsi qu'à son père.

— Merci, Bron, dit Trefor. Vous n'avez pas changé du tout. Vous êtes toujours aussi jolie.

Bron devint aussi rose qu'une pêche mûre tandis qu'elle entraînait le petit garçon avec elle.

— J'espère que cela signifie que la paix peut régner entre vous, maintenant, dit Roslynn. Mais si vous devez faire des excuses en donnant des terres, des moutons ou de l'argent, Madoc, je pense que ce serait bien.

— Je ne veux rien de ce qui est à lui, déclara aussitôt Trefor.

— Alors, voyez-le comme venant de Llanpowell, répondit Roslynn. Un dédommagement pour des torts passés, ainsi que pour les fautes d'Ivor.

Les lèvres de Trefor s'incurvèrent en un sourire qui le fit ressembler davantage encore à son bel époux.

— Puisque la charmante châtelaine de Llanpowell le présente ainsi, très bien, j'accepte.

— Nous discuterons de tout cela plus tard, déclara Lloyd. D'abord, buvons pour célébrer toutes ces bonnes nouvelles. Mais plus de vin ou de *braggot* pour moi. Rien que de la bonne et brave cervoise, à partir de maintenant, et en quantité raisonnable. Je dois rester en forme si je veux aider à faire de Mascen un homme.

Roslynn n'avait pas envie de boire ou de célébrer, sauf seule avec Madoc.

— Si vous voulez tous m'excuser, je pense que je devrais aller me reposer. Madoc, voulez-vous…

Il la souleva immédiatement dans ses bras puissants.

— Pas question que vous vous évanouissiez de nouveau devant moi, dit-il.

Puis il baissa la voix en un murmure.

— Et j'ai d'autres choses à vous dire en privé, ma dame.

— Roslynn ! s'exclama dame Eloïse quand Madoc entra dans leur chambre en portant sa femme. Qu'est-ce que…

— Je vais bien, la rassura sa fille. Je suis juste un peu fatiguée et mon vigoureux époux a éprouvé le besoin de montrer sa force.

Madoc, en jetant un coup d'œil au berceau et à son fils endormi, la déposa sur le lit.

— Voudriez-vous nous laisser, mère, je vous prie ? demanda Roslynn. Père peut vous raconter ce qui s'est passé, et qui sont nos visiteurs.

Sa mère sourit avec indulgence.

— Bien sûr, répondit-elle en allant à la porte et en la refermant doucement derrière elle.

— Que vouliez-vous me dire ? demanda Roslynn à son époux qui se penchait sur le berceau et contemplait son fils avec un grand sourire.

Il laissa le bébé et vint s'asseoir près d'elle, prenant ses mains dans les siennes, l'expression grave et sérieuse.

— Roslynn, je vais vous faire la même promesse que celle que j'ai faite à mon frère aujourd'hui. Sur mon honneur, tel qu'il est après tout ce que j'ai fait, je ne vous mentirai plus jamais, à propos de rien.

Elle lui sourit, les yeux étincelant d'amour, d'affection et de confiance.

— Je n'ai pas besoin de promesses, Madoc ap Gruffydd, seigneur de Llanpowell. Je vous crois. J'ai confiance en vous et… je vous aime.

— Il y a une chose, par-dessus tout, que vous devez toujours croire, Roslynn-fy-rhosyn, dit-il en l'enlaçant. Je vous aime. Je vous aime de tout mon cœur, et je vous serai toujours fidèle et loyal aussi longtemps que je vivrai.

— Comme je vous aime, Madoc ap Gruffydd, et vous serai toujours loyale et fidèle jusqu'à mon dernier jour.

— Alors, j'ai tout ce qu'un homme peut désirer, murmura Madoc en l'attirant à lui.

— Et je suis aussi heureuse et comblée qu'une femme peut l'être, chuchota Roslynn en levant la tête pour recevoir son baiser. Madoc-fy-cariad.

Il sourit en lui caressant la joue et en passant son pouce sur ses lèvres.

— Madoc-mon-amant, répéta-t-il. Voilà qui me plaît.

— J'ai demandé à Bron comment cela se disait en gallois.

— Dieu merci, vous ne l'avez pas demandé à oncle Lloyd, dit-il en riant doucement, et en la serrant contre lui.

Pendant ce temps, le petit Mascen ap Madoc ap Gruffydd, protégé et entouré par leur amour, continuait à dormir paisiblement.

Si vous avez aimé ce roman, retrouvez les autres oeuvres de Margaret Moore publiées dans la collection Victoria :

La série « Frères d'armes » :

1/ *Noces secrètes*
2/ *La rebelle écossaise*
3/ *Le donjon des aigles*
4/ *L'épée et le lys*
5/ *Passion au donjon*

Mais aussi *Sous protection royale* et *La fausse mariée*, disponibles dès à présent sur harlequin.fr

Composé et édité par HarperCollins France.

Achevé d'imprimer en avril 2019.

CPi
BLACK PRINT

Barcelone

Dépôt légal : mai 2019.

MIXTE
Papier issu de sources responsables
FSC® C108412

FSC
www.fsc.org

Pour limiter l'empreinte environnementale de ses livres, HarperCollins France s'engage à n'utiliser que du papier fabriqué à partir de bois provenant de forêts gérées durablement et de manière responsable.

Imprimé en Espagne.